Diogenes Deluxe

»Ich will dir treu sein und dich ewig lieben. In guten wie in schlechten Zeiten. Bis dass der Tod uns scheidet.« – Wenn es nur so einfach wäre! Linda hat alles, doch das Entscheidende fehlt. Hat sie den Mut, die Frage nach der Leidenschaft zu stellen? Denn zu einer großen Liebe ist man ein Leben lang unterwegs.

»Coelho schreibt meisterhaft über Gefühlswelten. Über Sex und die dunklen Seiten der Intimität.«

Frauke Kaberka / Hamburger Abendblatt

PAULO COELHO, geboren 1947 in Rio de Janeiro, lebt heute mit seiner Frau Christina Oiticica in Genf. Alle seine Romane (insbesondere *Der Alchimist*, *Veronika beschließt zu sterben*, *Elf Minuten*, *Untreue* und zuletzt *Hippie*) sind Weltbestseller, wurden in 84 Sprachen übersetzt und über 320 Millionen Mal verkauft. Die Themen seiner Bücher und seine Reflexionen regen weltweit Leser zum Nachdenken an und dazu, ihren eigenen Weg zu suchen.

Paulo Coelho

Untreue

ROMAN

Aus dem Brasilianischen von
Maralde Meyer-Minnemann

Diogenes

Veröffentlicht als Diogenes Deluxe, 2021
Alle deutschen Rechte vorbehalten
Copyright © 2014
Diogenes Verlag AG Zürich
www.diogenes.ch
60/21/4/1
ISBN 978 3 257 26160 8

Gegrüßet seist du, Maria, ohne Sünde empfangen,
bete für uns, die wir uns an dich wenden. Amen.

Gehe dorthin, wo die Wasser am tiefsten sind.
Lukas, 5:4

Jeden Morgen, wenn ich die Augen zu einem »neuen Tag« öffne, wie man so schön sagt, möchte ich sie am liebsten gleich wieder schließen und noch etwas weiterschlafen. Aber es hilft nichts, ich muss aufstehen.

Ich habe einen wunderbaren Mann, der mich aufrichtig liebt. Er managt einen renommierten Investmentfonds und steht außerdem jedes Jahr auf der Liste der 300 reichsten Schweizer der Managerzeitschrift *Bilanz*.

Wir haben zwei Söhne, die (wie meine Freundinnen sagen würden) »mein ganzer Lebensinhalt« sind. Morgens mache ich ihnen das Frühstück und bringe sie dann zur Schule, die nur fünf Minuten zu Fuß entfernt liegt. Dort haben sie Ganztagsunterricht, was mir erlaubt, zu arbeiten und Zeit für mich zu haben. Nach der Schule kümmert sich unsere philippinische Haushalthilfe um sie, bis mein Mann und ich nach Hause kommen.

Ich mag meine Arbeit. Ich bin eine bekannte Journalistin bei einer angesehenen Tageszeitung, die in Genf, wo wir wohnen, praktisch an jeder Ecke verkauft wird.

Einmal im Jahr mache ich mit meiner Familie Urlaub. Normalerweise an paradiesischen Orten mit herrlichen Stränden, in »exotischen« Städten, deren arme Bevölkerung uns dankbar für alles sein lässt, was Gott uns gegeben hat.

Darf ich mich vorstellen? Ich heiße Linda, bin 31 Jahre alt, 1,75 groß, wiege 68 Kilo und kann mich dank der Großzügigkeit meines Mannes so attraktiv und teuer kleiden, wie ich nur will. Männer begehren mich, Frauen beneiden mich. Ich lebe in einer Welt, von der viele Menschen nur träumen können. Dennoch weiß ich jeden Morgen beim Aufwachen, dass der vor mir liegende Tag ein Desaster sein wird.

Bis zu Beginn dieses Jahres habe ich nichts in Frage gestellt, ich lebte einfach mein Leben, obwohl ich mich hin und wieder schuldig fühlte, weil ich so privilegiert bin. Doch eines schönen Tages kurz nach Frühlingsbeginn fragte ich mich plötzlich, während ich für meinen Mann und meine beiden Jungs das Frühstück zubereitete: Ist das alles?

Ich hätte diese Frage nicht stellen dürfen. Schuld daran war ein Schriftsteller, den ich am

Vortag für meine Zeitung interviewt hatte und der irgendwann zu mir sagte: »Mir geht es überhaupt nicht darum, glücklich zu sein. Ich ziehe es vor, voller Leidenschaft zu leben, auch wenn es gefährlich ist, denn man weiß nie, wohin das führt.«

In dem Augenblick dachte ich noch: Der Arme, er ist nie zufrieden, er wird traurig und verbittert sterben.

Am Tag darauf wurde mir klar, dass mein Leben, so wie ich es lebe, keinerlei Gefahren birgt. Ich weiß immer, was mich am nächsten Tag erwartet, denn jeder ist wie der vorangegangene. Und Leidenschaft? Nun ja, ich liebe meinen Mann, was mich davor bewahrt, in Depressionen zu verfallen, weil ich nicht allein aus finanziellen Gründen, wegen der Kinder oder wegen des schönen Scheins mit ihm zusammenlebe.

Ich lebe im sichersten Land der Welt, mein Leben ist geordnet, ich bin eine gute Ehefrau und Mutter. Ich habe eine streng protestantische Erziehung genossen und habe vor, diese an meine Kinder weiterzugeben. Ich weiche nie vom rechten Weg ab, weil ich weiß, dass ich sonst alles aufs Spiel setzen würde. Ich versuche bei allem, was ich tue, so effizient wie möglich zu sein, und sichere mich ab, indem ich mich so wenig wie möglich persönlich einbringe. Denn vor meiner Ehe war ich, was an sich nichts Ungewöhnliches ist, oft unglücklich verliebt. Aber seit ich verheiratet bin, ist meine Zeit gleichsam stehengeblieben.

Bis dieser verdammte Schriftsteller dieses Statement abgegeben hat.

Aber was ist denn falsch an Routine und Gleichförmigkeit?

Ehrlich gesagt, überhaupt nichts. Nur …

… gibt es da die heimliche Angst, alles könnte sich von einem Augenblick zum anderen ändern und die Veränderung mich vollkommen unvorbereitet treffen.

Von dem Augenblick an, als ich an einem wunderschönen Morgen diesen ketzerischen Gedanken hatte, kam ich aus dem Takt. Und begann mein Leben zu hinterfragen. Wäre ich in der Lage, so grübelte ich, allein mit allem fertig zu werden, falls mein Mann sterben würde? Ja, antwortete ich mir selber, denn von dem Vermögen, das er hinterlassen würde, könnten mehrere Generationen leben. Und wenn nun *ich* sterben würde?, fragte ich mich weiter. Wer würde sich dann um meine Kinder kümmern? Mein geliebter Ehemann, war die Antwort. Aber nach einer gewissen Zeit würde er eine andere heiraten, denn er ist charmant, intelligent und außerdem reich. Wären meine Kinder dann in guten Händen?

Ein erster Schritt ist gewesen zu versuchen, eine Antwort auf all meine nagenden Fragen zu finden. Doch mit jeder Antwort tauchten noch mehr Fragen auf. Würde er sich womöglich später, wenn ich älter bin, eine Geliebte nehmen? Hatte er womöglich jetzt schon eine, da wir nicht mehr so häufig miteinander schlafen wie früher? Glaubte er vielleicht, *ich* hätte jemand anderen, weil ich für ihn in den letzten Jahren nicht mehr so viel Interesse gezeigt habe?

Eifersucht war bei uns bisher nie ein Thema, und ich fand das immer großartig, aber von jenem Frühlingsmorgen an keimte in mir der Verdacht, dass fehlende Leidenschaft der Grund sein könnte.

Ich tat alles, um nicht weiter darüber nachdenken zu müssen.

Eine Woche lang habe ich auf dem Nachhauseweg von der Redaktion immer einen Abstecher in die Rue du Rhône gemacht und mir etwas gekauft. Eher aufs Geratewohl, eher Verlegenheitskäufe, wie zum Beispiel etwas für den Haushalt.

Spielzeugläden mied ich, um meine Kinder

nicht zu verwöhnen. Und auch an den Geschäften für Herrenbekleidung ging ich vorbei, denn wenn ich meinen Mann aus heiterem Himmel mit Geschenken überrascht hätte, wäre er möglicherweise misstrauisch geworden.

Wenn ich dann zu Hause in meiner perfekten privaten Welt ankam, schien für drei oder vier Stunden alles wunderbar. Aber nachts, im Schlaf, suchten mich zunehmend Alpträume heim.

Wenn einem in meinem Alter die Leidenschaft abhandenkommt, ist das wahrscheinlich etwas ganz Normales, denn Leidenschaft ist offenbar ein Privileg der Jugend. *Das* ist es nicht, das mir Angst macht.

Heute, ein paar Monate später, bin ich hin- und hergerissen zwischen der Angst, dass sich alles verändern könnte, und der Angst, dass alles bis zum Ende meiner Tage gleich bleibt. Manche meinen, dass mit dem Sommer die verrücktesten Gedanken kommen. Vielleicht liegt es an der Hitze, dass wir die Welt dann anders sehen und empfinden. Unser Haus wirkt dann größer, die Wolken und der Horizont scheinen weiter entfernt zu sein.

Sei's drum. Jedenfalls kann ich nicht mehr richtig schlafen, und das liegt nicht an der Hitze.

Wenn es Nacht wird und mein Mann schläft, bekomme ich Angst: Angst vor dem Leben, Angst vor dem Tod, vor der Liebe und deren Abwesenheit; davor, dass alles Neue zur Gewohnheit wird und dass ich meine besten Jahre mit Routine vergeude. Und zugleich ist da die Panik vor dem Unbekannten, so aufregend und abenteuerlich es auch sein mag.

Natürlich relativiert das Leid anderer mein eigenes.

Wenn ich zum Beispiel den Fernseher einschalte und in den Nachrichten von Unfällen höre und von Flüchtlingen, die durch Naturkatastrophen obdachlos wurden. Wie viele kranke Menschen gibt es wohl in diesem Augenblick auf der Welt? Wie viele von ihnen haben unter Unrecht und Verrat zu leiden? Wie viele Menschen leben in Armut, sind arbeitslos oder im Gefängnis?

Ich schalte auf einen anderen Sender. Schaue mir eine Seifenoper oder einen Spielfilm an, um mich für ein paar Minuten oder gar Stunden abzulenken. Zugleich habe ich schreckliche Angst davor, mein Mann könnte aufwachen und fragen: »Was ist mit dir, Liebling?« Weil ich dann antworten müsste, dass alles in Ordnung ist.

Noch schlimmer wäre, was im vergangenen Monat schon drei- oder viermal vorgekommen ist, dass er im Bett sofort die Hand auf meinen Schenkel legen, sie ganz langsam hochwandern lassen und beginnen würde, mich dort zu berühren. Ich kann einen Orgasmus vortäuschen und habe das auch schon häufig getan, aber ich kann nicht einfach so beschließen, feucht zu werden.

Ich müsste ihm sagen, dass ich todmüde bin, und er würde sich, ohne seine Frustration zu zeigen, nach einem Gutenachtkuss auf die andere Seite drehen, die Spätausgabe der Tagesschau auf seinem Tablet-Computer ansehen und seine Hoffnungen auf den nächsten Abend setzen.

Aber das läuft nicht immer so. Hin und wieder muss ich die Initiative ergreifen. Ich darf ihn nicht Nacht für Nacht abweisen, sonst sucht er sich am Ende wirklich eine Geliebte, und ich will ihn doch auf gar keinen Fall verlieren. Wenn ich zuerst ein wenig masturbiere, gelingt es mir, vorher feucht zu werden, und alles nimmt wieder seinen normalen Lauf.

»Alles nimmt wieder seinen normalen Lauf« bedeutet: Nichts wird wieder sein wie früher, als wir füreinander noch ein Geheimnis waren.

Über zehn Jahre Ehe dasselbe Feuer bewahren

zu können scheint mir unrealistisch. Und jedes Mal, wenn ich beim Sex Lust vortäusche, stirbt etwas in mir. Ich fühle mich immer leerer.

Meine Freundinnen sagen, ich hätte Glück – aber ich belüge sie, wenn ich sage, dass wir häufig miteinander schlafen, so wie sie mich belügen, wenn sie sagen, dass ihre Ehemänner immer noch genauso viel Interesse an ihnen zeigen wie früher. Sie meinen, dass Sex in der Ehe nur in den ersten fünf Jahren wirklich gut sei und man danach mit etwas »Phantasie« nachhelfen müsse. Man brauche nur die Augen schließen und sich vorstellen, dass der Nachbar neben einem liege und Dinge mit einem mache, die der eigene Mann nie wagen würde – *dirty talk* und perverse Ideen. Oder man müsse sich vorstellen, dass man von ihm und vom Ehemann gleichzeitig genommen wird.

Als ich heute die Kinder zur Schule brachte, sah ich mir meinen Nachbarn mal genauer an. Ihn habe ich mir noch nie auf mir vorgestellt, eher den jungen Reporter, der mit mir zusammenarbeitet und der immer so einsam und traurig wirkt. Er würde mich nie anmachen, und genau das macht ihn für mich interessant. Alle Frauen in der Redaktion haben schon mal gesagt, sie würden sich »gern um ihn kümmern, den Armen«. Ich glaube, das weiß er sehr wohl und genießt es, so begehrt zu sein. Vielleicht empfindet er aber auch das Gleiche wie ich: diese schreckliche Angst, einen falschen Schritt zu tun und damit alles aufs Spiel zu setzen – seine berufliche Stellung, seine Familie, seine Zukunft.

Ich hätte weinen können, als ich heute Morgen unserem Nachbarn begegnete. Er war gerade dabei, seinen Wagen zu waschen, und ich dachte: Irgendwann sind die Kinder aus dem Haus, und die Eltern sind Rentner und waschen ihr Auto. Ab einem bestimmten Alter beschäftigt man sich eben mit weniger Wichtigem, um den Tag auszufüllen, um sich und anderen zu beweisen, dass man körperlich noch fit, im Kern bescheiden geblieben und sich nicht zu schade ist, gewisse Arbeiten weiterhin selbst zu erledigen.

Ein sauberes Auto ist an sich nichts Weltbewegendes. Aber an diesem Morgen schien es meinem Nachbarn das Wichtigste. Er wünschte mir lächelnd einen guten Tag und polierte sein Auto so hingebungsvoll weiter, als wäre es eine Skulptur von Rodin.

Ich lasse meinen Wagen in einem Parkhaus und fahre von dort weiter mit dem Bus zur Arbeit – »Fahren Sie mit öffentlichen Verkehrsmitteln ins Zentrum! Es reicht mit der Umweltverschmutzung!« Genf hat sich seit meiner Kindheit wenig verändert: Alte herrschaftliche Häuser stehen zwischen Bauwerken der sogenannten »neuen Architektur«, die von irgendeiner verrückten Baubehörde in den 1950er Jahren genehmigt wurden.

Immer wenn ich auf Reisen bin, habe ich Sehnsucht danach: nach dieser geschmacklosen Architektur, dem Fehlen von Wolkenkratzern oder von Stadtautobahnen; nach den Baumwurzeln, die den Asphalt aufbrechen und über die man ständig stolpert, nach den öffentlichen Parks mit den geheimnisvollen Holzzäunchen, hinter denen alle möglichen Kräuter und Unkräuter wachsen, weil »die Natur siegen soll« … Kurz, ich sehne mich nach einer Stadt, die anders ist als all die anderen Städte, die sich modernisieren und ihren Zauber verlieren.

Hier grüßt man sich noch auf der Straße und verabschiedet sich beim Verlassen eines Ladens. Man unterhält sich noch mit Fremden im Bus, obwohl alle Welt glaubt, dass die Schweizer diskret und zurückhaltend seien.

Was für ein Irrtum! Aber es ist gut, dass so über uns gedacht wird, weil wir so unseren Lebensstil über mehr als fünf oder sechs Jahrhunderte bewahren konnten, ehe die Barbaren über die Alpen kamen und unser Land einnahmen: mit ihren elektronischen Wunderausrüstungen, den Appartements mit winzigen Schlafzellen und überdimensionierten Salons zu Repräsentationszwecken, mit ihren überschminkten Frauen, mit Männern, die mit ihrem lauten Gerede die Nachbarn stören, und mit Jugendlichen, deren Kleidungsstil Rebellion anzeigen soll, die aber eine Heidenangst vor dem haben, was Vater oder Mutter davon halten könnten.

Sollen doch alle weiterhin der Meinung sein, dass wir Schweizer nur Käse, Schokolade und Uhren produzieren. Sollen sie doch glauben, dass es in Genf an jeder Ecke eine Bank gibt. Wir sind nicht im mindesten daran interessiert, dieses Bild von uns zu korrigieren. Wir sind glücklich ohne die Invasionen der Barbaren. Wir sind bis an die

Zähne bewaffnet – da bei uns Militärdienst Pflicht ist, hat jeder wehrdienstpflichtige Schweizer ein Gewehr zu Hause, aber man hört nur relativ selten davon, dass jemand damit auf einen anderen geschossen hätte.

Wir haben seit Jahrhunderten nichts verändert und sind glücklich damit. Wir sind stolz darauf, neutral geblieben zu sein, während Europa seine Söhne in sinnlose Kriege geschickt hat.

Wir freuen uns, niemandem Erklärungen schuldig zu sein, warum in einigen Vierteln von Genf die Zeit offenbar stehengeblieben ist und weiterhin alte Damen ihre Tage in Cafés aus der Jahrhundertwende verbringen.

»*Wir* sind glücklich« trifft es nicht ganz. Richtiger wäre: Alle sind glücklich, außer mir, die ich in diesem Augenblick auf dem Weg in die Redaktion bin und darüber nachdenke, was bloß mit mir los ist.

Noch ein Tag, an dem wir uns auf der Lokalredaktion, für die ich arbeite, redlich bemühten, neben der Berichterstattung über die üblichen Unglücksfälle und Verbrechen (wie einen gewöhnlichen Verkehrsunfall, einen noch nicht einmal bewaffneten Raubüberfall und ein Großaufgebot der Feuerwehr, die wegen eines im Ofen vergessenen Bratens ausrücken musste und dabei ein ganzes Appartement unter Wasser setzte) Themen zu finden, über die es sich zu berichten lohnt.

Anschließend zurück nach Hause, kochen, Tisch decken, die Familie darum versammeln, gemeinsam das Tischgebet sprechen.

Noch ein Abend, an dem auch nach dem Abendessen jeder seinen Pflichten nachgeht – der Vater hilft den Kindern bei den Hausaufgaben, die Mutter räumt die Küche auf und legt das Geld für die Hausangestellte bereit, die früh am nächsten Morgen wiederkommt.

In den vergangenen Monaten gab es sehr wohl Momente, in denen ich mich wohl fühlte und den

Eindruck hatte, ein sinnvolles Leben zu führen. Ich war mit mir im Reinen, mein Mann zeigte sich besonders liebevoll und aufmerksam, und unser Zuhause schien von einem ganz eigenen Licht erfüllt zu sein. Wir waren wie eine Bilderbuchfamilie.

Und dennoch breche ich immer wieder grundlos unter der Dusche in Tränen aus. Ich weine im Bad, weil mich da niemand hören und mir die verhasste Frage stellen kann: »Ist bei dir alles in Ordnung?«

Ja, warum sollte es das nicht sein? Seht ihr denn irgendwelche Anzeichen dafür, dass in meinem Leben etwas falschläuft?

Nichts dergleichen.

Tagsüber empfinde ich keine Begeisterung für mein Leben.

Und nachts macht mir mein Leben Angst.

Es gibt die glücklichen Bilder der Vergangenheit und alles das, was hätte sein können und nicht gewesen ist.

Da ist die unerfüllte Sehnsucht nach Abenteuern. Die Angst, nicht zu wissen, was mit meinen Söhnen geschehen würde, wenn mir etwas zustoßen sollte.

Und dann beginnen die Gedanken um alles Negative zu kreisen, immer dasselbe, als würde in der Zimmerecke ein Dämon lauern, um sich bei erstbester Gelegenheit auf mich zu stürzen und mir zu sagen, dass das, was ich »mein Glück« nenne, nur ein vorübergehender Zustand sei. Aber wusste ich das denn nicht schon immer?

Ich möchte mich ändern. Ich muss mich ändern. Heute in der Redaktion reagierte ich übertrieben gereizt, nur weil ein Praktikant ein wenig zu lange brauchte, um das Material zu beschaffen, um das ich ihn gebeten hatte. Eigentlich bin ich gar nicht so, aber ganz allmählich verliere ich den Kontakt zu mir selber.

Es ist Unsinn, dem besagten Schriftsteller und dem Interview die Schuld zu geben. Das liegt Monate zurück. Er hat nur den Schlund eines Vulkans geöffnet, der jetzt jeden Augenblick ausbrechen und Tod und Verderben über mich bringen kann. Wäre der Schriftsteller nicht gewesen, wären ein Film, ein Buch oder ein paar zufällig gewechselte Sätze die Auslöser für diese Krise geworden. Offenbar gibt es Menschen wie mich, in denen sich über Jahre immer mehr Druck aufbaut, bis eines Tages der Vulkan in ihnen ausbricht und sie durchdrehen.

Bis sie sagen: »Mir reicht's. Ich will nicht mehr.«

Einige bringen sich um. Andere lassen sich scheiden. Wieder andere gehen nach Afrika, um den Armen zu helfen und die Welt zu retten.

Aber ich kenne mich. Ich weiß, dass meine einzige Reaktion sein wird, meine Gefühle zu ersticken, bis ein Krebs mich von innen auffrisst. Denn ich bin davon überzeugt, dass die meisten Krankheiten das Ergebnis unterdrückter Gefühle sind.

Nachts um zwei Uhr wache ich auf und starre an die Decke, obwohl ich weiß, dass ich am nächsten Tag früh aufstehen muss (was ich auf den Tod nicht ausstehen kann). Anstatt an etwas Konstruktives zu denken, wie beispielsweise: »Was passiert da gerade mit mir?«, kann ich meine Gedanken einfach nicht ordnen. Manchmal, wenn auch nicht häufig, frage ich mich, ob ich nicht in psychiatrische Behandlung gehöre. Was mich davon abhält, mich einliefern zu lassen, sind weder mein Mann noch meine Arbeit, sondern die Kinder. Sie würden überhaupt nicht verstehen können, was in mir brodelt.

Meine Gefühle sind jetzt intensiver. Ich denke über meine Ehe nach, in der Eifersucht nie ein Thema war. Aber wir Frauen haben da einen sechsten Sinn. Möglicherweise hat mein Mann doch eine andere gefunden, und ich spüre es unbewusst. Allerdings gibt es keinen Grund, ihn zu verdächtigen.

Ist das nicht absurd? Habe ich von allen Männern der Welt nicht den einzigen absolut perfekten geheiratet? Er trinkt nicht, er geht abends nicht allein aus, trifft sich auch nie mit Freunden zu reinen Männerabenden. Der private Teil seines Lebens dreht sich ganz und gar um seine Familie.

Es könnte ein Traum sein, wäre es für mich nicht ein Alptraum. Weil ich fürchte, den enormen Erwartungen, die mein Mann an mich stellt, nicht gerecht werden zu können.

Auch wird mir klar, dass Begriffe wie »Optimismus« und »Hoffnung« und vieles andere, was wir in Ratgebern lesen und das uns helfen soll, das Leben zu meistern, nichts als leere Worte sind. Vielleicht aber sind die Weisen, die diese Begriffe verbreiten, selber noch auf der Suche nach dem Sinn des Lebens und benutzen uns als Versuchskaninchen, um zu sehen, wie wir reagieren.

Heute bin ich mit einer Jugendfreundin zum Mittagessen verabredet.

Sie hat ein japanisches Restaurant vorgeschlagen, von dem ich noch nie gehört hatte, obwohl ich für japanisches Essen schwärme. Angeblich ist es ausgezeichnet, wenn auch etwas weit von der Redaktion entfernt und mit öffentlichen Verkehrsmitteln schwer zu erreichen. Ich musste zweimal umsteigen und mich zu der Einkaufspassage durchfragen, in der das »ausgezeichnete Restaurant« liegt. Ich finde alles grauenhaft – die Einrichtung, die Papiertischdecken, die fehlende Aussicht. Aber meine Freundin hat trotzdem recht. Es gibt dort eines der besten japanischen Essen, die ich je in Genf genossen habe.

»Ich habe immer im selben Restaurant gegessen, das ich ganz ordentlich, aber nicht besonders fand«, sagt meine Freundin gerade. »Bis mir von einem Bekannten, der bei der diplomatischen Vertretung Japans bei der UNO arbeitet, dieses hier empfohlen wurde. Ich fand die Location so geschmacklos wie du vermutlich auch. Aber die

Pächter kochen selber, und das gibt den Ausschlag.«

Ich selbst gehe auch immer in dieselben Restaurants und bestelle immer dieselben Gerichte, denke ich. Nicht einmal da bin ich imstande, ein Risiko einzugehen.

Meine Freundin nimmt Antidepressiva. Das Letzte, was ich möchte, ist, mit ihr über dieses Thema zu reden, denn heute früh bin ich zu dem Schluss gekommen, dass ich selbst nur einen Schritt weit von einer Depression entfernt bin und das nicht hinnehmen will.

Und gerade weil ich mir selber gesagt habe, dass dies das Letzte wäre, was ich gern tun würde, ist es das Erste, was ich mache. Das Unglück anderer hilft einem, wie gesagt, besser mit dem eigenen Leid fertig zu werden.

Oder, anders gesagt: Das Leid wird zu einem wichtigen Forschungs- und Produktbereich und damit natürlich auch zu einem wichtigen Umsatzträger der pharmazeutischen Industrie. Sind Sie traurig? Dann nehmen Sie diese Pille, und es lebt sich wieder leichter.

Ich frage meine Freundin, wie sie sich fühlt. »Es hat zwar lange gedauert, bis die Medikamente endlich wirkten, doch nach und nach gewann ich das Interesse an den Dingen zurück, und die hatten wieder Farbe und Geschmack.«

Ich sondiere vorsichtig, ob meine Freundin bereit wäre, bei einer Artikelserie über Depression für meine Zeitung mitzuarbeiten.

»Das lohnt sich doch nicht. Die Leute teilen heute alles, was sie fühlen, mit den anderen im Internet. Und es gibt Medikamente.«

»Was wird im Internet diskutiert?«, frage ich nach.

»Die Nebenwirkungen der Medikamente. An die Symptome der Krankheit rührt man lieber nicht, aus unbewusster Furcht, sie könnten etwas ›Ansteckendes‹ haben, das heißt, wir könnten plötzlich an uns selbst etwas feststellen, was wir vorher nicht wahrgenommen haben.«

»Weiter nichts?«

»Meditationsübungen. Ich selbst glaube nicht daran. Ich habe sie alle schon ausprobiert, aber es ging mir erst besser, als ich akzeptierte, dass ich ein Problem hatte.«

»Aber hilft es denn nicht, zu wissen, dass man nicht allein ist? Tut es nicht allen gut, darüber zu sprechen, was für Gefühle eine Depression auslösen kann?«, bohre ich weiter.

»Ganz und gar nicht. Wer der Hölle entronnen

ist, hat überhaupt kein Interesse daran zu wissen, wie das Leben dort drin weitergeht.«

Warum hatte meine Freundin so lange in diesem Zustand verharrt?

»Weil ich nicht wahrhaben wollte, dass ich eine Depression hatte. Und weil meine Freunde, mit denen ich darüber sprach, und auch du, wenn ich dir davon erzählte, meinten, das sei Unsinn, denn Menschen mit wirklichen Problemen hätten keine Zeit, eine Depression zu spüren.«

Es stimmt, das hatte ich tatsächlich gesagt.

Ich lasse nicht locker: Ein Artikel oder ein Post in einem Blog könnte anderen Menschen vielleicht helfen, ihre Krankheit besser zu ertragen und Hilfe zu suchen. Da ich aber nicht depressiv sei und nicht wisse, wie sich das anfühle, könnte sie mir deshalb nicht etwas darüber erzählen?

Meine Freundin zögert. Aber sie kennt mich und ahnt vielleicht etwas.

»Es ist, als befinde man sich in einer Falle. Du weißt, dass du festsitzt, aber es gelingt dir nicht …«

Genau das hatte ich vor ein paar Tagen auch gedacht.

Meine Freundin beginnt, Gemeinsamkeiten zwischen denen aufzuzählen, die einen Besuch in der »Hölle«, wie sie es nennt, bereits hinter sich haben: »Man kommt morgens nicht aus dem Bett. Die einfachsten Arbeiten werden zu Herkulesaufgaben. Man hat Schuldgefühle, weil kein nachvollziehbarer Grund besteht, depressiv zu sein, wo doch so viele andere Menschen auf der Welt wirklich leiden.«

Ich sollte das ausgezeichnete japanische Essen genießen, aber irgendwie schmeckt es mir jetzt nicht mehr so richtig. Meine Freundin fährt fort:

»Apathie. Fröhlichkeit vortäuschen, Traurigkeit vortäuschen, Orgasmen vortäuschen, vortäuschen, dass man sich amüsiert, vortäuschen, dass man gut geschlafen hat, vortäuschen, dass man lebt. Bis der Augenblick kommt, in dem man an eine imaginäre Grenzlinie gelangt und begreift, dass es, wenn man sie erst überschreitet, kein Zurück mehr gibt.

Wozu dann noch klagen, denn solche Klagen würden bedeuten, dass wir wenigstens noch gegen etwas ankämpfen. Besser, man akzeptiert den Zustand und versucht, ihn vor allen zu verbergen. Was ziemlich anstrengend ist!«

Was hatte die Depression meiner Freundin denn ausgelöst?

»Nichts, was ich benennen könnte. Aber warum so viele Fragen? Fühlst du etwas in der Richtung?«

Selbstverständlich nicht!

Besser das Thema wechseln.

Ich spreche über den Politiker, den ich in zwei Tagen interviewen werde: einen Exfreund von mir vom Gymnasium, an den sie sich wahrscheinlich nicht einmal mehr erinnert. Wir haben uns ein paarmal geküsst, und er hat meine Brüste berührt, die damals noch nicht ganz entwickelt waren. Mehr nicht.

Meine Freundin reagiert ganz euphorisch. Ich dagegen möchte das Thema jetzt doch nicht vertiefen. Ich schalte den Autopiloten ein. Apathie. Diesen Zustand habe ich noch nicht erreicht. Noch beklage ich mich über das, was mir hier gerade widerfährt, aber ich fürchte, dass sich bei mir bald schon – es ist vielleicht nur eine Frage von Monaten, Tagen oder Stunden – Desinteresse an allem breitmachen und dies nur schwer zu überwinden sein könnte.

Mir ist, als würde meine Seele meinen Körper ganz allmählich verlassen und sich an einen mir unbekannten, »sicheren Ort« begeben, an dem ich mich selber und meine nächtlichen Ängste nicht mehr ertragen muss. Als befände ich mich nicht in einem hässlichen japanischen Restaurant mit köstlichem Essen und als wäre alles, was ich gerade erlebe, eine Szene in einem Film, den ich mir ansehe und in dessen Handlung ich nicht eingreifen möchte – und dies auch nicht kann.

Ich wache auf und wiederhole die ewig gleichen Rituale – Zähneputzen, mich für den Arbeitstag fertigmachen, die Jungs wecken, Frühstück machen und mich ostentativ am Leben freuen. Dabei lastet auf mir ständig ein Gewicht, das ich nicht näher benennen kann, ähnlich einem Tier, das auch nicht genau versteht, wie es in eine Falle geraten konnte.

Beim Frühstück bringe ich keinen Bissen hinunter, lächle aber tapfer weiter (damit nur ja niemand Verdacht schöpft) und schlucke stattdessen die Tränen hinunter. Der Himmel draußen wirkt grau.

Das Gespräch gestern mit meiner Jugendfreundin hat mir ganz und gar nicht gutgetan: Es sieht so aus, als würde ich allmählich aufhören, mich zu wehren, und bald schon in Apathie verfallen.

Bemerkt das denn niemand?

Selbstverständlich nicht. Schließlich wäre ich die Letzte, die zugeben würde, dass sie Hilfe braucht.

Das ist mein Problem: Der Vulkan in mir ist offenbar ausgebrochen, und ich kann diesen Ausbruch nicht rückgängig machen und so tun, als sei nichts geschehen. Ich kann nicht einfach so weitermachen mit Bäume pflanzen, Rasen säen und mähen oder Schafe darauf weiden lassen.

Das alles habe ich nicht verdient. Ich habe immer versucht, den Erwartungen aller zu entsprechen. Aber es ist nun mal geschehen, und mir bleibt kein anderer Ausweg, als zu Medikamenten zu greifen. Am besten erfinde ich gleich heute einen Vorwand, um einen Artikel über psychische Erkrankungen, ihre Therapiemöglichkeiten und die Kostenübernahme durch die Krankenkassen zu schreiben (die Leser lieben so was). Dies mit dem Hintergedanken, einen guten Psychiater zu finden, den ich ganz persönlich um Hilfe bitten kann, obwohl das gegen meine Berufsethik verstößt. Na ja: Nicht alles, was man tut, ist mit der Berufsethik vereinbar.

Ich leide nicht an Obsessionen – wie beispielsweise Diäten machen. Oder an einem Ordnungsfimmel. Ich kritisiere auch nicht ständig die Arbeit unserer philippinischen Haushaltshilfe, die um acht Uhr morgens kommt und um fünf Uhr nachmittags geht, nachdem sie gewaschen, gebügelt, das Haus aufgeräumt hatte und zwischendurch im Supermarkt einkaufen ging. Ich darf meine Frustrationen auch nicht dadurch kompensieren, eine Supermutter zu sein, denn die Kinder würden den Rest ihres Lebens darunter leiden.

Auf dem Weg in die Redaktion sehe ich unseren Nachbarn wieder seinen Wagen polieren. Hat er das nicht schon gestern erledigt?

Ich kann einfach nicht anders, als zu ihm zu gehen und ihn zu fragen, warum er auch heute wieder mit seinem Wagen zugange ist.

»Ich war noch nicht ganz fertig«, antwortet er, nachdem er mich begrüßt, sich nach meinen Kindern erkundigt und mir ein Kompliment über mein Kleid gemacht hat.

Ich schaue den Wagen an, einen Audi (Genf wird oft scherzhaft Audi-Land genannt). Für mich sieht er picobello aus. Doch unser Nachbar zeigt mir diverse Stellen, die noch nicht so glänzen, wie sie es seiner Ansicht nach tun sollten.

Ich rede dann noch über dieses und jenes mit ihm und frage ihn schließlich, was seiner Meinung nach die Menschen vom Leben erwarten.

»Das ist ganz einfach. Sie wollen ihre Rechnungen bezahlen können. Ein Haus wie Ihres oder meines kaufen. Einen Garten mit Bäumen haben, die Kinder und Enkelkinder sonntags zum Mittagessen zu sich einladen. Nach der Pensionierung die Welt bereisen.«

Das also wünschen sich die Menschen vom Leben? Ist das alles? Etwas stimmt ganz und gar nicht mit dieser Welt, und schuld sind nicht die Kriege in Asien oder im Nahen Osten.

Bevor ich in die Redaktion gehe, muss ich noch Jacob interviewen, meinen Jugendschwarm. Aber nicht einmal die Aussicht *darauf* muntert mich auf – so weit ist es mit meinem allgemeinen Desinteresse schon gekommen.

Ich höre mir an, was er spontan über das Regierungsprogramm zu sagen hat. Ich stelle ihm Fangfragen, aber er windet sich elegant heraus. Er ist ein Jahr jünger als ich, sieht aber mit seinen dreißig Jahren aus wie fünfunddreißig. Diese Beobachtung behalte ich allerdings für mich.

Natürlich finde ich es schön, ihn wiederzusehen, obwohl er mich bis jetzt noch nicht danach gefragt hat, wie ich lebe, seit sich nach der *maturité* unsere Wege getrennt haben. Er ist auf sich, seine Karriere, seine Zukunft konzentriert, während ich mich dabei erwische, wie ich stattdessen an die Vergangenheit denke, als ich noch ein Teenie mit Zahnspange war, der von den anderen Mädchen bewundert wurde, weil die Jungs sich für mich interessierten.

Ich höre ihm jetzt schon seit einiger Zeit nicht mehr zu. Immer dieselben Themen – Steuersenkung, Kriminalitätsbekämpfung, der Status der französischen *frontaliers* (Grenzgänger) in der Schweiz, die angeblich den Schweizern die Arbeitsplätze wegnehmen.

Jahraus, jahrein bleiben die Themen dieselben, die Probleme aber dennoch ungelöst, weil sich ihrer niemand wirklich annimmt.

Nach zwanzig Minuten beginne ich mich zu fragen, ob mein Desinteresse eine Folge meiner gegenwärtigen ungewohnten Stimmungslage ist. Aber nein. Es gibt schlicht nichts Langweiligeres, als Politiker zu interviewen. Die Zeitung hätte mich besser losschicken sollen, um über ein Verbrechen zu berichten. Morde sind sehr viel authentischer.

Verglichen mit den Volksvertretern irgendeines anderen Landes auf diesem Planeten sind unsere die denkbar uninteressantesten und fadesten. Keiner schert sich um ihr Privatleben. Nur zwei Dinge können in Genf einen Skandal hervorrufen: Korruption und Drogen, was dann jeweils für unverhältnismäßig viel Wirbel sorgt, weil den Zeitungen schlichtweg andere interessante Themen fehlen.

Wir Schweizer interessieren uns nicht dafür, ob ein Politiker eine Geliebte hat, Bordelle besucht oder ein Coming-out hat. Wir wollen nur, dass er tut, wofür er gewählt wurde, und sein Budget nicht überzieht, damit wir in Frieden leben können.

Jedes Mal, wenn ich am Musée d'Art et d'Histoire vorbeikomme, sehe ich Parteiplakate mit Abstimmungsempfehlungen zu Volksinitiativen oder Volksreferenden. Das Schweizer Volk ist es gewohnt, zu vielem konsultiert zu werden: zur Farbe der Müllbeutel (Schwarz hat in meinem Kanton gewonnen), zur Erlaubnis, eine Waffe zu tragen (eine knappe Mehrheit hat dem zugestimmt, denn die Schweiz hat weltweit eine der größten Waffendichten pro Kopf – hinter den USA, dem Jemen und Serbien), zu Minarettbauvorhaben, zur Beschleunigung von Asylverfahren und zu Verschärfungen für vorläufig aufgenommene Asylsuchende.

»Monsieur König?«

Wir wurden bereits einmal unterbrochen. Höflich bittet Jacob seinen Assistenten, seinen nächsten Termin zu verschieben. Meine Zeitung sei schließlich die bedeutendste der französischen Schweiz, und das Interview könne für die nächsten Wahlen entscheidend sein.

Er glaubt offenbar, mir damit schmeicheln und mich so dazu bewegen zu können, noch etwas zu bleiben.

Dennoch stehe ich auf, bedanke mich und sage, ich hätte bereits alles Material, das ich benötige.

»Fehlt noch was?«

Natürlich fehlt etwas. Aber es ist nicht an mir zu sagen, was.

»Wie wäre es, wenn wir uns mal nach Büroschluss treffen würden?«

Ich sage, dass ich meine Kinder von der Schule abholen muss. Hoffe, dass er den goldenen Ehering an meinem Finger gesehen hat, murmle ein »Was geschehen ist, ist Vergangenheit«.

»Klar. Wollen wir dann irgendwann mal zusammen zu Mittag essen?«

Ich willige ein. Ich mache mir öfter gern etwas vor und rede mir daher ein, dass er mir ja vielleicht wirklich noch etwas Wichtiges zu sagen habe, so etwas wie ein Staatsgeheimnis, etwas von landesweiter Bedeutung, das, wenn es mir gelingt, es ihm zu entlocken, den Chefredakteur nachhaltig beeindrucken wird.

Er geht zur Tür, dreht den Schlüssel um, kommt zu mir, schließt mich in die Arme und küsst mich. Ich erwidere den Kuss, es ist schon lange her, dass wir uns zum letzten Mal geküsst haben. Jacob, den ich möglicherweise eines Tages hätte lieben können, ist inzwischen mit einer Professorin verheiratet. Und ich bin ebenfalls verheiratet und außerdem zweifache Mutter.

Ich überlege noch, ob ich ihn wegschieben und ihm sagen soll, dass wir keine Teenager mehr sind. Gleichzeitig genieße ich seine Küsse. Heute habe ich nicht nur ein neues japanisches Restaurant entdeckt, sondern bin gerade dabei, eine »Dummheit« zu begehen. Obwohl ich gegen alle Regeln verstoßen habe, ist der Himmel nicht über meinem Kopf eingestürzt! Im Gegenteil: Ich habe mich schon lange nicht mehr so glücklich gefühlt.

Mit jedem Augenblick fühle ich mich besser, mutiger, freier. Und dann tue ich etwas, von dem ich schon seit meiner Schulzeit geträumt habe.

Ich knie nieder, öffne den Reißverschluss seiner Hose und beginne, seinen Schwanz zu lecken. Er hält mein Haar fest und kontrolliert den Rhythmus. Er kommt in weniger als einer Minute.

»Oh – das war – wunderbar.«

Ich hätte nicht gedacht, dass ich ihn so schnell zum Höhepunkt bringen kann, auch wenn er es vielleicht als vorzeitigen Samenerguss empfunden hat.

Nach der Sünde die Angst, dass herauskommt, was ich getan habe. Auf dem Rückweg zur Zeitung kaufe ich Zahnbürste und Zahnpasta. In der Redaktion gehe ich immer wieder auf die Damentoilette, um Gesicht und Kleidung zu inspizieren – ich trage eine Versace-Bluse mit raffinierten Stickereien, in denen das Sperma sichtbare Spuren hinterlassen haben könnte. Wieder zurück an meinem Arbeitsplatz beobachte ich aus dem Augenwinkel meine Kollegen, aber nicht einmal die Frauen unter ihnen (und Frauen haben für solche Dinge bekanntlich einen sechsten Sinn) scheinen etwas bemerkt zu haben.

Wie konnte das passieren? Es war so, als wäre etwas über mich gekommen und hätte mich in diese Situation hineinmanövriert, die absolut nichts Erotisches hatte. Wollte ich Jacob gegenüber etwa die unabhängige, freie Frau spielen, die ihre Wünsche auslebt? Hatte ich ihn beeindrucken wollen oder einfach nur gehofft, auf diese Weise der »Hölle« (wie meine Freundin es ausdrückte) zu entfliehen?

Alles wird weitergehen wie vorher. Ich stehe nicht an einem Scheideweg. Ich weiß, wo's langgeht, und hoffe, dass es weder mit mir noch mit meiner Familie je so weit kommt, dass etwas wie Autowaschen einen ähnlichen Stellenwert einnimmt, wie es bei unserem Nachbarn der Fall ist.

Wenn bei mir dennoch große Veränderungen anstehen sollten, dann brauchen sie ihre Zeit – und Zeit habe ich genug.

Zumindest hoffe ich das.

Zu Hause angekommen, gebe ich mich betont gelassen, weder besonders fröhlich noch bedrückt. Was den Kindern sofort auffällt.

»*Maman,* du bist heute irgendwie komisch.«

Ich möchte am liebsten sagen: Ja, denn ich habe etwas getan, was ich nicht hätte tun sollen. Dennoch habe ich keine Schuldgefühle, sondern nur Angst, dass es herauskommt.

Mein Mann küsst mich zur Begrüßung wie immer, fragt mich, wie mein Tag war und was es zum Abendessen gibt. Ich antworte so wie immer. Wenn bei mir alles ist wie sonst auch, wird er nicht im Traum auf den Gedanken kommen, ich hätte wenige Stunden zuvor Oralsex mit einem anderen Mann gehabt, und noch dazu mit einem bekannten Politiker. Obwohl mir dieses Erlebnis nicht die geringste körperliche Lust verschafft hat, bin ich jetzt ganz verrückt vor Begierde, brauche einen Mann, Küsse über Küsse, möchte die Lust eines Körpers auf meinem spüren.

Als wir ins Schlafzimmer hinaufgehen, merke ich, dass ich total erregt bin, verrückt danach, mit meinem Mann zu schlafen. Aber ich muss es ruhig angehen lassen – keine Übertreibungen, sonst könnte er Verdacht schöpfen.

Ich dusche, lege mich neben ihn, nehme ihm das Tablet aus der Hand und lege es auf den Nachttisch. Ich beginne, seine Brust zu streicheln, und er ist gleich erregt. Wir schlafen miteinander, wie wir es schon lange nicht mehr getan haben. Als ich etwas lauter stöhne, bittet er mich, leise zu sein, damit die Kinder nicht aufwachen, worauf ich ihm sage, nein, ich wolle meinen Gefühlen freien Lauf lassen. Ich habe mehrere Orgasmen nacheinander. Mein Gott, wie ich diesen Mann an meiner Seite liebe! Am Ende liegen wir erschöpft und verschwitzt nebeneinander, und ich stehe auf, um ein zweites Mal zu duschen. Er kommt mit und spielt mit mir, indem er den Duschkopf auf mein Geschlecht hält. Ich bitte ihn, das zu lassen, ich sei müde, wir müssten jetzt schlafen, so würde er mich nur erneut erregen.

Während wir uns gegenseitig abtrocknen, will ich meinen Seelenzustand plötzlich auf Teufel komm raus verändern und bitte meinen Mann, mich in einen Nachtclub auszuführen. Ich glaube, in diesem Augenblick hat er vielleicht doch gemerkt, dass etwas nicht stimmt.

»Morgen?«

Morgen könne ich nicht, ich hätte Yoga. Am Freitag.

»Wo du es gerade erwähnst, darf ich dir eine ziemlich direkte Frage stellen?«

Mir bleibt das Herz stehen.

»Warum machst du eigentlich Yoga? Eine so ruhige, in sich ruhende Frau, die genau weiß, was sie will – hältst du Yoga denn nicht für Zeitverschwendung?«

Mein Herz schlägt wieder. Ich antworte nicht, streichle nur wortlos sein Gesicht.

Ich falle ins Bett, schließe die Augen und denke, bevor ich einschlafe: Ich muss eine dieser für mein Alter typischen Krisen durchmachen. Sie wird vorübergehen.

Man kann nicht dauernd glücklich sein. Niemand kann das. Man muss lernen, mit den Realitäten des Lebens zurechtzukommen.

Liebe Depression, komm nicht näher, lass mich in Ruhe! Mach dich an andere heran, die mehr Gründe haben als ich, sich im Spiegel zu betrachten und sich zu sagen: »Was für ein nutzloses Leben ich doch führe!« Ob du willst oder nicht, ich weiß, wie ich dich besiegen kann.

Depression, mit mir vergeudest du definitiv deine Zeit!

Das Treffen mit Jacob König verläuft genau so, wie ich es mir vorgestellt hatte. Wir gehen in La Perle du Lac, ein teures Restaurant am Seeufer, früher für sein ausgezeichnetes Essen bekannt, inzwischen aber miserabel und völlig überteuert. Ich hätte das japanische Restaurant vorschlagen können, das ich eben erst dank meiner Jugendfreundin entdeckt hatte, sage aber nichts, da ich davon ausgehe, dass er es für genauso geschmacklos gehalten hätte wie ich anfangs auch. Für gewisse Leute ist das Dekor wichtiger als das Essen.

Schon sehe ich, dass mein Instinkt mich nicht getrogen hat, denn Jacob spielt sich als ausgewiesener Weinkenner auf, kommentiert »Bouquet«, »Textur« und sogar die »Tränen«, diese kirchenfensterähnlichen Spuren, die beim Schwenken an der Innenseite des Glases entstehen – seine Art, auszudrücken, dass aus dem ehemaligen Gymnasiasten ein erwachsener Mann geworden ist, der dazugelernt hat, im Leben aufgestiegen ist und jetzt die Welt, die Weine, die Politik, die Frauen

49

kennt und womöglich bereits die eine oder andere Geliebte gehabt hat.

Was für ein Getue um den Wein! Wir trinken doch unser ganzes Leben lang Wein und können alle einen guten von einem schlechten Tropfen unterscheiden.

Aber bis ich meinen Mann kennenlernte, haben alle Männer, mit denen ich ausging – und die sich für gebildet hielten –, die Wahl des Weines dazu benutzt, um Eindruck zu schinden. Sie machen alle das Gleiche: mit ernster Miene am Korken riechen, das Etikett lesen, sie lassen sich vom Kellner ein wenig einschenken, halten ihr Glas prüfend gegen das Licht, probieren vorsichtig einen Schluck und nicken schließlich zustimmend.

Nachdem ich diese Szene unzählige Male miterlebt hatte, beschloss ich mit Anfang zwanzig, dass ich von dieser Sorte Mann genug hatte, und ging fortan mit Nerds aus, mit denen keine meiner Mitstudentinnen etwas zu tun haben wollte. Anders als die durchschaubaren, affektierten Weinprobierer waren die Nerds authentisch und unternahmen nicht die geringsten Anstrengungen, mich zu beeindrucken. Allerdings redeten sie pausenlos über Dinge, die ich nicht verstand, und setzten stillschweigend voraus, dass ich so etwas wie *Intel* zumindest dem Namen nach kenne, schließlich stehe der Name ja auf jedem PC. Ich hatte nie darauf geachtet. Diese Nerds gaben mir das Gefühl, eine komplette Ignorantin und völlig unattraktiv zu sein, denn sie interessierten sich mehr für Internetpiraterie als für meine Brüste und meine Beine. Woraufhin ich reumütig zu den Sicherheit bietenden Weinprobierern zurückkehrte.

Bis ich einen Mann traf, der nicht versuchte, mich mit seinem raffinierten Geschmack zu beeindrucken oder mit Vorträgen über mysteriöse Planeten, Hobbit-Computer oder über Programme zu punkten, die den Browserverlauf löschten: Nachdem wir einige Monate miteinander gegangen waren und gemeinsam mindestens 120 Dörfer rund um den Genfersee entdeckt hatten, die wir vorher nicht kannten, fragte er mich, ob ich ihn heiraten würde.

Ich sagte sofort ja.

Ich frage Jacob, ob er mir einen guten Nachtclub nennen könne, denn ich sei in puncto Genfer Nachtleben (sofern man in Genf überhaupt von einem Nachtleben sprechen kann) nicht mehr *up to date* und hätte Lust, am Freitag in einen Club zu gehen.

Seine Augen leuchten auf, doch er sagt:

»Dein Vorschlag ehrt mich, aber erstens bin ich verheiratet, und zweitens kann ich mich als Politiker unmöglich mit einer Journalistin sehen lassen. Und von dir wird es heißen, dass deine Artikel –«

»Tendenziös sind?«, vollende ich seinen Satz.

»Ja, genau. Tendenziös.«

Ich beschließe, das Verführungsspielchen weiterzuspielen und zu variieren, das mir schon immer gefallen hat. Was habe ich schon zu verlieren? Dessen Wege, Umwege, Fallen und Ziele kenne ich ja bereits.

Ich bitte Jacob, mehr von sich zu erzählen, auch über sein Privatleben, schließlich sei ich nicht als Journalistin hier, sondern als seine ehemalige Jugendliebe und als Frau – wobei ich das Wort ›Frau‹ besonders betone.

»Ich habe kein Privatleben«, antwortet er. »Kann keins haben – leider. Ich habe eine Karriere gewählt, die einen Roboter aus mir gemacht hat. Alles, was ich sage, wird überwacht, hinterfragt, veröffentlicht.«

So krass, wie er es darstellt, ist es nun auch wieder nicht, aber seine Ehrlichkeit entwaffnet mich. Ich weiß, dass er das Terrain sondiert, mich abklopft, um herauszufinden, wie weit er mit mir gehen kann. Er lässt durchblicken, dass er »in der Ehe unglücklich« ist, so wie es viele Männer ab einem bestimmten Alter tun – nachdem sie das Weinprobieren zelebriert und ausführlich dargelegt haben, wie mächtig sie sind.

»Klar gab es in den letzten zwei Jahren durchaus auch schöne, fröhliche Monate, andere voller Herausforderungen, aber die restliche Zeit bestand allein daraus, das Amt auszufüllen und zu versuchen, allen zu gefallen, um wiedergewählt zu werden. Ich musste alles aufgeben, was mir Spaß machen würde, wie zum Beispiel am Freitag mit dir tanzen zu gehen. Oder stundenlang Musik zu hören, zu rauchen oder sonst etwas zu tun, was andere für unangemessen halten.«

Das ist nun doch etwas übertrieben! Sein Privatleben interessiert doch wirklich niemanden.

»Vielleicht liegt es ja an der Rückkehr des Saturn: Alle neunundzwanzigeinhalb Jahre kehrt der laufende Saturn an die Stelle zurück, an der er in der Stunde unserer Geburt stand.«

Die Rückkehr des Saturn?

Er merkt, dass er zu viel über sich verraten hat,

und sagt, es sei wohl an der Zeit, dass wir beide an unseren Arbeitsplatz zurückkehren.

Wenn das stimmt, was er sagt, dann hat die Saturn-Rückkehr bei mir bereits stattgefunden. Jacob erteilt mir eine Lektion in Astrologie: Der Saturn brauche circa 29½ Jahre, um an den Punkt zurückzukehren, an dem er im Augenblick unserer Geburt stand. Bis das geschieht, halten wir alles für möglich, dass Träume wahr werden und die Mauern, die uns umgeben, eingerissen werden können. Man hat etwa ein Jahr Zeit, um Richtung und Ziele zu überdenken. Doch wenn der Saturn seinen Zyklus vollendet hat, dann ist Schluss mit romantischen Träumereien. Die Entscheidungen, die wir treffen, sind endgültig und Abweichungen vom einmal eingeschlagenen Weg dann praktisch unmöglich.

»Selbstverständlich bin ich kein Spezialist, aber meine nächste Chance wird sich erst bieten, wenn ich neunundfünfzig bin und Saturn ein zweites Mal wiederkehrt.«

Warum hat er mich dann zum Mittagessen eingeladen, wenn es nach Vollendung des Zyklus ohnehin nicht möglich ist, einen anderen Weg einzuschlagen? Wir reden schon fast eine Stunde miteinander.

»Bist du glücklich?«

Wie bitte?

»Ich habe etwas in deinen Augen gesehen …
Eine unerklärliche Traurigkeit für eine so schöne
Frau, die glücklich verheiratet ist und einen guten
Job hat. Mir ist, als würde ich in meine eigenen
Augen blicken. Ich frage dich noch einmal: Bist
du glücklich?«

Hier in der Schweiz, wo ich aufgewachsen bin
und jetzt meine Kinder großziehe, fragt man so
etwas nicht. Glück ist kein Wert, der präzise ge-
messen, im Zuge von Volksabstimmungen diskutiert und von Spezialisten analysiert werden
könnte. Wir fragen uns gegenseitig nicht einmal
nach der Marke des Autos, das der andere fährt,
ganz zu schweigen nach etwas so Intimem wie
Glück, das noch dazu weder definiert noch quan-
tifiziert werden kann.

»Du brauchst nicht zu antworten. Dein
Schweigen sagt bereits alles.«

Nein, tut es nicht. Ich bin einfach nur überrumpelt und weiß nicht, was ich antworten soll.

»Ich bin nicht glücklich«, sagt er. »Ich habe
alles, wovon ein Mann nur träumen kann, aber
glücklich bin ich nicht.«

Hat in Genf etwa jemand etwas ins Trinkwasser getan? Will etwa jemand unser Land mit einer chemischen Waffe zerstören, die bei allen tiefe Frustration hervorruft? Wie kommt es, dass alle, mit denen ich spreche, das Gleiche spüren?

Bisher habe ich noch nichts gesagt. Aber Menschen, denen es schlechtgeht, haben eine fatale Tendenz, sich zu finden und aus geteiltem Leid doppeltes Leid zu machen.

Warum war mir das bisher noch nie aufgefallen? Hatte ich mich von der Leichtigkeit blenden lassen, mit der er über politische Themen sprach, oder gar von seiner typisch männlich pedantischen Art, den Wein zu probieren?

Die Rückkehr des Saturn. Zugeben, dass man nicht glücklich ist. Dagegen angehen. Dinge, die auszusprechen ich Jacob König nie zugetraut hätte. Und genau in diesem Augenblick – ich schaue auf die Uhr, es ist 13:55 Uhr – verliebe ich mich zum zweiten Mal in ihn. Niemand, nicht einmal mein wunderbarer Ehemann, hat mich je gefragt, ob ich glücklich bin. Vielleicht haben, als ich noch ein Kind war, meine Eltern oder Großeltern von Zeit zu Zeit wissen wollen, ob ich glücklich bin. Sonst aber niemand.

»Sehen wir uns wieder?«

Ich schaue ihn an und sehe schon nicht mehr

meinen ehemaligen Jugendfreund, sondern einen Abgrund, dem ich mich aus freiem Willen nähere, einen Abgrund, dem ich überhaupt nicht entrinnen will. Ganz kurz nur streift mich die Vorahnung, dass mir nun noch mehr schlaflose und quälende Nächte bevorstehen, denn jetzt habe ich tatsächlich ein Problem: Ich bin verliebt.

In mir gehen sämtliche Alarmleuchten an, und meine innere Stimme sagt: Achtung, du weißt genau, dass er dich nur ins Bett kriegen will, denn ob du glücklich bist oder nicht, ist ihm völlig egal.

Dennoch willige ich mit einer geradezu selbstmörderischen Geste ein, ihn wiederzusehen. Wer weiß, vielleicht tut es meiner Ehe ja gut, wenn ich mit jemandem ins Bett gehe, der sich als Jugendlicher nicht mehr traute, als meine Brüste zu berühren? Dafür spricht doch auch, dass ich gestern nach dem Oralsex mit Jacob abends beim Sex mit meinem Mann mehrere Orgasmen hatte?

Ich versuche, das Gespräch wieder auf die Saturn-Rückkehr zurückzulenken, aber Jacob hat schon nach der Rechnung verlangt und entschuldigt sich gerade per Handy, dass er fünf Minuten zu spät kommen wird.

»Biete ihm etwas zu trinken an, Wasser, Kaffee, was weiß ich.«

Ich frage, mit wem er gerade gesprochen hat, und er sagt, es sei seine Frau gewesen. Der Chef eines großen Pharma-Unternehmens möchte ihn sehen. Möglicherweise Geld in diese letzte Phase der Wahlkampagne seiner Partei für den Staatsrat investieren. Die Wahlen stehen kurz bevor.

Jacob ist verheiratet. Unglücklich. Tut nichts, was ihm Spaß macht. Es kursieren Gerüchte über ihn und seine Ehefrau, angeblich führen sie eine offene Ehe. Ich muss diesen Blitz vergessen, der genau um 13:55 Uhr bei mir einschlug, und begreifen, dass Jacob mich nur benutzen will.

Das stört mich allerdings nicht, solange zwischen uns alles klar ist. Auch ich will jemanden ins Bett kriegen.

Wir stehen auf dem Gehsteig vor dem Restaurant. Er blickt schuldbewusst, und ich denke schon, es ist wegen uns, doch dann zündet er sich eine Zigarette an.

Das war es also, von dem er befürchtete, andere könnten es sehen: die Zigarette.

»Weißt du noch: In der Schule galt ich immer als einer, der es einmal weit bringen würde. Und ich hatte ein solches Bedürfnis nach Liebe und Bestätigung und danach, den in mich gesetzten

Erwartungen zu entsprechen, dass ich, statt mit Freunden auszugehen, abends immer zu Hause blieb, um zu büffeln. Bei der *maturité* war ich Klassenbester. – Warum haben wir uns damals eigentlich getrennt?«

Wenn er sich nicht erinnern kann – ich kann es noch viel weniger. Wahrscheinlich blieben wir nicht zusammen, weil damals alle nur flirteten und dauerhafte Beziehungen verpönt waren.

»Ich habe Jura studiert, wurde Pflichtverteidiger, hatte Umgang mit Kriminellen und Unschuldigen, Betrügern und ehrlichen Menschen. Was eigentlich nur eine vorübergehende Aufgabe war, wurde zu einer Entscheidung fürs Leben: Ich kann helfen. Meine Mandantenkartei wuchs stetig. Ich machte mir einen Namen. Mein Vater drängte mich immer öfter, doch endlich in die Kanzlei eines seiner Freunde zu wechseln. Aber ich begeisterte mich für jeden Fall, den ich gewann. Immer wieder stolperte ich jedoch über Gesetze, die nicht mehr in die heutige Zeit passten. Änderungen standen an, und ich wollte dabei sein.«

Das steht alles in seiner offiziellen Biographie, doch es aus seinem eigenen Munde zu hören war etwas anderes.

»Irgendwann fand ich, dass ich für einen Abgeordnetensitz kandidieren sollte. Wir machten mit sehr geringen Mitteln eine Wahlkampagne. Mein Vater war dagegen, aber meine Mandanten haben mich unterstützt. Ich wurde mit einem ganz kleinen Stimmenvorsprung gewählt – aber ich wurde gewählt.«

Wieder schaut er sich verstohlen um, holt dann die Zigarette hinter dem Rücken hervor und nimmt einen weiteren langen Zug. Sein Blick ist leer, in die Vergangenheit gerichtet.

»Als ich damals in die Politik einstieg, brauchte ich pro Nacht nur fünf Stunden Schlaf und war immer voller Energie. Jetzt möchte ich am liebsten achtzehn Stunden schlafen. Mein Honeymoon als Politiker ist vorbei. Übriggeblieben ist nur die Notwendigkeit, allen zu gefallen, vor allem meiner Frau, die wie eine Löwin für mich kämpft. Marianne hat viele Opfer gebracht, und deshalb darf ich sie auch nicht enttäuschen.«

Ist das noch derselbe Mann, der mich wenige Minuten zuvor einlud, bald wieder mit ihm auszugehen? Will er in Wahrheit nur mit jemandem reden, der ihn wirklich versteht, weil er das Gleiche fühlt?

Ich habe das Talent, mit beeindruckender Geschwindigkeit Phantasien zu entwickeln. Gerade hatte ich mir noch vorgestellt, wie ich in einem Chalet in den Alpen mit Jacob in Satinbettwäsche liege.

»Also, wann können wir uns wiedersehen?«

»Sag du!«

Er schlägt ein Treffen in zwei Tagen vor. Ich sage, ich hätte dann Yoga. Er bittet mich, es ausfallen zu lassen, aber da ich sowieso ständig fehle und mir geschworen habe, disziplinierter zu sein, sage ich nein.

Jacob wirkt resigniert, und ich würde meine Absage am liebsten rückgängig machen. Gleichzeitig aber will ich nicht, dass es so aussieht, als sei ich allzu sehr an einem Wiedersehen interessiert oder zu leicht zu haben.

Das Leben macht wieder Spaß. Keine Spur von Apathie mehr, stattdessen Angst. Angst davor, eine Gelegenheit zu verpassen!

Ich beharre auf Freitag. Er ist nun doch einverstanden, holt sein Handy hervor und bittet seinen Assistenten, den Termin in seinen Kalender einzutragen. Er raucht noch schnell seine Zigarette zu Ende, dann verabschieden wir uns.

Ich würde gern glauben, dass sich während dieses Mittagessens etwas geändert hat, und es nicht als einen von unzähligen Businesslunches abtun, zu denen ich oft gehen muss. Alles, was wir bestellt hatten, war ultragesund gewesen – und war praktisch ebenso unberührt geblieben wie die Getränke, an denen wir letztlich nur genippt hatten. Aber trotz aller Inszenierungen wie dem ausgiebigen Weinprobieren hat er seine Maske fallen lassen und ist aus der Deckung gekommen.

Das Bedürfnis, es allen recht machen zu wollen. Die Rückkehr des Saturn.

Ich bin nicht allein.

Journalismus ist nicht halb so glamourös, wie die Leute es sich vorstellen – Interviews mit Prominenten, Einladungen zu phantastischen Reisen, Kontakt mit der Macht, dem Geld und mit der faszinierenden fremden Welt gesellschaftlicher Randgruppen. In Wahrheit verbringen wir Journalisten die meiste Zeit in Arbeitskojen mit niedrigen Trennwänden und telefonieren. Privatsphäre haben nur die Chefs in ihren Glas-»Aquarien«, deren Jalousien sie hin und wieder herunterlassen. Dann können sie weiterhin sehen, was draußen geschieht, wir aber nicht versuchen, von ihren sich bewegenden Fischlippen abzulesen, was sie sagen.

Journalismus ist in einer Zweihunderttausendseelenstadt wie Genf so ziemlich das Langweiligste, was man sich vorstellen kann. Ich werfe einen Blick in die heutige Ausgabe meiner Zeitung, obwohl ich schon im Voraus weiß, was drinsteht: Berichte über irgendwelche Treffen ausländischer Würdenträger am europäischen Sitz der Vereinten Nationen, das übliche Gejammer über die Aufhebung des Bankgeheimnisses in der Schweiz und noch ein paar andere Nachrichten, die es bei uns in die Schlagzeilen schaffen, wie etwa: »Fettleibigkeit hindert einen Mann daran, ins Flugzeug einzusteigen«, »Wolf reißt Schafe in den Vororten der Stadt«, »Prähistorische Fossilien im Saint-Georges-Viertel gefunden«, und schließlich als *die* Nachricht des Tages: »Raddampfer *Genève* kehrt nach Restaurierung schöner denn je in den See zurück«.

Der Chefredakteur lässt mich rufen. Ob beim Mittagessen mit dem Politiker etwas Exklusives herausgekommen sei, will er wissen. Wie zu erwarten, sind Jacob und ich zusammen gesehen worden.

Nein, antworte ich. Nichts außer dem, was in Jacobs offizieller Biographie steht. Das Mittagessen hat mehr dazu gedient, sich einer »Quelle« zu nähern, wie wir Journalisten Menschen nennen, die uns wichtige Informationen verschaffen. Je größer das Netz der Quellen, umso respektierter und besser der Journalist.

Mein Chef sagt, eine andere »Quelle« versichere, dass Jacob König, obwohl er verheiratet ist, eine Affäre mit der Frau eines anderen Politikers habe. Das versetzt mir einen Stich in jene dunkle

Ecke der Seele, in der die Depression zugeschlagen hat und die ich noch immer auszublenden versuche.

Man fragt mich, ob ich näher an ihn herankommen könne. An seinem Sexualleben sei man nicht so sehr interessiert, aber die besagte »Quelle« habe durchblicken lassen, dass er möglicherweise erpresst werde. Ein ausländischer Metallurgie-Konzern möchte Spuren von Steuerproblemen im eigenen Land verwischen, habe aber keine Möglichkeit, bis zum Vorsteher des Finanzdepartements des Kantons Genf vorzudringen. Sie bräuchten einen »kleinen Anschub«.

Der Chefredakteur erklärt, er habe nicht den Staatsrat Jacob König im Visier, sondern »diejenigen, die versuchen, unser politisches System zu unterwandern«.

»Das wird nicht schwierig sein. Es reicht, wenn wir ihm erklären, dass wir an seiner Seite stehen.«

Die Schweiz ist eines der wenigen Länder der Welt, in denen das gegebene Wort gilt. In den meisten anderen Ländern sind Rechtsanwälte, Zeugen, unterzeichnete Dokumente und die Drohung mit einem Prozess notwendig, um an eine vertrauliche Information heranzukommen.

»Wir brauchen nur eine Bestätigung dieser vertraulichen Information und Fotos.«

Also soll ich mich ihm weiter nähern?

»Das wird auch nicht schwierig sein. Unserer Quelle zufolge hast du bereits ein Wiedersehen verabredet. Es steht in seinem offiziellen Terminkalender.«

Und so was nennt sich das Land des Bankgeheimnisses! Alle Welt weiß alles.

»Verfolge die übliche Taktik!«

Die »übliche Taktik« besteht aus vier Punkten. Erstens: Beginne damit, nach irgendeiner Angelegenheit zu fragen, an deren Veröffentlichung dem Interviewten gelegen ist. Zweitens: Lasse ihn so lange wie möglich reden und suggeriere ihm so, dass die Zeitung ihm viel Platz einräumen wird. Drittens: Gegen Schluss des Interviews, wenn er davon überzeugt ist, dass er *uns* kontrolliert, stellst du *die* Frage, die *einzige,* die uns interessiert, und zwar so, dass er das Gefühl bekommt, dass wir *ihm,* wenn er nicht antwortet, nicht den gewünschten Platz einräumen und er demzufolge seine Zeit vergeudet hat. Viertens: Wenn er ausweichend antwortet, stellst du die Frage mit anderen Worten seelenruhig noch einmal. Und wenn er sagt, dass dies niemanden interessiere, lässt du dich nicht abwimmeln, sondern bestehst darauf, eine, mindestens *eine* Erklärung zu erhalten. In neunundneunzig Prozent der Fälle geht der Interviewte in die Falle.

Das reicht. Den Rest des Interviews wirfst du einfach weg und benutzt die Erklärung in einem Artikel, der sich nicht um den Interviewten dreht, sondern um irgendein wichtiges Thema, das journalistische Recherchen, offizielle Informationen, inoffizielle Informationen, anonyme »Quellen« und dergleichen anführt.

»Wenn er jedoch weiterhin zögert zu antworten, dann mache deutlich, dass wir auf seiner Seite stehen. Ich brauche dir nicht zu erklären, wie Journalismus funktioniert. Und wenn du das gut machst …«

»Wie das funktioniert«, weiß ich in der Tat. Die Karriere eines Journalisten ist so kurz wie die eines Athleten. Wir erreichen früh eine gewisse Bekanntheit und werden einflussreich, müssen aber ebenso schnell unseren Platz für die nächste Generation räumen. Nur wenige von uns setzen sich durch und machen wirklich Karriere. Der Rest, dessen Lebensstandard sich verschlechtert, wird zu Kritikern der Presse, bloggt, hält Vorträge, verbringt unverhältnismäßig viel Zeit damit, weiterhin auf sich aufmerksam zu machen. Dazwischen gibt es nichts.

Ich gehöre noch zur Kategorie »vielversprechende Journalistin«. Wenn ich es schaffe, die besagten Erklärungen zu erhalten, sagt man mir möglicherweise nächstes Jahr noch nicht: »Wir müssen die Kosten senken, und Sie, mit Ihrem Talent und Ihrem Namen, werden ganz gewiss woanders eine Stelle finden.«

Werde ich Karriere machen? Werde ich je entscheiden können, was auf der ersten Seite veröffentlicht wird: Freilebender Wolf fällt Schafherde an; Exodus ausländischer Banker nach Dubai und Singapur; die Genfer Wohnungsnot. Welch aufregende Art und Weise, die nächsten fünf Jahre zu verbringen!

Ich kehre an meinen Arbeitsplatz zurück, führe einige unwichtige Telefonate und lese alles, was es an Interessantem in Internetportalen gibt. Die Kollegen neben mir machen das Gleiche, suchen verzweifelt nach irgendeiner Nachricht, die verhindert, dass unsere Auflage weiter sinkt. Ein Kollege berichtet, dass Wildschweine auf den Gleisen der Strecke Bern–Zürich gesichtet worden seien, und fragt, ob das eventuell Material für einen Artikel wäre.

Selbstverständlich, genauso wie der Anruf einer Achtzigjährigen, die gerade zu mir durchgestellt wurde und in dem diese sich über das Gesetz beklagt, das das Rauchen in Cafés und öffentlichen Gebäuden verbietet. Sie räumt ein, im Sommer sei dies kein Problem, schimpft aber, im Winter würden inzwischen sehr viel mehr Menschen an einer Lungenentzündung als an Lungenkrebs sterben, da sie alle gezwungen seien, im Freien zu rauchen.

Was machen wir nun wirklich hier auf der Redaktion unserer Zeitung?

Na was wohl? Wir lieben unsere Arbeit und haben vor, die Welt zu retten.

Ich sitze im Lotussitz, höre eine Musik ähnlich dieser typischen Fahrstuhlberieselungen und beginne zu »meditieren«. Man hatte mir Yoga schon vor einiger Zeit empfohlen, weil ich angeblich so gestresst sei. (Doch was ist schon Stress, verglichen mit diesem vollkommenen Desinteresse am Leben, das ich heute empfinde?)

»Der Verstand lässt sich nicht so einfach abschalten. Akzeptiert die Gedanken, die auftauchen! Kämpft nicht gegen sie an. Lasst sie weiterziehen!«

Großartig, genau das tue ich. Ich schiebe Emotionen wie Stolz, Enttäuschung, Eifersucht, Undankbarkeit, das Gefühl von Nutzlosigkeit weg, weil sie mich vergiften können, und fülle diesen Raum mit Demut, Dankbarkeit, größerem Verständnis und Bewusstsein für die göttliche Gnade im Leben. Ich schiebe die Dunkelheit und die Verzweiflung beiseite, rufe die Kräfte des Guten und des Lichtes an.

Ich erinnere mich an jede Einzelheit des Mittagessens mit Jacob.

Ich singe ein Mantra mit den anderen Yogaschülern.

Ich frage mich, ob der Chefredakteur die Wahrheit gesagt hat. Ist Jacob wirklich seiner Ehefrau untreu? Hat er sich etwa erpressen lassen?

Die Yogalehrerin bittet uns, uns vorzustellen, wir seien von einer Rüstung aus Licht umgeben.

»Wir müssen jeden Tag in der Gewissheit angehen, dass diese Rüstung uns vor Gefahren schützt, und wir werden nicht mehr an die Dualität der Existenz gebunden sein, wir müssen den Mittelweg finden, auf dem es weder Freude noch Leiden gibt, sondern nur tiefen Frieden.«

Ich fange an zu begreifen, warum ich so häufig beim Yogaunterricht fehle. Dualität der Existenz? Mittelweg? Das klingt für mich so unnatürlich wie die Aufforderung, den Cholesterinspiegel auf einem Wert von 70 zu halten, wie mein Arzt es von mir verlangt.

Ich kann das Bild von der Rüstung nur wenige Sekunden aufrechterhalten, dann zersplittert es in tausend Stücke. An seine Stelle tritt die Gewissheit, dass Jacob keiner hübschen Frau widerstehen kann, ein Weiberheld ist. Doch was habe ich damit zu tun?

Die Übungen gehen weiter. Wir ändern die Stellung, und die Lehrerin besteht wie jedes Mal darauf, dass wir versuchen, mindestens für ein paar Sekunden »den Geist zu leeren«.

Das Gefühl von Leere ist genau das, was ich am meisten fürchte, es hat mich zuletzt ständig begleitet. Wenn die Yogalehrerin wüsste, was sie da von mir verlangt ... Aber es steht mir nicht zu, über jahrhundertealte Praktiken zu urteilen.

Was mache ich eigentlich hier?

Ich weiß schon: Ich entstresse mich.

Wieder einmal wache ich mitten in der Nacht auf. Ich stehe auf, wandere hinüber ins Kinderzimmer, um nach den Jungs zu sehen – ein zwanghafter Zug vieler Eltern.

Ich kehre ins Bett zurück, lege mich wieder hin und starre an die Decke.

Ich vermag nicht zu sagen, was ich will oder nicht will. Warum gebe ich das Yoga nicht ein für alle Mal auf? Warum gehe ich nicht endlich zu einem Psychiater und fange an, irgendwelche magischen Pillen zu nehmen? Warum kann ich mich nicht beherrschen und höre nicht auf, an Jacob zu denken? Schließlich hat er mit keinem Wort durchblicken lassen, dass er mich für etwas anderes will, als um über Saturn zu sprechen und über die Frustrationen, mit denen man als Erwachsener früher oder später zu kämpfen hat.

Ich halte es nicht mehr aus, ich halte *mich* nicht mehr aus. Mein Leben kommt mir vor wie ein Film, in dem wie in einer Endlosschleife ewig dieselbe Szene wiederholt wird.

Ich hatte während meines Journalistikstudiums auch Vorlesungen in Psychologie. In einer davon berichtete der Professor (ein ziemlich interessanter Mann – im Unterricht ebenso wie im Bett) von fünf Phasen, die ein Interviewter bei einem Interview durchmacht: Widerstand, Begeisterung, wachsendes Selbstvertrauen, Geständnis und Versuch, die Dinge richtigzustellen.

In meinem Leben bin ich lediglich aus der Phase des Selbstvertrauens in die Phase des Geständnisses übergewechselt. Ich beginne, mir Dinge einzugestehen, die besser im Verborgenen bleiben sollten.

Beispielsweise: Meine Welt steht still.

Nicht nur meine, sondern auch die unzähliger anderer Menschen um mich herum. Wenn mein Mann und ich uns mit Freunden treffen, reden wir immer über dieselben Dinge und Personen. Die Themen sind zwar nicht dieselben, trotzdem ist alles nur eine Verschwendung von Zeit und Energie. Wir tun so, als wäre unser Leben weiterhin interessant.

Alle versuchen ständig, ihr Unglücklichsein irgendwie zu handhaben. Nicht nur Jacob und ich, möglicherweise auch mein Mann. Nur merkt man ihm nichts an.

In der gefährlichen Phase des Geständnisses, in

der ich mich befinde, beginnen diese Dinge klarzuwerden. Ich fühle mich nicht allein. Ich bin umgeben von Menschen, die die gleichen Probleme haben, aber – wie ich selbst, wie möglicherweise mein Chef oder auch mein Mann, der neben mir friedlich schläft – so tun, als ginge das Leben weiter wie bisher.

Ab einem bestimmten Alter tragen wir eine Maske der Sicherheit und der Gewissheiten. Mit der Zeit klebt diese Maske am Gesicht fest und lässt sich nicht mehr ablösen.

Als Kinder lernen wir, dass wir Zärtlichkeit bekommen, wenn wir weinen, dass wir getröstet werden, wenn wir zeigen, dass wir traurig sind. Wenn unser Lächeln nicht wirkt, unsere Tränen tun es mit Sicherheit.

Aber wir weinen nicht mehr – außer im Badezimmer, wo uns niemand hört –, und wir lächeln auch nicht mehr, höchstens in Gegenwart unserer Kinder. Wir verbergen unsere Gefühle, aus Angst, die anderen könnten uns für verletzlich halten und das ausnutzen.

Schlafen ist die beste Medizin.

Am Freitag treffe ich mich wieder mit Jacob. Diesmal habe ich den Ort ausgewählt: den wunderschönen, aber ungepflegten Parc des Eaux-Vives direkt am See, mit einem weiteren schlechtgeführten Restaurant, das der Stadt gehört.

Ich war dort einmal mit einem Korrespondenten der *Financial Times* zum Essen. Wir bestellten Martini, und der Kellner brachte uns Cinzano.

Diesmal kein Mittagessen – nur Sandwiches auf dem Rasen. Jacob kann ungehindert rauchen, weil wir alles ringsum gut im Blick haben. Schon auf der Herfahrt im Bus war ich entschlossen, ehrlich zu sein: Nach dem üblichen Anfangsgeplänkel (Wetter, Arbeit, »Wie hat dir der Nachtclub gefallen?« – »Ich gehe erst heute Abend«) ist meine erste Frage, ob er wegen einer – wie soll ich sagen – außerehelichen Beziehung erpresst wird.

Er ist nicht überrascht. Fragt mich nur, ob er gerade mit Linda, der Journalistin, oder mit Linda, einer Freundin, spreche.

Zunächst mit der Journalistin. Wenn er es bestätigt, kann ich ihm mein Wort geben, dass die Zeitung ihn unterstützen wird. Wir werden nichts über sein Privatleben publizieren, werden uns aber die Erpresser vornehmen.

»Ja, ich hatte eine Affäre mit der Frau eines Freundes, die du wahrscheinlich beruflich kennst. Im Übrigen kam die Idee von meinem Freund, denn wir langweilten uns beide in unseren Ehen. Du verstehst, was ich meine?«

Der eigene Ehemann soll sie dazu ermuntert haben? Nein, das verstehe ich nicht wirklich, aber ich nicke zustimmend und erinnere mich an das, was vor drei Nächten passiert ist, als ich mehrere Orgasmen nacheinander hatte.

Und – geht die Affäre noch weiter?

»Der Reiz ist verflogen. Meine Frau weiß es – es gibt Dinge, die lassen sich nicht verbergen. Die Nigerianer haben uns zusammen fotografiert und drohen, die Bilder zu verbreiten, aber die Spatzen pfeifen es ohnehin von den Dächern.«

Nigeria, Sitz des besagten Metallurgie-Konzerns. Hat seine Frau nicht mit Scheidung gedroht?

»Sie war zwei, drei Tage sauer, aber mehr nicht. Sie hat große Pläne, was unsere Ehe betrifft, und

Treue gehört da nicht unbedingt dazu. Sie hat so getan, als sei sie eifersüchtig, aber sie ist eine miserable Schauspielerin – ich weiß genau, dass es ihr letztlich egal ist. Wenige Stunden nachdem ich ihr die Affäre gestanden hatte, war sie mit ihren Gedanken bereits bei etwas ganz anderem.«

Offensichtlich lebt Jacob in einer Welt, die ganz anders ist als meine: Frauen sind nicht eifersüchtig, Ehemänner ermuntern ihre Ehefrauen zu Seitensprüngen. Entgeht mir da irgendetwas?

»Es gibt nichts, was sich nicht mit der Zeit in Wohlgefallen auflöst. Findest du nicht auch?«

Kommt ganz drauf an, finde ich. Oft wird ein Problem mit der Zeit immer schlimmer, zum Beispiel gerade in meinem Fall. Aber ich bin gekommen, um ihn zu interviewen, und nicht, um umgekehrt von ihm interviewt zu werden. Darum bleibe ich ihm die Antwort schuldig. Jacob fährt fort:

»Die Nigerianer wissen nichts davon, aber ich habe mit dem Genfer Finanzdepartement vereinbart, sie in eine Falle zu locken. Dabei wird alles dokumentiert, genauso, wie sie es mit mir gemacht haben.«

In diesem Augenblick sehe ich meinen Artikel davonschwimmen und damit auch die Chancen auf eine Beförderung in einer Branche, die immer mehr an Bedeutung verliert. Ich habe alles mit Schweizer Gründlichkeit recherchiert, aber es gibt nichts journalistisch Interessantes zu berichten – weder Ehebruch noch Erpressung, noch Korruption.

»Sonst noch Fragen? Oder können wir jetzt das Thema wechseln?«

Nein, keine weiteren Fragen. Und in Wahrheit habe ich kein anderes Thema.

»Ich glaube, du hast vergessen, mich zu fragen, warum ich dich wiedersehen wollte. Warum ich wissen wollte, ob du glücklich bist. Glaubst du, dass ich an dir als Frau interessiert bin? Ich muss gestehen, dass ich über dein Verhalten in meinem Büro überrascht war. Du hast meine kühnsten Phantasien erfüllt. Doch das allein wäre kein ausreichender Grund, mich hier mit dir zu treffen – zumal in aller Öffentlichkeit, wo sich das ja nicht wiederholen lässt! Also, willst du nicht wissen, *warum* ich mich wieder mit dir treffen wollte?«

Die überraschende Frage, ob ich glücklich sei, mit der er mich überrumpelt hatte, leuchtet weiterhin in ein paar dunkle Winkel meiner Seele. Begreift er denn nicht, dass es sich nicht gehört, solche Fragen zu stellen?

»Ich antworte nur, wenn auch du mir erzählst, wie's bei dir aussieht«, sage ich provozierend, um so seine präpotente Art zu unterlaufen, mit der er mich verunsichert.

Und ich füge gedanklich hinzu: Du willst mit mir schlafen, aber du wärst nicht der Erste, den ich abblitzen lasse.

Er wiegt den Kopf. Ich tue ganz unbefangen und deute auf den vor uns liegenden See, der sich für die Mittagszeit ungewohnt heftig kräuselt. Andächtig sitzen wir nebeneinander und blicken darauf, als könnten wir uns an dem Anblick nicht sattsehen.

Dann findet er die richtigen Worte für das, was er sagen will:

»Ich habe dich gefragt, ob du glücklich bist, weil ich mich in dir wiedererkannte. Ähnliches zieht sich an. Mag sein, dass du dich umgekehrt nicht in mir wiedererkannt hast, aber das spielt keine Rolle. Vielleicht bist du ja auch mental erschöpft, wie ausgelaugt von deinen Problemen, die du für völlig unbedeutend hältst und vor dir selbst herunterspielst.«

Genau das hatte ich bei unserem ersten Mittagessen auch schon gedacht: Leidende Seelen, die nach dem Tod nicht zur Ruhe kommen, erkennen einander, sind voneinander angezogen und erschrecken gemeinsam die Lebenden.

»Mir ergeht es wie dir«, fährt er fort. »Mit dem einzigen Unterschied, dass meine Probleme vielleicht konkreter sind. Jedenfalls erwische ich mich dabei, dass ich mich selber hasse, wenn ich ein Problem nicht sofort lösen kann, vor allem, weil ich doch von der Bestätigung so vieler anderer Menschen abhängig bin. Und das führt dazu, dass ich mich unnütz fühle. Ich wollte schon ärztliche Hilfe suchen, aber meine Frau war dagegen. Sie sagte, wenn das herauskäme, könnte es meine Karriere ruinieren. Ich musste ihr recht geben.«

Also redet er mit seiner Frau über diese Dinge. Vielleicht mache ich das heute Abend auch mit meinem Mann. Anstatt in einen Nachtclub zu gehen, könnte ich mich vor ihn hinstellen und ihm alles erzählen. Wie würde er wohl reagieren?

»Klar habe ich vieles falsch gemacht. Ich versuche, die Welt mit anderen Augen anzusehen, aber es funktioniert nicht. Wenn ich jetzt jemandem wie dir begegne, dann versuche ich, mich der Person zu nähern und herauszufinden, wie sie mit ihren Problemen umgeht. Ich brauche Hilfe, verstehst du, und das ist die einzige Art, wie ich sie bekommen kann.«

Das ist es also. Kein Sex, kein großes romantisches Abenteuer, das diesen grauen Genfer Nachmittag überstrahlen würde. Jacob erhofft sich demnach eine Art stützende Therapie, wie Alkoholkranke und Tablettensüchtige sie machen.

Ich stehe vom Rasen auf, blicke zu Jacob hinunter und sage, dass ich in Wahrheit sehr glücklich bin und er einen Psychiater aufsuchen sollte. Er dürfe nicht zulassen, dass seine Frau sein ganzes Leben kontrolliert. Außerdem würde wegen der ärztlichen Schweigepflicht niemand etwas davon erfahren, wenn er einen Psychiater konsultiere. Ich hätte eine Freundin, die dank Psychopharmaka geheilt worden sei. Ob er denn, nur um wiedergewählt zu werden, wirklich den Rest seines Lebens damit verbringen wolle, mit dem Gespenst der Depression zu kämpfen? Ob es das sei, was er sich für seine Zukunft wünsche?

Er blickt sich um, um zu sehen, ob uns jemand hören kann. Ich habe das bereits getan – außer einer Gruppe Drogendealer ganz oben, hinter dem Restaurant, sind wir ganz allein im Park. Und für die sind wir völlig uninteressant.

Ich bin jetzt in Fahrt. Während ich spreche, merke ich, dass ich mir selber zuhöre und dass mir das hilft. Ich sage, ohne professionelle Hilfe werde er sich nicht aus der Negativspirale befreien können, in der er sich befinde. Er solle sich ein Hobby suchen, das ihm wenigstens ein bisschen Spaß mache, wie beispielsweise Segeln, ins Kino gehen, Lesen.

»Das ist es nicht. Du verstehst mich nicht.« Meine Reaktion scheint ihn zu verwirren.

»Ich verstehe dich sehr wohl. Tagtäglich werden wir mit Informationen überschwemmt: in Form von Werbung für Schönheitsprodukte, angepriesen von Teenagern, die auf älter geschminkt sind; in Form von Sensationsmeldungen, wie, dass ein schon betagtes Ehepaar zur Feier seiner goldenen Hochzeit den Mount Everest bestiegen hat; in Form von Reklame für neue Massagegeräte, von Apothekenschaufenstern voller Schlankheitspräparate; in Form von Filmen, die eine heile Welt propagieren; von Ratgeberbüchern, aus denen man angeblich lernen kann, wie man die Karriereleiter hinaufsteigt oder inneren Frieden findet. Und das alles führt dazu, dass wir uns alt fühlen, ein Leben ohne Abenteuer führen, während die Haut schlaff, die Hüften füllig und wir selbst gezwungen werden, Gefühle und Wünsche zu unterdrücken, weil sie nicht zu dem passen, was wir ›Reife‹ nennen.

Selektiere die Informationen, die zu dir kommen. Setz einen Filter vor deine Augen und deine Ohren und sorge dafür, dass dorthinein nur das gelangen darf, was dich nicht herunterzieht, denn das tut unser Alltag schon genug. Glaubst du etwa, ich werde bei meiner Arbeit nicht beurteilt und kritisiert? Und wie ich das werde! Nur habe ich beschlossen, ausschließlich auf das zu hören, was mich dazu antreibt, besser zu werden, und mir hilft, meine Fehler zu korrigieren. Den Rest blende ich einfach aus.

Ich bin wegen einer komplizierten Geschichte hergekommen, in der es um Ehebruch, Erpressung und Korruption geht. Aber du bist auf die bestmögliche Art damit umgegangen. Wieso siehst du das nicht?«

Ich setze mich spontan wieder neben ihn, nehme seinen Kopf in beide Hände, damit er sich nicht entziehen kann, und gebe ihm einen langen Kuss. Er zögert den Bruchteil einer Sekunde lang, aber dann erwidert er ihn. An die Stelle meiner Gefühle von Ohnmacht, Zerbrechlichkeit, Scheitern, Unsicherheit tritt eine ungeheure Euphorie. Während ich mit Jacob auf der großen Wiese im Park saß und picknickte, bin ich klüger geworden, habe die Situation wieder unter Kontrolle gebracht und wage etwas, was ich mir nie auch nur auszumalen wagte. Ich begebe mich hinaus auf unbekanntes Terrain und auf hohe See.

Mein Denken und Handeln sind wieder selbstbestimmt. Was am Morgen noch unmöglich schien, ist am Nachmittag Wirklichkeit geworden. Ich fühle wieder, kann lieben, ohne zu besitzen, empfinde den Wind nicht mehr als Störung, sondern als Segen, als Liebkosung. Meine Lebensgeister kehren zurück.

Hunderte von Jahren scheinen in der kurzen Zeit vergangen zu sein, in der ich ihn geküsst habe. Langsam lösen sich unsere Gesichter voneinander, Jacob streichelt sanft meinen Kopf, wir schauen einander tief in die Augen.

Und finden wieder, was dort bis vor weniger als einer Minute war:

Traurigkeit.

Zu der nun noch eine unbedachte, verantwortungslose Handlung kommt, die – zumindest in meinem Fall – alles nur noch schwieriger machen wird.

Wir sitzen noch eine halbe Stunde beieinander, unterhalten uns über Genf und die Genfer, als wäre nichts geschehen. Wir fühlten uns einander so nahe, als wir in den Parc des Eaux-Vives ge-

kommen waren, verschmolzen während des Kusses miteinander, und nun sind wir wie zwei Wild-
fremde, die nach alledem versuchen, Konversation
zu machen, bis wir einigermaßen ungezwungen
auseinandergehen können.

Niemand hat uns gesehen. Unsere Ehen sind
gerettet.

Ich überlege noch, ob ich mich entschuldigen
soll, weiß aber, dass es überflüssig ist.

Es war ja nur ein Kuss.

Ich kann nicht behaupten, dass ich mich wie eine Siegerin fühle, aber zumindest habe ich mich etwas besser in den Griff bekommen. Zu Hause nimmt alles seinen gewohnten Gang. Vorher ging es mir sehr schlecht, jetzt geht es mir besser, und niemand hat näher nachgefragt.

Ich werde es wie Jacob König machen: mit meinem Ehepartner über meinen seltsamen Geisteszustand sprechen. Ich vertraue ihm und bin sicher, dass er mir helfen kann.

Allerdings ist heute doch alles bestens! Warum das also mit Geständnissen über etwas zerstören, von dem ich selber nicht recht weiß, was es eigentlich ist? Ich kämpfe weiter. Ich glaube nicht, dass das, was ich gerade durchmache, auf einen Mangel an sogenannten Neurotransmittern in meinem Körper zurückzuführen ist, wie es auf den einschlägigen Internetseiten zur Depression heißt, wo von »zwanghafter Traurigkeit« die Rede ist.

Heute bin ich nicht traurig. Das sind normale Phasen des Lebens. Ich erinnere mich noch an unsere *fête de maturité,* die Abschlussfeier vom Gymnasium: Die ersten Stunden haben wir nur gelacht … und am Ende hemmungslos geweint, weil uns bewusst wurde, dass sich unsere Wege jetzt unwiderruflich trennten. Die Traurigkeit hat ein paar Tage oder gar Wochen angehalten, genau kann ich mich nicht mehr erinnern. Aber allein die Tatsache, dass ich mich nicht erinnern kann, besagt schon etwas sehr Wichtiges: Sie gehört definitiv der Vergangenheit an. Dreißig zu werden ist an sich schon nicht leicht, aber ich habe mich wohl zudem noch dagegen gewehrt.

Mein Mann geht hinauf, um die Kinder ins Bett zu bringen. Ich schenke mir ein Glas Wein ein und gehe in den Garten. Der Wind weht noch immer. Im romantischen Frankreich heißt er Mistral, bei uns Bise, und er bringt immer klares Wetter und niedrige Temperaturen mit sich. Es war auch an der Zeit, dass die Wolken verschwinden – morgen werden wir einen sonnigen Tag haben.

Ich denke an das Gespräch im Park, an den langen Kuss. Keine Anzeichen von Reue. Ich habe etwas getan, was ich noch nie getan habe, und damit habe ich begonnen, die Mauern einzureißen, die mich gefangen hielten.

Wie Jacob darüber denkt, ist unwichtig. Ich

kann doch nicht mein Leben lang versuchen, den andern zu gefallen.

Ich trinke mein Glas aus, fülle es wieder und genieße diesen Moment allein im Garten, nachdem ich seit Monaten nichts anderes als Apathie und ein Gefühl von Nutzlosigkeit verspürt hatte.

Mein Mann kommt herunter und fragt, wie lange ich noch brauche, um mich fertigzumachen. Ich habe ganz vergessen, dass wir verabredet hatten, heute Abend tanzen zu gehen.

Ich laufe schnell hinauf, um mich umzuziehen.

Als ich herunterkomme, ist unsere philippinische Haushalthilfe da und hat ihre Bücher auf dem Tisch im Wohnzimmer ausgebreitet. Die Kinder schlafen bereits, also kann sie ungestört lernen – sie scheint Fernsehen grauenhaft zu finden.

Wir sind ausgehbereit. Ich habe mein schönstes Kleid angezogen, auch wenn ich damit vielleicht zu aufgedonnert bin für ein entspanntes Ambiente. Aber was soll's? Ich will jetzt was erleben.

Mich weckt die Bise, die an den Fensterläden rüttelt. Warum hat mein Mann sie nicht besser zugemacht? Ich will aufstehen für mein nächtliches Ritual: ins Kinderzimmer gehen und nach meinen Jungs sehen.

Aber irgendetwas hindert mich daran. Liegt es am Alkohol? Ich denke an die Wellen, die ich vom Park aus auf dem See gesehen habe, an die Wolken, die von der Bise über den Himmel gefegt wurden, und an den Mann, mit dem ich zusammen war. An den Nachtclub erinnere ich mich wenig: Mein Mann und ich fanden die Musik grauenhaft, das Ambiente nervig, und eine halbe Stunde später waren wir wieder zu Hause am Computer beziehungsweise Tablet-PC. Und was ist mit all den Dingen, die ich Jacob beim Picknick gesagt habe? Sollte ich die Nacht nicht dazu nutzen, um über mich nachzudenken?

Unser Schlafzimmer erstickt mich. Mein perfekter Ehemann schläft friedlich neben mir weiter und scheint den klappernden Fensterladen schlicht zu überhören. Ich denke an Jacob, der neben seiner Ehefrau liegt und ihr all das erzählt, was er fühlt (und mich bestimmt mit keinem Wort erwähnt), erleichtert, dass er jemanden hat, der ihm hilft, wenn er sich einsam fühlt. Ich glaube seiner Beschreibung von ihr nicht so recht – würde sie stimmen, hätte er sich doch längst von ihr getrennt. Schließlich sind sie kinderlos!

Ich frage mich, ob die Bise auch ihn geweckt hat und worüber die beiden jetzt wohl sprechen. Wo wohnen sie? Das herauszubekommen ist nicht schwer. In den Archiven der Zeitung stehen mir all diese Informationen zur Verfügung. Ob sie sich heute Nacht geliebt haben? Ist er mit Leidenschaft in sie eingedrungen? Hat sie vor Lust gestöhnt?

Ich wundere mich noch immer darüber, wie ich mich ihm gegenüber verhalten habe. Oralsex, kluge Ratschläge, der Kuss im Park. Ich erkenne mich nicht wieder. Wer ist die Frau, die mich beherrscht, wenn ich mit Jacob zusammen bin?

Der aufreizende Teenager, der unerschütterlich wie ein Fels und kräftig war wie der Wind, der den gewöhnlich meist ruhig daliegenden Genfersee aufwühlt? Schon eigenartig, wie wir bei Klassentreffen immer finden, dass die anderen gleich geblieben sind – auch wenn derjenige, der spindeldürr war, dick geworden ist, wenn die Hübscheste sich den hässlichsten Ehemann ausgesucht hat, wenn diejenigen, die immer zusammenhockten, sich auseinandergelebt und schon seit Jahren nicht mehr gesehen haben. Doch mit Jacob kann ich, seit wir uns wiederbegegnet sind, eine Zeitreise in die Vergangenheit antreten und wieder die sorglose Sechzehnjährige sein, weil die Rückkehr des Saturn, der die Reife bringen wird, damals noch in weiter Ferne lag.

Ich versuche zu schlafen, aber es gelingt mir nicht. Ich verbringe noch eine weitere Stunde damit, zwanghaft an Jacob zu denken. Dann erinnere ich mich an den Nachbarn, der seinen Wagen wusch, und wie ich fand, sein Leben habe »keinen Sinn«, weil er mit nutzlosen Dingen beschäftigt sei. Doch woher will ich das wissen? Möglicherweise bereitet es ihm Vergnügen, gibt ihm Gelegenheit, sich zu bewegen und die einfachen Dinge des Lebens als einen Segen zu betrachten und nicht als einen Fluch.

Genau das fehlt mir: etwas zu entspannen und das Leben mehr zu genießen. Ich darf nicht an Jacob denken. Ich versuche, meine fehlende Lebensfreude durch etwas Konkreteres, einen

Mann, zu kompensieren. Doch das ist nicht der Kern des Problems. Würde ich zu einem Psychiater gehen, müsste ich mir anhören, dass mein Problem ein ganz anderes ist: Mangel an Lithium, niedrige Serotoninproduktion, so etwas. Das hier hat aber nicht mit dem Auftauchen von Jacob begonnen und wird nicht aufhören, wenn er wieder aus meinem Leben verschwunden ist.

Aber ich kann ihn nicht vergessen. Im Geiste spiele ich zig-mal wie eine Filmszene den Augenblick des Kusses wieder ab.

Ich begreife, dass mein Unterbewusstsein ein imaginäres Problem in ein reales Problem verwandelt. Das ist immer so. So entstehen Krankheiten.

Ich will diesen Mann nie wiedersehen. Er wurde mir von einem Dämon geschickt, um in mir etwas vollends aus der Balance zu bringen, das bereits im Begriff war, aus dem Gleichgewicht zu geraten und somit anfällig war. Wie konnte ich mich so schnell in jemanden verlieben, den ich kaum kenne? Und wer sagt denn, dass ich verliebt bin? Ich habe seit dem Frühjahr Probleme, weiter nichts. Wenn bis dahin die Dinge gut gelaufen sind, besteht kein Grund, warum sie nicht wieder ins Lot kommen sollten.

Wie gesagt, es ist eine Phase, weiter nichts.

Ich darf die Glut nicht weiterschüren und wie ein Magnet Dinge anziehen, die mir nicht guttun. Habe ich ihm nicht genau das heute Nachmittag geraten?

Ich muss durchhalten und abwarten, dass die Krise vorübergeht. Sonst laufe ich Gefahr, mich auf Dauer zu verlieben, ständig das zu fühlen, was ich bisher erst zweimal für den Bruchteil einer Sekunde gefühlt habe, einmal, als wir zusammen zu Mittag aßen, und dann heute im Park. Und am Ende bin nicht nur ich betroffen, sondern Leid und Schmerz werden auch auf andere Menschen übergreifen.

Ich wälze mich noch eine Ewigkeit im Bett herum, falle endlich in den Schlaf, bis mich nur einen gefühlten Augenblick später mein Mann weckt. Draußen ist heller Tag, der Himmel blau, und die Bise weht noch immer.

Zeit aufzustehen, Linda! Du machst Frühstück, und ich kümmere mich um die Kinder.«

»Wie wäre es, wenn wir wenigstens einmal die Rollen vertauschen würden?«, murmle ich. »Du gehst in die Küche und machst das Frühstück für uns, und ich sorge dafür, dass die Jungs sich anziehen?«

»Willst du mich provozieren? Na gut, du wirst das beste Frühstück seit Jahren bekommen.«

»Nein, ich will dich nicht provozieren«, kontere ich. »Dies ist nur ein Versuch, etwas mal anders zu machen. Und findest du mein Frühstück etwa nicht gut genug?«

»Na hör mal, es ist zu früh am Tag, um zu streiten. Ich weiß, dass wir gestern Abend beide zu viel getrunken haben, wir sind einfach zu alt für Nachtclubs.«

Er geht hinaus, bevor ich antworten kann. Ich nehme mein Handy und sehe im Kalender nach, was am heutigen Tag alles ansteht. Termine, die ich unbedingt wahrnehmen muss (je mehr Termine, desto produktiver der Tag). Ich checke meine To-do-Liste: Dinge, die ich schon für den Vortag oder für noch früher versprochen und immer weiter aufgeschoben habe; eine ellenlange Liste, die mich manchmal so nervös macht, dass ich alle Einträge darauf lösche und mir klarmache, dass nichts darauf wirklich wichtig war.

Aber da ist etwas, das dort nicht steht und das ich auf gar keinen Fall vergessen werde: herausbekommen, wo Jacob wohnt, und ein bisschen Zeit finden, um mit dem Wagen an seinem Haus vorbeizufahren.

Als ich hinunterkomme, ist der Tisch gedeckt und alles genau so, wie es sein soll – Obstsalat, mehrere Käsesorten, Vollkornbrot, Joghurt, Backpflaumen. Links von meinem Teller liegt, aufmerksam von meinem Mann dort platziert, auch ein Exemplar der Zeitung, bei der ich arbeite. Mein Mann hat seine Zeitung bereits zur Seite gelegt und konsultiert jetzt sein Tablet. Unser älterer Sohn fragt, was »Erpressung« bedeutet. Ich verstehe nicht, warum er das wissen will, bis mein Blick auf den Aufmacher-Artikel fällt. Dort ist ein großes Foto von Jacob, eines von vielen, die er der Presse geschickt haben wird. Er sieht nachdenklich aus. Neben dem Foto die

Schlagzeile: »Staatsrat macht versuchte Erpressung öffentlich.«

Nicht ich habe den Artikel geschrieben. Als ich noch auf dem Weg zurück in die Redaktion war, hatte der Chefredakteur mich angerufen und mir gesagt, ich könne mein Treffen mit Jacob absagen, gerade sei eine Verlautbarung des Finanzdepartements eingegangen, und er werde selber etwas darüber schreiben. Ich erklärte ihm, das Treffen habe bereits stattgefunden, und das »routinemäßige Vorgehen« sei nicht nötig gewesen. Worauf mich mein Chef umgehend in einen nahegelegenen Stadtteil (mit einer eigenen *mairie*) schickte, damit ich dort Material für einen Artikel über einen Lebensmittelladen sammle, der abgelaufene Lebensmittel verkauft und deswegen für Aufruhr gesorgt hatte. Ich interviewte den Besitzer des Lebensmittelladens, die Nachbarn und bin sicher, dass dieses Thema viel mehr Leser interessiert als das, was ein Politiker öffentlich gemacht hat. Mein Artikel auf der ersten Seite, wenn auch an weniger exponierter Stelle: »Lebensmittelladen muss Strafe zahlen. Keine Opfer von Vergiftungen nachgewiesen.«

Jacobs Foto auf dem Frühstückstisch irritiert mich zutiefst.

Ich sage meinem Mann, dass wir am Abend miteinander reden müssen.

»Wir lassen die Kinder bei meiner Mutter und gehen zusammen abendessen«, antwortet er. »Ich will mehr Zeit mit dir verbringen. Nur mit dir. Und ohne diese grauenvolle Nachtclubmusik. Keine Ahnung, warum die so viel Erfolg hat.«

Es war an einem Frühlingsmorgen.
Ich stand in einer Ecke des Pausenhofs, dort, wo sonst niemand hinging. Ich betrachtete die Backsteine der Schulmauer. Ich wusste plötzlich, dass etwas mit mir nicht in Ordnung war.

Meine Mitschüler fanden mich »überlegen«, und ich bemühte mich nicht, das zu entkräften. Ganz im Gegenteil! Ich bat meine Mutter, mir weiter teure Kleidung zu kaufen und mich mit ihrem schicken Wagen in die Schule zu fahren.

Bis zu jenem Tag auf dem Pausenhof, als mir klarwurde, dass ich allein war. Und dass ich es möglicherweise bis an mein Lebensende bleiben würde. Obwohl ich erst acht Jahre alt war, schien es mir bereits damals zu spät dafür zu sein, mich noch zu ändern und den anderen zu sagen, dass ich so wie sie war.

Es war Sommer.
Ich war im Gymnasium, und obwohl ich ihnen meist die kalte Schulter zeigte, schafften es die Jungs dennoch immer irgendwie, mit mir zu flir-

ten. Die anderen Mädchen kamen um vor Neid, aber sie zeigten es nicht – ganz im Gegenteil, sie wichen mir nicht von der Seite und schmeichelten sich bei mir ein, damit sie wenigstens von den Brosamen, die ich verschmähte, etwas abbekamen.

Und ich ließ fast alle Jungs abblitzen, aus Angst, sie würden sich, wenn sie hinter die Fassade blickten, enttäuscht abwenden. Es war sicherer, die Geheimnisvolle zu spielen und ihnen anzudeuten, was ihnen möglicherweise entging.

Einmal entdeckte ich nach einem regnerischen Tag auf dem Nachhauseweg von der Schule nach einem Regenguss ein paar Fliegenpilze am Wegrand. Da standen sie, unversehrt, weil jedermann wusste, dass sie giftig sind. Den Bruchteil einer Sekunde lang überlegte ich, ob ich sie dennoch essen sollte. Ich war weder besonders traurig noch besonders fröhlich – ich wollte nur die Aufmerksamkeit meiner Eltern.

Die Pilze habe ich dann doch nicht angerührt.

Heute ist der erste Herbsttag und der Beginn der für mich schönsten Jahreszeit. Bald werden die Blätter ihre Farbe verändern und die Bäume in allen Farben leuchten. Ich bin unterwegs zum

Parkhaus und mache einen Umweg durch eine Straße, durch die ich sonst nie gehe.

Ich bleibe vor meiner ehemaligen Schule stehen. Die Backsteinmauer ist immer noch da. Nichts hat sich seither verändert außer der Tatsache, dass ich nicht mehr allein bin. Ich trage das Bild zweier Männer in mir: eines Mannes, der niemals meiner sein wird, und eines anderen, mit dem ich an diesem Abend an einem schönen, besonderen, mit Bedacht ausgewählten Ort essen gehen werde.

Ein Vogel steigt in den Himmel auf, lässt sich spielerisch vom Wind tragen. Er segelt hin und her, auf und ab, als folgten seine Flugbahnen einem Plan, den ich nicht erkennen kann. Vielleicht aber will er auch nur seinen Spaß.

Ich bin kein Vogel. Ich würde es nie fertigbringen, das Leben spielend zu verbringen, auch wenn ich viele Freunde habe, die, obwohl sie über weniger Mittel verfügen als wir, von einer Reise zur nächsten, von einem Restaurantbesuch zum anderen leben. Ich habe es ausprobiert, ohne Erfolg. Meinen Job verdanke ich dem Einfluss meines Mannes. Ich arbeite, bin beschäftigt, fühle mich nützlich und gebe so meinem Leben einen zusätzlichen

Sinn. Eines Tages werden meine Jungs stolz auf ihre Mutter sein und meine Jugendfreundinnen frustrierter denn je, weil es mir gelungen ist, eine Karriere aufzubauen, während sie sich nur um den Haushalt, die Kinder und ihren Ehemann gekümmert haben.

Ich weiß nicht, ob andere auch diesen Geltungsdrang haben. Ich habe ihn, keine Frage – weil Ambitionen mich im Leben immer weitergebracht haben. Selbstverständlich nur, solange ich keine unnötigen Risiken eingehe. Solange es mir gelingt, mein Leben genau so weiterzuführen, wie es heute ist.

Kaum bin ich in der Redaktion, durchstöbere ich das digitale Staatsarchiv. In weniger als einer Minute habe ich Jacob Königs Adresse gefunden, weiß, wie viel er verdient, wo er studiert hat, weiß auch den Namen seiner Frau und wo sie arbeitet.

Mein Mann hat ein Restaurant ausgesucht, das zwischen der Redaktion und unserem Zuhause liegt. Wir waren schon öfter da. Das Essen, die Getränke, das Ambiente haben mir jedes Mal sehr gut gefallen – aber ich finde das, was wir zu Hause kochen, meist besser und gesünder. Ich esse nur im Restaurant, wenn es »gesellschaftlich« unumgänglich ist. Ich koche für mein Leben gern. Ich liebe es, mit meiner Familie zusammen zu sein, dieses Gefühl, dass ich sie umsorge und selbst auch umsorgt werde.

Zu den unverrichteten Dingen auf meiner heutigen To-do-Liste gehörte auch, »mit dem Wagen am Haus von Jacob König vorbeifahren«. Ich habe der Versuchung tapfer widerstanden. Schließlich habe ich schon genug imaginäre Probleme, um ihnen nicht noch das reale Problem einer unerwiderten Liebe hinzuzufügen.

Was ich gefühlt habe, gehört bereits der Vergangenheit an. Es wird nicht wieder passieren. Und daher steht meiner Familie eine geordnete Zukunft bevor.

»Angeblich hat der Pächter gewechselt, und das Essen ist nicht mehr wie früher«, meint mein Mann.

Das ist unwichtig. Restaurantessen ist *immer* gleich; viel Butter, übermäßig dekorierte Teller und – da wir in einer der teuersten Städte der Welt leben – völlig überteuert.

Aber auswärts essen ist ein Ritual. Wir werden vom Maître d'hôtel begrüßt, der uns an »unseren« Tisch geleitet (dabei sind wir schon lange nicht mehr hier gewesen), uns fragt, ob wir »unseren« Wein möchten (selbstverständlich), und uns die Speisekarte überreicht. Ich lese sie ganz durch und wähle dann wie immer das Gleiche. Mein Mann entscheidet sich ebenfalls für das Linsengericht mit Lammfleisch. Der Maître d'hôtel kommt und trägt uns die speziellen Tagesgerichte vor: Wir hören höflich zu, machen den einen oder anderen freundlichen Kommentar und bestellen trotzdem die gewohnten Gerichte.

Das erste Glas Wein – das nicht erst sorgfältig probiert und analysiert werden muss, da wir seit zehn Jahren verheiratet sind – ist schnell ausgetrunken, zwischen Gesprächen über die Arbeit und Klagen über den Heizungsklempner, der kommen sollte und nicht gekommen ist.

»Und wie geht es mit deinem Artikel über die Wahl am kommenden Sonntag voran?«, erkundigt sich mein Mann.

Man hatte mich mit einer besonders interessanten Recherche beauftragt zum Thema: »Haben die Wähler einen Anspruch auf Einblick ins Privatleben eines Politikers?« Der Artikel knüpft an den Leitartikel über den Staatsrat an, der von Nigerianern erpresst wurde. Die Interviewten waren im Großen und Ganzen der Meinung: Es interessiert uns nicht. Wir leben nicht in den Vereinigten Staaten und sind sehr stolz darauf.

Wir reden über andere aktuelle Themen: die Wahlbeteiligung. Die Bus- und Straßenbahnfahrer der Transports Publics Genevois (der öffentlichen Verkehrsmittel von Genf) finden, sie hätten einen anstrengenden, aber zufriedenstellenden Job. Eine Frau wurde angefahren, obwohl sie die Straße auf dem Zebrastreifen überquerte. Eine Zugpanne hat den Schienenverkehr für mehr als zwei Stunden lahmgelegt. Und ähnliche Nichtigkeiten.

Ich genieße bereits das zweite Glas Wein, ohne auf den Gruß aus der Küche zu warten und ohne meinen Mann zu fragen, wie sein Tag war. Er hört mir geduldig und höflich zu. Und fragt sich bestimmt, was wir hier überhaupt machen.

»Du wirkst heute fröhlicher«, sagt er, nachdem der Kellner den Hauptgang serviert hat. Und da wird mir klar, dass ich seit zwanzig Minuten ununterbrochen geredet habe. »Ist irgendetwas Besonderes vorgefallen?«

Hätte er mir diese Frage unmittelbar nach meinem Treffen mit Jacob im Parc des Eaux-Vives gestellt, hätte ich errötend eine Reihe Ausflüchte gestammelt; aber nein, mein Nachmittag war so langweilig wie sonst auch gewesen, obwohl ich mir immer wie ein Mantra vorsage, dass ich etwas Sinnvolles tue.

»Und worüber wolltest du mit mir sprechen?«

Ich hole innerlich tief Luft, um ihm alles zu gestehen. Inzwischen bin ich schon beim dritten Glas Wein angelangt. Da kommt der Maître d'hôtel und rettet mich davor, in den Abgrund springen zu müssen.

Mein Mann bestellt eine weitere Flasche Wein. Der Maître d' wünscht uns weiterhin guten Appetit und geht, sie zu holen.

Dann fange ich an zu sprechen.

»Du wirst sagen, dass ich einen Arzt brauche.

Das stimmt nicht, ich erfülle alle meine Pflichten zu Hause und im Beruf. Aber seit ein paar Monaten bin ich ständig traurig.«

»Auf mich wirkst du nicht so. Ich habe gerade gesagt, dass du fröhlicher bist.«

»Selbstverständlich siehst du das so«, antworte ich. »Alle haben sich inzwischen so an meine Traurigkeit gewöhnt, dass sie niemandem mehr auffällt. Ich habe das Glück, jemanden wie dich zu haben, mit dem ich reden kann, aber was ich wirklich sagen möchte, hat nichts mit dieser scheinbaren Fröhlichkeit zu tun. Ich kann nicht mehr richtig schlafen. Fühle mich egoistisch. Ich versuche immer noch, die Leute zu beeindrucken, als wäre ich noch ein Kind. Ich breche grundlos in Tränen aus, sobald ich allein im Bad bin. In diesem Monat habe ich nur einmal wirklich Lust gehabt, mit dir zu schlafen – du weißt schon, wann das war. Manchmal habe ich mir schon gedacht, dass all dies nur ein Übergangsritual ist, die Folge davon, dass ich jetzt über dreißig bin, aber diese Erklärung reicht mir nicht. Ich habe das Gefühl, eines Tages würde ich auf mein Leben zurückblicken und alles bereuen, was ich getan habe. Außer dich geheiratet und mit dir unsere wunderbaren Kinder bekommen zu haben.«

»Ist das denn nicht das Wichtigste?«

»Für viele Leute ja, aber nicht für mich. Und es wird immer schlimmer. Wenn ich schließlich die Aufgaben des Tages erledigt habe, beginnt in meinem Kopf ein nicht enden wollender Dialog. Ich habe schreckliche Angst davor, dass sich die Dinge verändern, aber gleichzeitig habe ich den unbändigen Wunsch, ein anderes Leben zu leben. Die Gedanken gehen im Kreis, die Dinge entgleiten mir. Du merkst davon nichts, weil du dann jeweils schon schläfst. Hast du etwa heute Nacht bemerkt, wie die Bise an unseren Fensterläden gerüttelt hat?«

»Nein. Aber sie waren doch fest geschlossen.«

»Genau das will ich sagen. Sogar die Bise, mit der ich wie du buchstäblich aufgewachsen bin, weckt mich. Ich merke, wenn du dich im Bett umdrehst oder im Schlaf sprichst. Nimm das bitte nicht persönlich, aber es ist so, als wäre ich von Dingen umgeben, die absolut keinen Sinn ergeben. Nur damit das klar ist: Ich liebe unsere Kinder. Ich liebe dich. Ich liebe meine Arbeit. Und genau das führt dazu, dass ich mich noch schlechter fühle, denn ich bin Gott, dem Leben und euch gegenüber ungerecht.«

Er rührt seinen Teller kaum an, und es ist so, als

würde er vor einer Wildfremden sitzen. Aber diese Worte allein nur auszusprechen, hat mich schon etwas beruhigt. »Es« ist ausgesprochen. Der Wein tut seine Wirkung. Ich bin nicht mehr allein. Danke, Jacob König.

»Glaubst du, dass du einen Arzt brauchst?«

»Ich weiß nicht. Aber selbst wenn es so wäre, möchte ich das auf gar keinen Fall. Ich muss lernen, meine Probleme allein zu lösen.«

»Ich stelle mir vor, dass es sehr schwierig war, diese Gefühle und Ängste so lange für dich zu behalten. Danke, dass du mir vertraust. – Warum hast du mir bloß nicht schon vorher davon erzählt?«

»Weil die Dinge erst jetzt unerträglich geworden sind. Heute habe ich mich an meine Kindheit und meine Teenagerzeit erinnert. Kann es sein, dass diese Anlage zur Depression bei mir schon damals vorhanden war? Ich glaube nicht. Es sei denn, ich hätte mich all diese Jahre getäuscht, was ich für praktisch unmöglich halte. Ich komme aus einer normalen Familie, wurde normal erzogen, führe ein normales Leben. Wo also liegt das Problem?

Ich habe bisher nichts erzählt«, sage ich unter Tränen, »weil ich dachte, es würde ohnehin schnell vorübergehen, und weil ich dir keine Sorgen machen wollte.«

»Du bist nicht verrückt. Dafür gab es nie auch nur die geringsten Anzeichen. Du bist weder gereizter als vorher, noch hast du abgenommen. Solange nichts außer Kontrolle gerät, gibt es einen Ausweg.«

Warum hat er Abnehmen erwähnt?

»Ich kann unseren Arzt bitten, dass er ein Rezept für Beruhigungsmittel ausstellt, das dir hilft, einzuschlafen. Ich werde ihm sagen, dass es für mich ist. Ich glaube, dass du, wenn es dir gelingt, dich auszuruhen, ganz allmählich wieder deine Gedanken in den Griff bekommst. Vielleicht sollten wir mehr Sport treiben. Die Kinder würden das lieben. Wir sind zu sehr auf unsere Arbeit fixiert, und das ist nicht gut.«

Aber ich bin doch gar nicht auf meine Arbeit fixiert. Im Übrigen helfen mir diese Reportagen, meinen Geist beschäftigt zu halten und dieses wilde Kreisen der Gedanken zu vermeiden, das mich überkommt, wenn ich nichts zu tun habe.

»Jedenfalls sollten wir uns mehr bewegen, an der frischen Luft sein. Laufen, bis wir nicht mehr können, bis wir vor Erschöpfung umfallen. Vielleicht sollten wir auch mehr Leute zu uns nach Hause einladen …«

Das wäre der Alptraum schlechthin! Reden zu müssen, die Gäste bewirten, ständig ein gezwungenes Lächeln auf den Lippen haben, über das Opernprogramm und die ständigen Verkehrsstaus reden und zur Krönung des Abends auch noch alles aufräumen zu müssen.

»Lass uns am Wochenende zum Juraparc hochfahren. Wir sind schon eine Ewigkeit nicht mehr dort gewesen.«

Am Wochenende sind die Wahlen, und am Sonntag habe ich Dienst auf der Redaktion.

Wir essen schweigend. Der Kellner ist schon zweimal gekommen, um zu sehen, ob wir mit dem Hauptgang endlich fertig sind, dabei haben wir das Essen kaum angerührt. Die zweite Flasche Wein ist schnell leer. Ich stelle mir vor, dass mein Mann jetzt denkt: ›Wie kann ich meiner Frau helfen? Was kann ich tun, damit sie glücklich ist?‹ Nichts. Nichts außer dem, was er ohnehin bereits tut. Jedes Mehr an Zuwendung, wie zum Beispiel mit einer Schachtel Pralinen ankommen oder mit einem Blumenstrauß, würde ich als Zuviel und fürchterlich empfinden.

Es wird uns klar, dass mein Mann nicht mehr Auto fahren kann und wir den Wagen beim Restaurant stehen lassen und morgen wieder abholen müssen. Ich rufe meine Schwiegermutter an und frage sie, ob die Kinder über Nacht bei ihr bleiben können, und sage, dass ich am nächsten Morgen käme, um sie abzuholen.

»Was genau fehlt dir in deinem Leben?«

Bitte frag mich das jetzt nicht! Denn die Antwort ist: nichts. Nichts! Wenn ich doch bloß ernsthafte Probleme zu lösen hätte! Ich kenne absolut niemanden, der so etwas durchlebt wie ich gerade. Eine Freundin, die jahrelang unter Depressionen litt, lässt sich jetzt behandeln. Ich glaube nicht, dass ich das brauche, denn ich habe nicht alle Symptome, die sie mir genannt hat, und zudem möchte ich mich nicht auf das gefährliche Terrain der Psychopharmaka begeben. Andere mögen meinetwegen gereizt, gestresst sein oder wegen eines gebrochenen Herzens weinen und deswegen einen Psychiater konsultieren und sich Medikamente verschreiben lassen. Und im Falle des gebrochenen Herzens können sie meinetwegen sogar glauben, eine Depression zu haben. Aber darum handelt es sich keinesfalls; es handelt sich nur um ein gebrochenes Herz, eine gängige

»Krankheit«, die es seit Anbeginn der Zeit gibt, als der Mensch dieses geheimnisvolle Gefühl entdeckte, das Liebe heißt.

»Wenn du schon nicht zum Psychiater gehen willst, warum liest du dann nicht etwas über das Thema?«

Das habe ich selbstverständlich schon getan. Ich habe jede Menge Zeit damit verbracht, Websites zu Fragen der Psychologie zu lesen. Habe ernsthaften Yoga praktiziert. Ist ihm denn nicht aufgefallen, dass die Bücher, die ich mir in letzter Zeit gekauft habe, sich mit spirituellen Themen beschäftigen?

Trotz allem bin ich weiterhin auf der Suche nach einer Antwort und finde sie nicht. Die ganzen Ratgeber und auch das Dutzend anderer kluger Bücher, die ich gelesen habe, führten letztlich zu nichts. Sie hatten eine sofortige Wirkung, die aber verpuffte, sobald ich die Bücher wieder beiseitegelegt hatte. Worte, Sätze, die eine ideale Welt beschreiben, an die nicht einmal jene glauben, die sie geschrieben haben.

»Und jetzt bei unserem Abendessen, fühlst du dich da besser?«

Selbstverständlich. Aber darum geht es nicht. Ich muss wissen, wer ich geworden bin. Es geht um mich, um das, was ich bin. Es sind nicht die äußeren Umstände.

Ich sehe, dass er verzweifelt versucht mir zu helfen, aber er ist genauso verloren wie ich. Er kommt immer wieder auf diese Symptome zurück, und ich wiederhole, dass sie nicht das Problem sind, sondern eben nur die Symptome. Kennst du das Bild von einem schwarzen Loch?

»Aber nein.«

Aber genau das ist es.

Er versichert mir, dass ich aus dieser Situation herauskommen werde. Ich solle mich nicht verurteilen, mich deswegen nicht schuldig fühlen. Er stehe an meiner Seite.

»Es gibt immer ein Licht am Ende des Tunnels.«

Wie gern möchte ich dies glauben, aber ich stecke fest wie in Zement.

Mach dir keine Sorgen, ich werde tapfer weiterkämpfen wie in den letzten Monaten! Ich habe schon andere schwierige Phasen durchgemacht, die am Ende vorübergegangen sind.

»Eines Tages werde ich aufwachen«, versichere ich ihm, »und alles wird mir wie ein böser Traum vorkommen.«

Er bittet um die Rechnung, nimmt mich bei

der Hand, wir rufen ein Taxi. Ich fühle mich besser. Sich einem geliebten Menschen anzuvertrauen wirkt Wunder.

Jacob König, was hast du in meinem Schlaf-zimmer, in meinem Bett, in meinen Alpträu-men zu suchen? Du solltest hart arbeiten, schließ-lich sind in drei Tagen die Staatsratswahlen, und du hast kostbare Stunden, die du deinem Wahl-kampf hättest widmen sollen, mit mir vertan, in-dem du mit mir in der Perle du Lac Mittag gegessen und dich im Parc des Eaux-Vives mit mir unterhalten hast.

Genügt dir das denn nicht? Was suchst du mich jetzt auch noch in meinen Träumen und Alpträu-men heim? Ich habe deinen Vorschlag genau be-folgt: Habe mit meinem Mann geredet, durfte einmal mehr erfahren, wie sehr er mich liebt, und als wir miteinander schliefen – so leidenschaftlich wie schon lange nicht mehr –, verschwand auch die Empfindung, dass diese Glücksgefühle aus meinem Leben gleichsam herausgesaugt worden seien.

Bitte verschwinde jetzt aus meinen Gedanken. Morgen werde ich noch früher als sonst aufste-hen müssen, um die Kinder bei der Schwiegermutter abzuholen. Anschließend werde ich auf den Markt gehen, ewig herumkurven müssen, um einen Parkplatz zu finden, mir einen originellen Artikel über ein ödes Thema wie die Staatsratswahlen aus den Fingern saugen ... Lass mich in Frieden, Jacob König!

Ich bin glücklich in meiner Ehe. Und du ahnst ja nicht, ja es kommt dir im Traum nicht in den Sinn, dass ich die ganze Zeit an dich denke. Heute Nacht hätte ich gern jemanden an meiner Seite, der mir Geschichten mit Happy End erzählt, mir vor dem Einschlummern ein Schlaflied singt. Doch nichts da – stattdessen drehen sich meine Gedanken im Kreis, um dich, um dich, um dich.

Ich bin dabei, die Kontrolle zu verlieren. Obwohl wir uns tagelang nicht gesehen haben, bist du ständig gegenwärtig.

Wenn du nicht endlich verschwindest, werde ich gezwungen sein, zu dir nach Hause zu kommen, einen Tee mit dir und deiner Ehefrau zu trinken, um zu begreifen, dass ihr glücklich seid, dass ich keine Chance habe ... Dass du gelogen hast, als du sagtest, du hättest dich in meinen Augen widergespiegelt gesehen. Dass du ganz bewusst zugelassen hast, dass ich mich mit jenem Kuss kompromittierte, um den ich nicht gebeten wurde. Ich hoffe, du verstehst mich, ich bitte dich inständig darum, denn ich selbst verstehe überhaupt nicht, was ich eigentlich will.

Ich steige aus dem Bett, schleiche zu meinem Laptop, mit dem Vorsatz, mich zum Thema »Wie erobere ich meinen Mann (zurück)?« schlauzumachen. Stattdessen tippe ich »Depression«. Ich will genau wissen, was gerade mit mir passiert.

Ich lande auf einer Website, die dem Leser die Möglichkeit bietet, eine Selbstdiagnose zu stellen: »Wie finde ich heraus, ob ich ein psychisches Problem habe?« Es gibt eine Liste von Fragen, und meine Antwort ist in den meisten Fällen nein.

Ergebnis: »Sie machen möglicherweise gerade eine schwierige Phase durch, aber nichts, was dem klinischen Zustand eines depressiven Menschen nahekommt. Es besteht keine Notwendigkeit, einen Arzt aufzusuchen.«

Hatte ich es nicht gesagt? Ich wusste es. Ich bin nicht krank. Offensichtlich erfinde ich all dies nur, um mehr Aufmerksamkeit zu bekommen. Oder um mich selber zu beschwindeln, um mein Leben ein wenig interessanter zu machen, denn ich habe ja *Probleme*! Probleme verlangen immer nach Lösungen, und ich kann meine Zeit – tage-, wochenlang – damit verbringen, sie zu lösen.

Vielleicht ist es ja doch eine gute Idee, wenn mein Mann unseren Hausarzt um ein Mittel gegen meine Einschlafstörungen bittet. Wer weiß, vielleicht liegt es ja nur am Arbeitsstress, vor allem jetzt, vor den Staatsratswahlen, der mich so angespannt sein lässt. Ich will immer zwanghaft überall die Beste sein, beruflich wie privat, wo doch Job und Privatleben ohnehin nicht leicht unter einen Hut zu bringen sind.

Heute ist Samstag, der Vorabend der Wahl. Ich habe einen Freund, der behauptet, die Wochenenden zu hassen, weil an der Wertpapierbörse dann kein Handel stattfindet und er nichts hat, womit er sich die Zeit vertreiben kann.

Mein Mann hat mich davon überzeugt, dass wir mit den Kindern mal wieder einen kleinen Ausflug machen sollten. Da ich morgen in der Zeitung Dienst habe, muss es heute sein.

Ich soll meine Jogginghose aus Mikrofaser anziehen. Mir ist es entsetzlich peinlich, so aus dem Haus zu gehen. Wir fahren nach Nyon, in die einstige Römerstadt, die inzwischen auf 20 000 Einwohner angewachsen ist. Ich protestiere, Fleece sei etwas fürs Haus, aber mein Mann lässt nicht locker.

Da ich mich nicht mit ihm streiten will, tue ich brav, worum er mich bittet. Im Übrigen bin ich im Moment sowieso nicht streitlustig. Je ruhiger, desto besser.

Während ich zu einem Picknick in ein dreißig Autominuten entferntes Städtchen fahre, besucht

Jacob vermutlich gerade Wahlveranstaltungen, bespricht sich mit Beratern und Freunden. Vielleicht ist er aufgeregt oder gar etwas gestresst, aber innerlich zufrieden, weil es vorangeht. Die geheime Stimmabgabe ist in der Schweiz wie in jeder Demokratie ein hohes Gut. Doch gibt es vorab Meinungsumfragen, und denen zufolge sieht es so aus, als würde Jacob wiedergewählt.

Seine Frau wird in der vergangenen Nacht kein Auge zugetan haben, aber aus ganz anderen Gründen als ich. Bestimmt kreisen ihre Gedanken um den Sektempfang nach Bekanntgabe des Wahlergebnisses. Jetzt, am Vormittag, wird sie auf dem Marché de Rive sein, wo zweimal wöchentlich Stände mit Gemüse, Obst und Fleisch in Sichtweite der Bank Julius Bär, den Schaufenstern von Prada, Gucci, Armani und anderen Luxuslabels aufgebaut werden. Das Beste ist gerade gut genug, und der Preis spielt keine Rolle. Anschließend fährt sie vielleicht mit ihrem Wagen nach Satigny, um eines der vielen Weingüter zu besuchen, die der Stolz der Region sind. Dort wird sie diverse Jahrgänge probieren und einen auswählen, der bei Weinkennern – wie zum Beispiel ihrem Mann – garantiert gut ankommt.

Anschließend wird sie müde, aber glücklich

nach Hause fahren. Die Wahl ist noch nicht gewonnen, aber was spricht dagegen, den Sektempfang dennoch schon vorzubereiten?

Mein Gott, jetzt merkt sie, dass sie zu wenig Käse hat! Sie steigt in den Wagen und fährt schnell noch mal zum Markt. Sucht unter den zig verschiedenen Sorten die aus, die der Stolz der französischsprachigen Kantone Fribourg und Waadt sind: Gruyère (den es in vier Reifestufen gibt: mild, mi-salé, surchoix und extrareif, der mindestens 15 Monate reifen muss), Tomme Vaudoise (zarte weiße Rinde mit einer dünnen Schicht Weißschimmel, cremige Konsistenz, kann geschmolzen oder so, wie er ist, konsumiert werden), und L'Étivaz (langsam auf Fichtenholzfeuer erhitzter Alpkuhmilchkäse).

Überlegt sich Madame König, ob sie sich auf die Schnelle in einer Boutique noch etwas Neues zum Anziehen kaufen soll. Oder könnte das zu protzig wirken? Lieber auf Nummer sicher gehen und das Kleid von Moschino von vor ein paar Jahren aus dem Schrank holen, das sie in Mailand gekauft hat, wohin sie ihren Mann zu einem Arbeitsrechtskongress begleitet hat.

Und wie geht es Jacob inzwischen?

Bestimmt ruft er stündlich seine Frau an, fragt

sie vor jedem seiner Statements um Rat, fragt sie, ob er besser bei dieser oder bei jener Wahlveranstaltung vorbeischauen soll, und bittet sie, nachzusehen, ob die *Tribune de Genève* auf ihrer Website etwas Neues über ihn veröffentlicht hat. Er zählt auf sie und ihre Ratschläge, kann sich bei ihr ein wenig abreagieren, bespricht mit ihr letzte Strategieänderungen. Wie er während unseres Gesprächs im Park angedeutet hat, bleibt er nur in der Politik, um seine Frau nicht zu enttäuschen. Er hasst inzwischen alles, was mit Politik zusammenhängt. Doch wenn er seine brillante Karriere fortsetzt, schafft er es bis ganz nach oben, bis zum Staatsratspräsidenten oder, wer weiß, gar bis zum Bundespräsidenten. Was in der Schweiz eindrücklicher klingt, als es in Wahrheit ist, da die sieben Bundesräte bzw. Minister zusammen die Exekutive bilden und jeweils einer von ihnen als *primus inter pares* turnusmäßig für ein Jahr die Präsidentschaft übernimmt. Diese besteht mehr oder weniger darin, bei den Sitzungen der Schweizer Regierung den Vorsitz zu führen und reine Repräsentationsaufgaben eines Staatsoberhaupts zu übernehmen; der/die Bundespräsident/in wird von beiden Kammern des Parlaments gewählt. Dennoch: Wer würde nicht gerne sagen können, dass der Ehemann oder die Ehefrau Präsident/in der *Eidgenossenschaft*, wie die Schweiz auch noch heißt, gewesen ist?

Ein solches Amt würde dem Ehepaar König viele Türen öffnen, würde Einladungen zu internationalen Kongressen in aller Welt nach sich ziehen und, nach Ende der Amtszeit, Jacob das eine oder andere Aufsichtsratsmandat von großen Industrieunternehmen einbringen. Vor dem Ehepaar König liegt eine glänzende Zukunft, während ich statt im Moschino-Kleid im Trainingsanzug im Wagen sitze und nur die Aussicht auf ein Picknick in Nyon habe.

Als Erstes besuchen wir das Römische Museum, und dann steigen wir den kleinen Hügel hinauf, um uns ein paar Ruinen anzuschauen. Unsere Jungs spielen. Jetzt, wo mein Mann Bescheid weiß, fühle ich mich erleichtert: Ich muss nicht mehr die ganze Zeit so tun als ob.

»Lass uns etwas am Ufer des Sees laufen.«

Und was ist mit den Kindern?

»Keine Sorge, sie werden schon ruhig auf uns warten. Dazu sind sie alt genug.«

Wir gehen alle vier wieder hinunter zur Uferpromenade des Genfersees. Mein Mann kauft den Kindern ein Eis und sagt, sie sollen hier auf einer Bank warten, damit Papa und *Maman* ein wenig ungestört miteinander reden können. Unser Älterer beschwert sich, dass er sein iPad nicht mitbringen durfte. Mein Mann geht zum Wagen und holt das verdammte Gerät. Der Bildschirm wird von nun an das allerbeste Kindermädchen sein. Die Jungs werden sich nicht rühren, bis sie nicht jede Menge Terroristen in Spielen getötet haben, die eigentlich für Erwachsene gemacht sind.

Wir fangen an zu laufen. Auf der einen Seite haben wir die Blumenrabatten und Parks, auf der anderen die Möwen und die Segelboote, die die Bise nutzen, die jetzt schon neun Tage weht und für blauen Himmel und gutes Wetter sorgt. Wir joggen eine gute Viertelstunde nebeneinanderher. Nyon liegt schon hinter uns, und ich denke, es wäre an der Zeit umzukehren.

Ich habe ewig lange keinen Sport mehr getrieben. Nach zwanzig Minuten bleibe ich erschöpft stehen. Ich kann nicht mehr.

»Natürlich kannst du noch!«, spornt mich mein Mann an, während er auf der Stelle hüpft. »Nun komm schon, lauf mit mir bis zum Ende!«

Ich beuge mich vor, die Hände auf die Oberschenkel gestützt. Mein Herz klopft wie wild; schuld daran sind die durchwachten Nächte. Mein Mann hüpft weiter um mich herum.

»Jetzt komm schon, du schaffst es! Man darf einfach nicht anhalten. Tu es für mich, für die Kinder! Hier geht es nicht nur um Sport. Es geht darum, dass, wenn man sich ein Ziel setzt, nicht auf halber Strecke aufgeben sollte.«

Spricht er etwa über meine zwanghafte Traurigkeit?

Er hält inne, fasst mich bei den Händen, schüttelt mich sanft. Ich bin zu erschöpft, um zu laufen, und gleichzeitig fehlt mir die Kraft, ihm zu widersprechen. Wir laufen die restlichen zehn Minuten locker nebeneinanderher.

Wir kommen an Wahlplakaten vorbei, die ich auf dem Hinweg nicht bemerkt hatte. Bei den Fotos der Staatsratskandidaten für den Kanton Waadt (in dem wir uns hier befinden) muss ich natürlich an Jacob denken, der mir in Genf von jeder Plakatwand entgegenlächelt.

Ich laufe schneller. Mein Mann ist überrascht und läuft auch schneller. Und wir brauchen für die Strecke, die wir auf dem Hinweg in zehn Minuten zurücklegten, nur noch sieben. Die Kinder haben sich nicht vom Fleck gerührt und starren wie gebannt auf das iPad; der schönen Landschaft ringsum, dem Alpenpanorama, den Segelschiffen und den Möwen gönnen sie keinen Blick.

Mein Mann geht zu ihnen, aber ich laufe weiter. Er schaut mich zugleich überrascht und glücklich an. Er wird sich vorstellen, dass seine Worte Wirkung gezeitigt haben, dass ich meinen Körper jetzt beim Laufen mit den so notwendigen Endorphinen versorge, die ins Blut ausgeschüttet werden, wann immer wir uns etwas intensiver körperlich betätigen, wie beim Joggen oder auch beim Sex, und die nicht nur unsere Stimmung verbessern, sondern auch unser Immunsystem stärken, uns weniger schnell altern lassen, vor allem aber ein Gefühl von Euphorie und Lust hervorrufen.

Bei mir allerdings ist die Wirkung des Laufens eine ganz andere. Die Endorphine haben mir nur gerade den nötigen Schub gegeben, dass ich weiterlaufen kann, bis ich am Horizont verschwinde und alles hinter mir zurücklasse. Warum bloß habe ich so wunderbare Jungs? Warum bloß musste ich meinen Mann kennenlernen und mich in ihn verlieben? Wäre ich ihm nicht begegnet, wäre ich dann nicht eine freie Frau?

Ich bin verrückt. Am besten sollte ich bis zum nächsten psychiatrischen Krankenhaus laufen und um Aufnahme bitten, denn so was darf man nicht denken. Aber ich spinne den Gedanken weiter. Laufe noch ein paar Minuten, kehre um, plötzlich von Panik gepackt, mein Wunsch nach Freiheit könnte Wirklichkeit werden und ich würde bei meiner Rückkehr zu der Parkbank in Nyon niemanden mehr vorfinden.

Aber sie sind da, alle drei, und lächeln der heranjoggenden Mutter und Ehefrau entgegen. Ich umarme sie. Ich bin verschwitzt, fühle, dass mein

Körper und mein Geist schmutzig sind, dennoch drücke ich sie fest an mich. Trotz allem, was ich fühle. Beziehungsweise trotz allem, was ich nicht fühle.

Du suchst dir dein Leben nicht aus: Es sucht sich dich aus. Und ob es nun Freude oder Traurigkeit für dich bereithält, nimm es an und schreite voran.

Wir wählen unser Leben nicht aus, aber wir entscheiden, was wir mit der Freude und der Traurigkeit, die es für uns bereithält, anfangen.

An diesem Sonntagnachmittag befinde ich mich (wie ich erst meinem Chef und anschließend mir selbst weismachte) aus rein beruflichen Gründen am Sitz von Jacobs Partei. Es ist 17:45 Uhr, und alle feiern. Anders als ich es mir in meinen krankhaften Projektionen vorstellte, wird keiner der gewählten Kandidaten einen Empfang geben. Also werde ich diesmal keine Gelegenheit bekommen, das Zuhause von Jacob und Marianne König von innen kennenzulernen.

Kaum angekommen, erhalte ich erste Informationen. Mehr als 45% der Stimmberechtigten des Kantons haben gewählt – ein Rekord. Die meisten Stimmen hat eine Frau auf sich vereinigt,

Jacob liegt an dritter Stelle, was ihm das Recht geben wird, Mitglied der Regierung zu werden.

Der große Saal ist mit gelben und grünen Ballons geschmückt, die meisten Anwesenden haben bereits ein Glas in der Hand, und einige machen das Siegeszeichen in meine Richtung, vielleicht in der Hoffnung, ihr Foto morgen in der Zeitung zu sehen. Aber heute ist Sonntag, wunderschönes Wetter, und die Fotografen sind noch nicht da.

Jacob sieht mich und wendet sich sofort jemand anderem zu, um mit ihm ein paar (wie ich mir einrede) nichtssagende Worte zu wechseln.

Ich muss arbeiten oder zumindest so tun, als täte ich es. Ich hole einen Notizblock, einen Filzstift sowie ein Aufnahmegerät heraus, mit dem ich herumgehe und Statements einsammle wie »Jetzt können wir endlich das Gesetz über die Immigration bestätigen«, oder »Die Wähler haben offenbar begriffen, dass sie das letzte Mal die falsche Wahl getroffen haben, und mich jetzt zurückgeholt«.

Die große Siegerin des Tages erklärt: »Ohne die Stimmen der Frauen stünde ich jetzt nicht hier.«

Léman Bleu, der lokale Fernsehsender, hat im großen Saal ein behelfsmäßiges Studio aufgebaut.

Die für Politik zuständige Moderatorin, das obskure Objekt der Begierde von nahezu allen anwesenden Männern, stellt intelligente Fragen, erhält als Antwort jedoch nur vorgefertigte und von den Beratern genehmigte Phrasen.

Irgendwann wird Jacob König aufs Podium gerufen, und ich versuche näher heranzutreten, um zu hören, was er sagt. Da stellt sich mir jemand in den Weg. »Hallo, ich bin Marianne König. Jacob hat mir viel von Ihnen erzählt.« Was für eine Frau! Blond, blauäugig, elegante schwarze Wolljacke, dazu ein rotes Hermès-Tuch ... als einziges erkennbares Label, alles andere jedoch sieht ebenfalls nach einem Pariser Stylisten aus, dessen Name aber geheim gehalten wird, um Nachahmerinnen zu vermeiden.

Ich begrüße sie und spiele die Überraschte.

Jacob hat von mir erzählt? Ja, ich habe ihn interviewt, und einige Tage später haben wir zusammen zu Mittag gegessen. Obwohl Journalisten keine Meinung über Interviewte abgeben sollten, sage ich, dass ich ihren Gatten mutig finde, weil er den Bestechungsversuch öffentlich gemacht hat.

Marianne König tut so, als wäre sie an meinen Worten interessiert. Sie weiß bestimmt mehr, als ihre Augen verraten. Ob Jacob ihr etwas über unser Treffen im Parc des Eaux-Vives erzählt hat? Soll ich das ansprechen?

Das Interview des Senders Léman Bleu hat bereits begonnen, aber sie scheint nicht sonderlich daran interessiert zu sein, was ihr Mann sagt – zweifellos kennt sie seine Antworten schon auswendig. Bestimmt hat sie das hellblaue Hemd und die graue Krawatte für ihn ausgewählt, das perfekt geschnittene Flanelljackett, die Uhr, die er trägt – weder zu teuer, damit es nicht angeberisch wirkt, noch zu billig, was Verachtung für einen der wichtigsten Industriezweige unseres Landes ausdrücken würde.

Ich frage sie, ob sie eine Erklärung abgeben möchte. Sie sagt, in ihrer Funktion als Assistenzprofessorin für Philosophie an der Universität Genf sehr gerne. Aber als Ehefrau eines eben wiedergewählten Politikers wäre dies unpassend.

Ich gehe davon aus, dass sie mich provozieren will, und beschließe, es ihr mit gleicher Münze heimzuzahlen. Ich sage, dass ich ihre Haltung bewundere, mit der sie mit der Meldung, dass ihr Ehemann mit der Frau eines Freundes eine Affäre gehabt hätte, umgegangen sei, dass sie keinen Skandal daraus gemacht habe, nicht einmal, als die Meldung kurz vor den Wahlen durch alle Zeitungen gegangen sei.

»Ganz im Gegenteil. Wenn es sich um Sex in gegenseitigem Einverständnis handelt, bei dem Liebe keinen Raum einnimmt, bin ich für völlige Freiheit in Beziehungen.«

Ob sie damit auf etwas anspielt? Irgendwie gelingt es mir nicht, direkt in die blauen Scheinwerfer ihrer Augen zu schauen. Es reicht gerade, um festzustellen, dass sie nur sehr dezent geschminkt ist, weil sie mehr nicht nötig hat. »Im Übrigen«, fügt sie hinzu, »war es meine Idee, Ihre Zeitung durch einen anonymen Hinweis davon in Kenntnis zu setzen und alles in der Woche der Wahl zu enthüllen. Die Leute werden seine Untreue schnell vergessen, aber sich immer daran erinnern, mit welchem Mut er, selbst auf die Gefahr hin, ein echtes Problem mit seiner Frau zu bekommen, den Korruptionsversuch öffentlich gemacht hat.«

Sie lacht über diesen letzten Satz und weist mich darauf hin, dass diese Erklärungen *off the record* und nicht zur Veröffentlichung bestimmt seien.

Ich sage, dass den journalistischen Regeln zufolge die befragten Personen, bevor sie etwas sagen, die Journalisten darum bitten müssen, dass sie das Gesagte nicht veröffentlichen. Der Journalist kann dem dann zustimmen oder nicht. Erst nachträglich darum zu bitten sei so, als wolle man versuchen, ein Blatt aufzuhalten, das bereits in den Fluss gefallen sei und nun dorthin reise, wohin das Wasser es tragen will. Zu diesem Zeitpunkt könne das Blatt nicht mehr selber entscheiden.

»Aber Sie werden das doch akzeptieren, nicht wahr? Sie haben doch nicht das geringste Interesse daran, meinem Mann zu schaden.«

Nach weniger als fünf Minuten, die unser Gespräch gedauert hat, herrscht bereits deutliche Feindseligkeit zwischen uns. Ich zeige einen gewissen Unwillen, akzeptiere aber, dass die Erklärungen nicht publiziert werden. Und sie registriert in ihrem exzellenten Gedächtnis, dass sie künftig im Voraus darauf hinweisen muss, wenn sie etwas nicht veröffentlicht haben will. Sie gehört zu den Menschen, die ständig etwas dazulernen. Die sich in ihren Ambitionen nicht bremsen lassen. Ja, *ihren* Ambitionen, denn Jacob hat mir ja gestanden, dass er in dem Leben, das er führt, unglücklich ist.

Sie wendet den Blick nicht von mir ab. Ich beschließe, zu meiner Rolle als Journalistin zurückzukehren, und frage sie, ob sie noch etwas hinzufügen möchte. Hat sie für die engsten Freunde zu Hause ein Fest vorbereitet?

»Natürlich nicht! Stellen Sie sich vor, wie viel Arbeit das machen würde. Und außerdem ist mein Mann ja jetzt bereits gewählt. Feste und Abendessen veranstaltet man vorher, wenn es gilt, Stimmen zu sammeln.«

Ich riskiere, wie eine Idiotin dazustehen, aber eine Frage muss ich noch loswerden.

Ist Jacob glücklich?

Da sehe ich, dass ich ins Schwarze getroffen habe. Madame König setzt eine herablassende Miene auf und antwortet langsam, fast lehrerinnenhaft:

»Selbstverständlich ist er glücklich. Wie kommen Sie denn darauf, dass er es nicht sein könnte?«

Diese Frau! So viel Arroganz verleitet mich noch zu Mordgedanken.

Wir werden beide gleichzeitig angesprochen – ich von einem Assistenten, der mir die Siegerin des Tages vorstellen möchte, sie von jemandem, der gekommen ist, um sie zu begrüßen. Ich verabschiede mich mit den Worten, es sei mir eine Freude gewesen, sie kennenzulernen. Gerne hätte ich noch hinzugefügt, dass ich – selbstverständlich *off the record* – bei nächster Gelegenheit gerne Näheres darüber erfahren möchte, was genau sie mit einverständlichem Sex habe sagen wollen, doch es ist bereits zu spät. Stattdessen überreiche ich ihr meine Visitenkarte, falls sie noch etwas brauchen sollte, doch sie übersieht sie einfach. Ich habe mich schon von ihr ab- und der Politikerin zugewandt, da nimmt Marianne mich am Arm und sagt vor dem Assistenten der siegreichen Politikerin und vor dem Bekannten, der gekommen war, um sie zum Erfolg ihres Mannes zu beglückwünschen:

»Ich bin übrigens dieser Frau begegnet, die mit meinem Mann zu Mittag gegessen hat. Sie tut mir leid, denn sie gibt vor, stark zu sein, obwohl sie in Wahrheit schwach ist. Sie spielt die Selbstsichere, dabei fragt sie sich ständig, was die anderen über sie und ihre Arbeit denken. Sie muss eine ausgesprochen einsame Person sein. Wie Sie wissen, haben wir Frauen einen sechsten Sinn dafür herauszufinden, wer unserer Beziehung gefährlich werden kann. Habe ich nicht recht, meine Liebe?«

Aber ja doch, antworte ich, ohne eine Miene zu verziehen. Der Assistent wirkt genervt. Die Politikerin wartet, dass ich mich ihr zuwende.

»Aber sie hat nicht die geringste Chance«, fügt Marianne hinzu.

Damit reicht sie mir die Hand, ich verabschiede mich, und sie entfernt sich ohne ein weiteres Wort.

Den ganzen Montagvormittag versuche ich ständig, Jacob auf seinem Handy zu erreichen. Ohne Erfolg. Er meldet sich auch nicht zurück. Ich deaktiviere die Anruferkennung in der Annahme, dass er meine Nummer gespeichert hat. Versuche es erneut, wieder erfolglos.

Ich lasse mich mit seinen Beratern verbinden, die mich wissen lassen, dass er am Tag nach der Wahl sehr beschäftigt sei. Ich insistiere, ich müsse ihn unbedingt sprechen und würde es weiter versuchen. Dann greife ich auf einen alten Trick zurück und rufe von einem fremden Handy an, das mit Sicherheit nicht unter seinen Kontakten gespeichert ist.

Nach zweimaligem Klingeln nimmt Jacob ab.

»Ich bin's. Ich muss dich dringend treffen.«

Jacob antwortet höflich, das sei heute leider unmöglich, er werde sich später melden.

»Ist das deine neue Nummer?«, fragt er.

»Nein, es ist ein geliehenes Handy. Du hast meine Anrufe nicht angenommen.«

Er lacht kultiviert, als würde er gerade mit jemand viel Wichtigerem als mir sprechen. Ich stelle mir vor, dass er von Menschen umgeben ist und sich nichts anmerken lassen darf.

Jemand hat uns im Park fotografiert und will mich jetzt erpressen, lüge ich. Ich werde sagen, dass es seine Schuld sei, er habe mich festgehalten. Die Leute, die ihn wiedergewählt haben im Vertrauen darauf, dass seine Affäre ein einmaliger Ausrutscher gewesen sei, würden sehr enttäuscht sein. Das könne ihn zwar nicht mehr seine Wahl in den Staatsrat kosten, aber doch immerhin seinen Traum zunichtemachen, Bundesrat zu werden.

»Ist mit dir alles in Ordnung?«

Ich sage ja und lege auf, nachdem ich ihn gebeten habe, mir eine SMS zu schicken, wann wir uns morgen treffen können.

Es geht mir großartig.

Wie könnte es anders sein? Endlich habe ich etwas, das meinem faden Leben einen Kick geben wird. Und ich werde meine schlaflosen Nächte nicht mehr mit fruchtlosen und ausufernden Gedanken verbringen: Denn ich weiß jetzt, was ich will. Ich habe vor, eine Feindin zu zerstören und ein Ziel zu erreichen.

Einen Mann zu erobern.

Es ist keine Liebe – oder vielleicht ist es das doch, aber das spielt hier keine Rolle. Meine Liebe gehört mir, und ich bin frei, sie wem auch immer zu schenken, auch wenn sie nicht erwidert wird. Selbstverständlich wäre es großartig, wenn dies irgendwann der Fall sein würde, aber wenn nicht, dann macht das auch nichts. Ich werde nicht aufgeben, nicht aufhören, diesen Brunnen zu graben, denn ich weiß, dass dort ganz unten Wasser ist, lebendiges Wasser.

Der Gedanke, der mir eben gekommen ist, stimmt mich fröhlich: Es steht mir frei zu lieben, wen ich will, ich kann darüber frei entscheiden, ohne jemanden um Erlaubnis fragen zu müssen. Wie viele Männer waren schon in mich verliebt, ohne dass ich ihre Liebe erwidert hätte? Und dennoch verwöhnten sie mich mit Geschenken, machten sie mir den Hof, scheuten sich nicht, sich vor ihren Freunden lächerlich zu machen. Und waren nie nachtragend.

Wenn wir uns später wiedersahen, funkelte in ihren Augen immer jener Eroberungsdrang, den sie ihr Leben lang nicht verlieren würden.

Wenn sie das konnten, warum dann nicht auch ich? Es lohnt sich immer, für eine Liebe zu kämpfen, selbst wenn sie nicht erwidert wird.

Es mag nicht besonders lustig sein. Es mag in unseren Herzen tiefe Wunden hinterlassen. Dennoch lohnt es sich, zumal für jemanden wie mich, die Angst hat, Risiken einzugehen, und jegliche Form der Veränderung scheut, wenn sie sie nicht unter Kontrolle hat.

Ich werde kein Gefühl mehr unterdrücken. Diese Herausforderung rettet mich.

Vor sechs Monaten haben wir eine neue Waschmaschine gekauft und mussten deshalb im Keller neue Rohre legen lassen, den Fußboden erneuern und die Wand neu streichen. Am Ende war dieser Bereich schöner als die Küche.

Damit es nicht so auffiel, haben wir die Küche renoviert. Und da stellten wir fest, wie abgewohnt das Wohnzimmer aussah. Wir haben das Wohnzimmer neu gestaltet, das nun gemütlicher wirkte als das Arbeitszimmer, das fast zehn Jahre nicht mehr neu gestrichen worden war.

Wir nahmen uns das Arbeitszimmer vor. Und nach und nach musste das ganze Haus dran glauben.

Ich hoffe, dass das Gleiche mit meinem Leben passiert. Dass kleine Dinge zu großen Veränderungen führen werden.

Ich verbringe eine ganze Weile damit, Mariannes Leben zu erforschen, die sich selber ganz formell immer als Madame König bezeichnet. Sie stammt aus einer reichen Familie, die Gesellschafterin eines der größten pharmazeutischen Unternehmen der Welt ist. Auf den Fotos im Internet ist sie immer elegant und dem Anlass entsprechend angezogen. Sie würde nie wie ich im Jogginganzug nach Nyon fahren oder in einem Versace-Kleid in einen Nachtclub voller junger Leute gehen.

Möglicherweise ist sie die beneidenswerteste Frau von ganz Genf und Umgebung. Obwohl sie eine reiche Erbin und Ehefrau eines vielversprechenden Politikers ist, macht sie Karriere an der Universität als Dozentin im Fach Philosophie. Sie hatte mit einer Arbeit zum Thema ›Verletzlichkeit und Psychose nach dem Eintritt ins Rentenalter‹ promoviert, die im Genfer Universitätsverlag erschien. Zwei ihrer wissenschaftlichen Arbeiten wurden in der anerkannten Zeitschrift *Les Rencontres* publiziert, zu deren Autoren unter anderen Theodor Adorno und Jean Piaget zählen. Sie hat einen eigenen, wenngleich selten aktualisierten Eintrag auf Wikipedia, demzufolge sie als »Spezialistin für Aggression, Konflikt und Nötigung in den Sanatorien der französischsprachigen Schweiz« hervorgetreten ist.

Also wird sie sich mit den Höhen und Tiefen der menschlichen Existenz auskennen, und zwar in einem Maße, dass der »einvernehmliche Sex« ihres Mannes mit einer anderen Frau sie nicht schockieren kann.

Sie ist eine brillante Strategin, da sie eine ausgesprochen seriöse Zeitung dazu gebracht hat, einer anonymen Informantin Glauben zu schenken, etwas nie Dagewesenes in meinem Land, das sich auf ernsthaften Journalismus etwas zugutehält. Ich bezweifle, dass sie sich als »Quelle« zu erkennen gegeben hat.

Sie ist eine begabte Manipulatorin, denn sie hat es verstanden, eine potentielle Katastrophe in eine Lektion über Toleranz und Einvernehmen in der Ehe umzumünzen und der Korruption den Kampf anzusagen.

In weiser Voraussicht wartet sie mit dem Kinderbekommen. Sie hat noch Zeit und kann sich eine Karriere aufbauen, ohne nachts von Kindergeschrei geweckt zu werden und sich darüber hinaus (wie ich!) von den Nachbarn anhören zu müssen, sie sollte weniger arbeiten und sich besser um ihre Kinder kümmern.

Sie beweist einen ausgezeichneten Instinkt: Sie sieht mich nicht als eine Bedrohung, denn anders, als man annehmen könnte, stelle ich für niemanden eine Gefahr dar außer für mich selbst.

Das ist die Frau, die ich mitleidlos zerstören will.

Denn sie ist keines dieser armen Wesen, die um fünf Uhr morgens aufstehen, um im Stadtzentrum zu arbeiten, ohne Aufenthaltsgenehmigung, voller Angst, dass jemand entdecken könnte, dass sie illegal hier sind. Aber auch keine dieser mit einem hohen UNO-Funktionär verheirateten, verwöhnten Society Ladies, die auf allen Festen gesehen werden und nichts unversucht lassen, um zu zeigen, dass sie wohlhabend und glücklich sind, obwohl alle wissen, dass ihr Ehemann eine zwanzig Jahre jüngere Geliebte hat. Und auch nicht die besagte Geliebte des hohen Funktionärs, die für die UNO arbeitet, aber aller Arbeit und Mühe zum Trotz niemals als tüchtige Mitarbeiterin anerkannt werden wird, weil sie »eine Affäre mit dem Chef hat«.

Sie ist auch keine dieser mächtigen, aber letztlich einsamen Managerinnen, die nach Genf ziehen mussten, weil dort die Welthandelsorganisation ihren Sitz hat, wo alle Männer aus Angst, dass ihnen sexuelle Nötigung bei der Arbeit nachgesagt wird, mit keiner Frau einen Blick zu wechseln wagen. Und die nachts an die Decke ihrer riesigen, angemieteten Villa starrt und hin und wieder einen jungen Mann engagiert, der ihr Zerstreuung verschafft und sie vergessen lässt, dass sie den Rest ihres Lebens ohne festen Partner und auch ohne Kinder verbringen wird.

Nein, Marianne gehört in keine dieser Kategorien von Frauen. Sie hat alles. Sie ist die perfekte Frau.

Ich habe in letzter Zeit besser geschlafen. Ich werde mich noch vor dem Wochenende mit Jacob treffen. Zumindest hat er dies versprochen, und ich bezweifle, dass er den Mut hat, es sich anders zu überlegen. Er war bei unserem einzigen Telefongespräch am Montag sehr nervös.

Mein Mann glaubt, der Samstag in Nyon hätte mir gutgetan. Er hat keine Ahnung, dass ich just an jenem Tag entdeckt habe, was mir wirklich so zu schaffen machte: das Fehlen von Leidenschaft, von Abenteuer.

Eines der Symptome, die ich an mir selber festgestellt habe, war eine Art von Autismus. Je mehr mein Bedürfnis nach Sicherheit wuchs, desto enger wurde meine Welt, die zuvor weit und voller Möglichkeiten gewesen war. Warum war das so?

Könnte es ein Erbe unserer Vorfahren sein, das wir seit der Zeit der Höhlenmenschen in uns tragen? Gruppen schützen einander, Einzelgänger werden dezimiert.

Doch selbst als Mitglied einer Gruppe ist es unmöglich, alles unter Kontrolle zu haben. Wenn plötzlich unsere Zellen verrücktspielen, böse Tumoren bilden, uns die Haare ausfallen, merken wir, dass die Sicherheit, die uns die Zugehörigkeit zur Gruppe bietet, nur sehr relativ ist.

Aber die trügerische Sicherheit lässt uns das vergessen. Je genauer wir sehen, dass unser Leben Grenzen hat, umso besser. Selbst wenn dies nur psychologische Grenzen sind, selbst wenn wir im Grunde genommen wissen, dass früher oder später der Tod ungefragt eintreten wird, tut es gut, so zu tun, als hätten wir alles unter Kontrolle.

In letzter Zeit war mein Geist oft unruhig, in Aufruhr, wie das Meer. Ich habe mir meinen bisherigen Weg vor Augen geführt und fühle mich wie jemand, der während eines Orkans auf einem notdürftig zusammengezimmerten Floß eine Ozeanüberquerung machen muss. Werde ich überleben?, frage ich mich, denn ich sehe hinter mir kein Land mehr.

Selbstverständlich werde ich überleben.

Schließlich habe ich schon andere Stürme durchgestanden. Auch habe ich im Geist einen Notfallplan mit Maßnahmen erstellt, den ich aktivieren kann, wenn ich spüre, dass ich Gefahr laufe, erneut in das schwarze Loch zu fallen:

– Mit meinen Kindern spielen. Ihnen Geschichten vorlesen, die für mich ebenso lehrreich sein können wie für sie, denn Geschichten haben kein Verfalldatum.

- In den Himmel hinaufblicken.
- Eiskaltes Mineralwasser trinken. Ein simples, aber sehr wirkungsvolles Mittel, um meine Lebensgeister wieder zu wecken.
- Kochen – die schönste und die vollkommenste aller Künste, weil sie alle unsere fünf Sinne anspricht und einen sechsten, denjenigen, der immer sein Bestes geben will. Kochen ist meine Lieblings-Selbsttherapie.
- Eine Liste meiner Klagen und Beschwerden aufschreiben. Das war eine Entdeckung, und was für eine! Jedes Mal, wenn ich mich über etwas ärgere, notiere ich das Ärgernis. Um kurze Zeit später festzustellen, dass ich mich wegen nichts und wieder nichts aufgeregt habe.
- Lächeln, selbst wenn einem nach Weinen zumute ist, und das ist das Allerschwierigste, aber mit etwas Übung gelingt es einem immer besser. Die Buddhisten sagen, dass ein Lächeln im Gesicht, selbst ein gezwungenes, letztlich die Seele erleuchtet.
- Statt einmal zweimal täglich duschen. Zwar

trocknet dies wegen des hohen Kalk- und Chlorgehalts im Wasser der Stadt die Haut zusätzlich aus, doch fühlt man sich nachher körperlich wie seelisch rein.

Alles das funktioniert aber nur, weil ich jetzt ein Ziel habe: einen Mann zu erobern. Ich fühle mich wie ein Tiger, den man in die Enge getrieben hat und dem nur noch die Flucht nach vorn, der wütende Angriff bleibt.

Endlich habe ich einen Termin: morgen 15:00 Uhr im Restaurant des Golfplatzes von Cologny. Er hätte irgendein Bistro in der Stadt oder irgendein Café in einer der Querstraßen zur (wie ich behaupte) einzigen Shoppingmeile der Stadt wählen können, aber nein, er hat das Restaurant des Golfplatzes vorgeschlagen.

Mitten am Nachmittag.

Weil um diese Uhrzeit das Restaurant leer sein wird und wir für uns sein können. Ich muss eine plausible Ausrede für meinen Chef erfinden, warum ich mitten am Nachmittag wegmuss, aber er schluckt sie problemlos. Schließlich habe ich einen vielbeachteten Artikel über die Staatsratswahlen geschrieben, der in mehreren anderen Zeitungen des Landes nachgedruckt wurde.

Ein diskreter Ort – das wird Jacob im Sinn gehabt haben. Ein romantischer Ort – finde ich, weil ich so gern Wunsch und Wirklichkeit verwechsle. Der Herbst hat die Bäume in unterschiedliche Goldtöne getaucht, und vielleicht werde ich Jacob vorschlagen, gemeinsam einen

Spaziergang zu machen. Ich kann besser denken, wenn ich in Bewegung bin, und noch besser, wenn ich laufe wie in Nyon, aber ich glaube kaum, dass ich Jacob dazu überreden kann, morgen mit mir zu joggen.

Haha!

Heute Abend gibt es bei uns Raclette und dazu Rösti und vorher ein wenig Bündnerfleisch. Wegen der Raclette haben meine Jungs mich gefragt, ob es etwas Besonderes zu feiern gibt, und ich habe geantwortet: Ja, dass wir beisammen sind und gemeinsam ein ruhiges Abendessen genießen. Nach dem Essen habe ich zum zweiten Mal geduscht, das Wasser all meine Unruhe wegwaschen lassen, mich ausgiebig eingecremt und bin ins Zimmer der Kinder hochgegangen, um ihnen eine Geschichte vorzulesen. Ich fand sie über ihre Tablets gebeugt.

Ich befahl ihnen, sie auszuschalten – sie gehorchten widerwillig. Dann nahm ich ein Buch mit Erzählungen zur Hand, schlug es irgendwo auf:

Während der Eiszeit starben viele Tiere wegen der Kälte. Da beschlossen die Stachelschweine, sich aneinanderzukuscheln, um sich gegenseitig zu wärmen und zu schützen.

*Doch die Stacheln verletzten die Gefährten,
die ihnen am nächsten waren – ausgerechnet jene,
die ihnen am meisten Wärme lieferten. Deshalb
rückten sie wieder voneinander ab.*

*Und froren wieder, und einige von ihnen gin-
gen an der Kälte zugrunde.*

*Da mussten sie eine Wahl treffen. Entweder sie
würden alle umkommen und als Spezies ausster-
ben, oder sie lernten, die Stacheln ihrer Nächsten
zu lieben.*

*Weise beschlossen sie, noch einmal zusammen-
zurücken. Sie lernten, mit den kleinen Wunden
zu leben, die eine sehr enge Beziehung schaffen
kann, denn das Wichtigste war die Wärme des anderen. Und so überlebten sie.*

Die Kinder wollten wissen, wann sie ein echtes
Stachelschwein zu sehen bekämen.

»Gibt es welche im Zoo?«

Ich weiß es nicht.

»Was ist eine Eiszeit?«

Eine Zeit, in der es sehr kalt war.

»Wie im Winter?«

Ja, aber ein Winter, der niemals aufhört.

»Warum haben sie ihre Stacheln denn nicht
ausgerissen, ehe sie so nah aneinandergerückt
sind?«

Gott! Ich hätte eine andere Geschichte aussuchen sollen. Ich mache das Licht aus und singe ihnen noch ein Gutenachtlied, ein Lied aus den Schweizer Alpen, während ich ihnen über den Kopf streichle. Bald sind sie eingeschlafen.

Mein Mann bringt mir Valium hoch. Ich habe mich immer geweigert, solche Medikamente zu nehmen, aus Angst, abhängig zu werden, aber ich muss für den nächsten Tag fit sein.

Ich schlucke eine Tablette und falle in einen tiefen, traumlosen Schlaf. Wache zum ersten Mal seit langem nicht mitten in der Nacht auf.

Ich bin zu früh, gehe direkt zu dem schönen großen *Clubhouse* aus der Zeit des frühen 20. Jahrhunderts und von dort bis zu den Bäumen, entschlossen, den schönen Nachmittag zu genießen.

Melancholie. Dieses Wort ist das erste, das mir in den Sinn kommt, wenn der Herbst naht. Denn ich weiß, dass jetzt die Tage immer kürzer werden und dass wir nicht in der Welt der Stachelschweine zur Eiszeit leben: Heutzutage erträgt niemand die geringste Verletzung durch etwaige Stacheln seiner Nächsten.

In den nördlichen Ländern werden schon bald wieder Menschen vor Kälte erfrieren, wegen des Schnees wird Chaos auf den Straßen herrschen, und Flughäfen werden geschlossen werden. Hierzulande werden wir den Kamin anzünden und die Decken aus den Schränken holen.

Doch hier draußen auf dem Golfplatz empfängt mich einstweilen eine großartige Landschaft: Die Bäume, die einander im Sommer so ähnlich sahen, erhalten im Herbst eine eigene

Persönlichkeit und kleiden sich in tausend verschiedene Farbtöne. Ein Teil des Lebenszyklus geht zu Ende. Alles wird eine Zeitlang ruhen und im Frühjahr wieder sprießen und grünen.

Es gibt keine bessere Jahreszeit als den Herbst, um zu lernen, die Dinge loszulassen, die uns stören. Zuzulassen, dass sie sich von uns ablösen wie welke Blätter. Um zu lernen, wie die in den letzten warmen Strahlen der Sonne schaukelnden Blätter zu tanzen, Körper und Geist ein letztes Mal vor dem Winter mit ihrem Licht und ihrer Wärme aufzuladen, ehe sie nur noch als schwache Lampe am Himmel steht.

Aus der Ferne kann ich sehen, dass er angekommen ist. Er sucht mich im *Clubhouse,* auf der Terrasse, erkundigt sich beim Barman, der ein Zeichen in meine Richtung macht. Jetzt hat Jacob mich gesehen und winkt. Ich gehe langsam auf das *Clubhouse* zu. Ich möchte, dass er mein Kleid, meine Schuhe, meinen Übergangsmantel, meinen Gang bewundert. Auch wenn mir das Herz bis zum Hals klopft, darf ich nicht aus dem Schritt geraten.

Ich suche nach Worten. Aus welchem geheimnisvollen Grund treffen wir uns wieder? Warum beherrschen wir uns beide, obwohl wir wissen, dass es etwas zwischen uns gibt? Haben wir etwa Angst, zu stolpern und zu fallen, wie wir es schon viele Male erlebt haben?

Mir ist, als würde ich einen Tunnel betreten, durch den ich noch nie gegangen bin, einen Tunnel, der vom Zynismus zur Leidenschaft, von der ironischen Distanziertheit zur Hingabe führt.

Was er wohl denkt, während er mir so entgegensieht? Ich muss ihm erklären, dass wir keine Angst haben müssen und dass, wenn es das Böse gibt, dieses in unseren Ängsten versteckt ist.

Melancholie. Das Gefühl erfüllt mich und lässt mich ganz sentimental und mit jedem Schritt jünger werden.

Ich suche weiterhin nach den richtigen Worten, die ich sagen kann, wenn ich endlich vor ihm stehe. Das Beste ist, nicht danach zu suchen, sondern sie ganz natürlich fließen zu lassen. Sie sind hier in mir, nur erkenne ich sie einfach noch nicht. Aber sie sind mächtiger als mein Bedürfnis, alles im Griff zu haben.

Warum will ich meine eigenen Worte nicht hören, bevor ich sie ihm sage?

Ist es etwa aus Angst? Was kann es Schlimmeres geben als ein graues, trauriges Leben, in dem alle Tage gleich sind? Als die Angst davor, dass alles verschwindet – auch meine eigene Seele – und dass ich vollkommen allein auf der Welt zurückbleibe, obwohl ich doch eigentlich alles hatte, um glücklich zu sein?

Ich sehe im Gegenlicht die Schatten der von den Bäumen fallenden Blätter. Das Gleiche geschieht jetzt in mir: Mit jedem Schritt, den ich auf ihn zugehe, fällt eine weitere Schranke, eine weitere Schutzmauer, und mein dahinter verschanztes Herz wird von der Herbstsonne erfasst und erfreut sich daran.

Worüber werden wir uns jetzt gleich unterhalten? Über die Musik, die ich auf dem Weg hierher im Wagen gehört habe? Über den Wind in den Bäumen? Über das Menschsein, das Leben mit allen seinen Widersprüchen, seinen dunklen Tälern, dem Licht der Erlösung am Ende des Tunnels?

Wir werden über Melancholie sprechen, und er wird sagen, dass es ein trauriges Wort ist. Ich werde sagen, dass dem nicht so ist, dass es nostalgisch ist, dass es etwas Vergessenes, Fragiles ausdrückt, das wir alle in uns haben, wenn wir vorgeben, den Weg nicht zu erkennen, auf den das Leben uns ungefragt geführt hat, wenn wir unser

Schicksal verleugnen, weil es uns zum Glück hinführt, obwohl wir ausschließlich auf Sicherheit bedacht sind.

Noch ein paar Schritte. Noch mehr Schranken fallen. Noch mehr Licht scheint in mein Herz. Es kommt mir nicht mehr in den Sinn, was auch immer im Griff haben zu wollen, ich möchte nur diesen Nachmittag genießen, der niemals wiederkehren wird. Ich muss Jacob von nichts überzeugen. Wenn er es jetzt nicht versteht, wird er es eben später verstehen. Es ist nur eine Frage der Zeit.

Obwohl es kühl ist, werden wir uns draußen auf die Veranda setzen. So kann er rauchen. Anfangs wird er auf der Hut sein, mehr über das Foto erfahren wollen, das angeblich jemand im Parc des Eaux-Vives gemacht hat.

Aber wir werden auch über die Möglichkeit von Leben auf anderen Planeten sprechen, über Gottes Gegenwart, die wir im Alltag allzu oft vergessen. Wir werden über Glauben, über Wunder und über Begegnungen sprechen, die vorgezeichnet waren, noch bevor wir geboren wurden.

Wir werden über den ewigen Kampf zwischen Wissenschaft und Religion diskutieren. Wir werden über die Liebe sprechen, die immer zugleich als Erfüllung und als Bedrohung empfunden wird. Er wird darauf bestehen, dass meine Definition von Melancholie nicht korrekt ist, aber ich werde nur schweigend meinen Tee trinken, das Gesicht der Sonne zugewandt, die gerade hinter dem Jura versinkt, glücklich darüber, am Leben zu sein.

Ach, wir werden auch über Blumen sprechen, selbst wenn die einzigen, die wir sehen können, die Treibhausblumen vor uns auf dem Clubhouse-Tisch sein werden. Aber es tut gut, im Herbst von Blumen zu sprechen. Das gibt uns Hoffnung auf den Frühling.

Nun trennen mich nur noch wenige Meter von ihm. Die Schutzwälle sind gänzlich eingestürzt. Ich fühle mich wie neugeboren.

Jetzt stehe ich vor ihm und begrüße ihn mit den in der Schweiz üblichen drei Wangenküssen (immer wenn ich auf Reisen den dritten Wangenkuss geben will, reagieren die Leute verwirrt). Jacob wirkt nervös, und ich schlage vor, dass wir auf der Veranda bleiben, wo wir für uns sind und er rauchen kann. Der Barman scheint ihn zu kennen. Jacob bestellt einen Campari Soda und ich einen Tee, genau wie geplant.

Um ihm zu helfen, sich zu entspannen, beginne ich über die Natur zu reden, die Bäume, über die Schönheit, die darin liegt zu begreifen, dass alles sich ständig verändert. Warum nur wollen wir immer dasselbe Muster wiederholen? Es ist unmöglich. Es ist wider die Natur. Wäre es nicht besser, diese Herausforderungen als Ansporn für inneres Wachsen zu betrachten, statt uns dagegen zu wehren?

Er ist weiterhin nervös. Antwortet einsilbig, kurz angebunden, als wolle er so schnell wie möglich wieder weg. Aber das werde ich nicht zulassen. Heute ist ein einzigartiger Tag in meinem Leben, der es verdient, als solcher respektiert zu werden. Ich rede weiter über Gedanken, die mir während des Gehens gekommen sind, ganz von allein, ohne Kontrolle meinerseits, und ich staune, wie klar und präzise sie sind.

Ich rede über Haustiere. Frage, ob er versteht, warum die Menschen sie so sehr lieben. Jacob brummt irgendetwas, und ich wechsle zum nächsten Thema: Warum fällt es uns nur so schwer zu akzeptieren, dass wir Menschen ganz unterschiedlich sind? Warum müssen wir immer mehr Gesetze zum Schutze der verschiedenen Ethnien und Kulturen schaffen, anstatt dass wir

lernen, uns gegenseitig in unserer Unterschiedlichkeit zu respektieren, weil Unterschiedlichkeit
unser Leben letztlich reicher und interessanter
macht?

Jacob brummt, er habe keine Lust, weiter über
Politik zu reden.

Dann spreche ich über ein Aquarium, das ich
heute Morgen in der Schule der Jungs entdeckt
habe, mit einem Fisch drin, der immer dicht an
der Glasscheibe hin und her schwamm, und wie
ich dachte: Er weiß nicht mehr, wo er mit seinen
Schleifen angefangen hat, und wird niemals ans
Ende gelangen. Deshalb mögen wir Fische in
Aquarien: Sie erinnern uns an uns selbst, unser
sattes Leben, dessentwegen wir die unsichtbaren
Glaswände nicht durchdringen können.

Jacob steckt sich eine weitere Zigarette an.
Gleichzeitig merke ich, dass ich schon eine ganze
Weile alleine rede, wie in einer Trance aus Licht
und Frieden, ohne Jacob Raum zu geben auszudrücken, was er fühlt. Worüber würde er gern
sprechen?

»Über das Foto, das du am Telefon erwähnt
hast«, antwortet er tastend, denn er hat schon bemerkt, dass ich mich in einer sehr sensiblen Verfassung befinde.

Natürlich – das Foto. Klar gibt es das! Es ist wie mit einem Brenneisen in mein Herz eingebrannt, und ich werde es erst löschen können, wenn Gott es erlaubt. Aber tritt nur ein, Jacob, und sieh mit eigenen Augen, dass alle Schutzwälle, die bisher mein Herz umgaben, eingestürzt sind, während ich mich dir näherte!

Nein, sag nicht, du kennst den Weg nicht, denn du hast ihn schon viele Male eingeschlagen – in der Vergangenheit ebenso wie in jüngster Zeit. Ich wollte es ja auch nicht wahrhaben und kann dein Zögern verstehen. Darin sind wir uns ähnlich. Doch keine Angst, ich zeig dir den Weg.

Nachdem ich dies alles gesagt habe, nimmt er vorsichtig meine Hand, lächelt und stößt mir mit seinem Vorschlag einen Dolch ins Herz.

»Wir sind keine Teenager mehr. Du bist ein wunderbarer Mensch und hast, soweit ich weiß, eine tolle Familie. Hast du schon einmal daran gedacht, eine Therapie zu machen?«

Zuerst bin ich ganz benommen. Dann stehe ich auf und gehe stumm hinaus auf den Parkplatz. Ohne Tränen. Ohne ein Wort des Abschieds. Ohne zurückzublicken.

Ich fühle nichts. Ich denke an nichts. Ich gehe an meinem Wagen vorbei hinaus auf die Straße und ziellos geradeaus, Richtung Stadt. Niemand erwartet mich. Ich schleppe mich regelrecht dahin, obwohl es bergab geht.

Zuerst komme ich an einem burgähnlichen Gemäuer vorbei, etwas später stehe ich vor einer riesigen Villa mit einer vorgebauten Terrasse, von der der Hang steil zum See abfällt. Ich weiß, was hier passiert ist: Jemand hat hier ein Monster geschaffen, das bis heute viel berühmter ist als die Frau, die es erfunden hat.

Das Gartentor ist verschlossen, aber ich zwänge mich durch die Hecke hinein, setze mich drinnen auf eine eiskalte Bank und stelle mir vor, was sich im Jahr 1816 hier alles zugetragen hat. Das hilft mir, mich von der Szene eben auf dem Golfplatz von Cologny abzulenken.

Ich stelle mir jenen verregneten Sommer im Jahr 1816 vor, als der englische Dichter Lord Byron aus politischen und persönlichen Gründen Hals über Kopf aus England hierher floh. Er war in seinem Land verhasst, ebenso in Genf, wo man ihn beschuldigte, Orgien zu feiern und sich öffentlich zu betrinken. Wahrscheinlich kam er um vor Langeweile. Oder vor Melancholie. Oder vor Wut.

Das tut jetzt nichts zur Sache. Wichtig ist, dass er an jenem Tag im Jahr 1816 Landsleute zu Besuch bekam. Einen anderen Dichter, Percy Bysshe Shelley und dessen achtzehnjährige »Ehefrau«, Mary.

Ein vierter Gast gesellte sich zu der Gruppe, eine Frau, aber ich komme gerade nicht auf ihren Namen.

Sie werden über Literatur diskutiert haben. Sie werden über den immerwährenden Regen geklagt haben, der aus 1816 buchstäblich ein Jahr ohne Sommer machte, über die Kälte, die Genfer, über ihre englischen Landsleute, den Mangel an Tee und Whisky. Möglicherweise haben sie einander Gedichte vorgelesen und sich an den gegenseitigen Lobeshymnen erfreut. Und sie hielten sich für so besonders und wichtig, dass sie eine Art Pakt schlossen, nämlich ein Jahr später an denselben Ort zurückzukehren, jeder mit einem selbstgeschriebenen Roman, der zum Inhalt haben sollte, was für eine Fehlkonstruktion der Mensch sei.

Offensichtlich vergaßen die beiden Männer, nachdem die anfängliche Begeisterung über ihren Plan verpufft war, den Pakt vollkommen.

Mary war zwar während des Gesprächs ebenfalls anwesend, wurde jedoch nicht in den Pakt mit einbezogen, weil sie erstens eine Frau und zweitens blutjung war. Er scheint sie dennoch nachhaltig beeindruckt zu haben. Warum, so überlegte sie, sollte sie nicht auch etwas schreiben, einfach um sich die Zeit zu vertreiben, weil sie wegen des Regens ohnehin nicht das Haus verlassen konnte? Sie hatte das Thema, musste es nur entwickeln – und das Ganze geheim halten, selbst wenn sie das Manuskript zu gegebener Zeit bereits fertiggeschrieben hätte.

Zurück in England, las Shelley jedoch das Manuskript und ermutigte Mary, es zu veröffentlichen. Mehr noch: Da er bereits berühmt war, beschloss er, sie einem Verleger vorzustellen und ein Vorwort dazu zu schreiben. Mary zögerte, willigte aber schließlich unter einer Bedingung ein: Ihr Name dürfe nicht auf dem Umschlag stehen.

Die erste Auflage von 500 Exemplaren war schnell vergriffen. Mary schrieb diesen Umstand dem Vorwort ihres Mannes zu, aber sie willigte dennoch ein, dass die zweite Auflage unter ihrem eigenen Namen erschien. Seither kann man dieses Buch in Buchhandlungen auf der ganzen Welt erwerben. Es hat Schriftsteller, Theaterproduzenten, Filmregisseure, Halloweenfeste, Maskenbälle inspiriert. Kürzlich wurde es von einem wichtigen Kritiker als »die kreativste Arbeit der Romantik oder gar der letzten 200 Jahre« beschrieben.

Niemand kann sich diesen nachhaltigen Erfolg erklären. Die meisten haben das Buch nie gelesen, aber praktisch jeder hat schon einmal von ihm gehört.

Es erzählt die Geschichte von Viktor, einem in Genf geborenen Schweizer Wissenschaftler, der von seinen Eltern dazu erzogen wurde, die Welt mittels der Wissenschaft zu begreifen. Noch als Kind sieht er einen Blitz in eine Eiche einschlagen und fragt sich: Kommt womöglich daher das Leben? Kann der Mensch einen anderen Menschen nach seinem Bilde schaffen?

Und wie eine moderne Version des Prometheus, der Figur aus der griechischen Mythologie, die das Feuer vom Himmel raubte und zu den Menschen brachte (die Autorin nannte ihren Roman im Untertitel »Der moderne Prometheus«), macht Viktor sich daran, Gottes Schöpfung zu wiederholen. Und es versteht sich von selbst, dass seine Kreatur sich all seiner Umsicht zum Trotz seiner Kontrolle entzieht.

Der Titel des Buches: *Frankenstein.*

Oh, mein Gott, an den ich gewöhnlich nur selten denke, aber in den ich in Zeiten der Not so viel Vertrauen setze, sollte ich bloß durch Zufall hier gelandet sein? Oder war es deine unsichtbare und unbeirrbare Hand, die mich zu diesem Haus geführt und mich an diese Geschichte erinnert hat?

Mary Godwin lernte Percy Bysshe Shelley 1814 kennen, als sie erst 15 Jahre alt und er noch mit einer anderen Frau verheiratet war. Doch ließ sie sich von den gesellschaftlichen Konventionen nicht aufhalten und reiste quer durch Europa dem Mann hinterher, von dem sie glaubte, er sei die Liebe ihres Lebens.

Fünfzehn war sie und wusste doch schon genau, was sie wollte! Und wie sie es erreichte. Ich bin 31 und wünsche mir ständig etwas, bin aber außerstande, es zu erobern, selbst ein nostalgischer Herbstspaziergang konnte mich im entscheidenden Augenblick nicht zu den richtigen Worten inspirieren.

Ich bin nicht Mary Shelley. Eher bin ich Viktor Frankenstein und sein Monster.

Ich habe versucht, etwas Unbelebtem Leben einzuhauchen, und das Ergebnis wird ähnlich wie im Buch Furcht und Zerstörung verbreiten. Ich habe keine Tränen, spüre keine Verzweiflung mehr. Ich fühle mich vollkommen mutlos, weil mein Herz aufgegeben hat und mein Körper darauf reagiert und ich mich keinen Schritt von der Stelle bewegen kann. Es ist Herbst, die Tage werden kürzer, und der schöne Sonnenuntergang wird bald in die Abenddämmerung übergehen. Inzwischen ist Nacht, und ich sitze immer noch auf der eiskalten Bank vor der Villa und versetze mich zurück ins Jahr 1816, als seine Bewohner die Genfer Bourgeoisie des beginnenden 19. Jahrhunderts skandalisierten.

Wo ist der Blitz, der dem Ungeheuer Leben einhaucht?

Der Blitz kommt nicht. Nur noch ganz selten fährt auf der ohnehin schwachbefahrenen Straße ein Auto vorbei. Meine Kinder warten bestimmt auf das Abendessen, und mein Mann – der über meinen Zustand Bescheid weiß – wird sich bald

Sorgen machen. Aber mir ist, als wäre ich mit Fußschellen an die Bank gekettet, denn ich kann mich noch immer nicht bewegen.

Ich bin eine Versagerin.

Ist es unentschuldbar zu versuchen, eine unerwiderte Liebe zu wecken?

Nein, auf gar keinen Fall.

Denn die Liebe Gottes zu uns wird von uns auch nie entsprechend erwidert, und dennoch hört er nie auf, uns zu lieben. Und er liebte uns sogar so sehr, dass er uns seinen einzigen Sohn schickte, uns zu zeigen, dass die Liebe die Kraft ist, die die Sonne und alle Sterne bewegt. In einem seiner Briefe an die Korinther (den wir in der Schule auswendig lernen mussten) schreibt der Apostel Paulus:

Und wenn ich mit Menschen- und Engelszungen redete und hätte die Liebe nicht, so wäre ich ein tönendes Erz oder eine klingende Schelle.

Und wir alle wissen, warum. Manchmal kommen uns Dinge zu Ohren, die sich anhören, als handelte es sich um große Ideen, die die Welt verändern könnten. Aber es sind Worte, die ohne Gefühl, ohne Liebe dahingesagt wurden. So logisch und intelligent sie auch sein mögen, sie berühren uns nicht.

Paulus vergleicht die Liebe mit der Prophezeiung, mit den Mysterien, mit dem Glauben und mit der Barmherzigkeit.

Warum ist die Liebe wichtiger als der Glaube? Weil der Glaube nur eine Straße ist, die uns zu einer höheren Liebe führt. Warum ist die Liebe wichtiger als die Barmherzigkeit? Weil die Barmherzigkeit nur eine der Manifestationen der Liebe ist. Und die Gesamtheit immer wichtiger ist als ein Teil davon. Außerdem ist die Barmherzigkeit auch nur eine der vielen Straßen, die die Liebe benutzt, um den Menschen dazu zu bringen, sich mit seinem Nächsten zu verbinden.

Und dass es Barmherzigkeit ohne Liebe gibt, wissen wir hierzulande sowieso. Jede Woche findet hier in der Gegend irgendein sogenannter Wohltätigkeitsball statt. Die Leute geben ein kleines Vermögen dafür aus, mit ihren Juwelen und ihren sündhaft teuren Kleidern daran teilnehmen und sich amüsieren zu dürfen. Und gehen im Glauben nach Hause, dass die Welt jetzt dank ihrer Spenden für die Obdachlosen in Somalia, für die Ausgestoßenen im Jemen und für die Hungrigen in Äthiopien besser ist. Sie fühlen sich nicht mehr schuldig am grausamen Schauspiel des Elends, aber sie fragen nie nach, in wessen Taschen die gesammelten Gelder tatsächlich fließen.

Diejenigen, die nicht über die notwendigen Kontakte verfügen, um zum Ball eingeladen zu werden, oder nicht genug Geld haben, um sich eine solche Extravaganz zu leisten, begnügen sich damit, irgendeinem Bettler am Wegrand eine Münze hinzuwerfen. Ein Kunststück ist das nicht gerade. Es ist sogar leichter, einem Bettler auf der Straße eine Münze hinzuwerfen, als einfach an ihm vorbeizugehen.

Eine kleine Münze verschafft uns Erleichterung. Wir sind das Problem mit dem Bettler los, und es hat kaum etwas gekostet. Würden wir ihn jedoch wirklich lieben, würden wir mehr für ihn tun.

Oder wir täten überhaupt nichts. Gäben die Münze nicht, und – wer weiß? – vielleicht würden wir dann, indem wir sehen, dass auch wir Schuld an diesem Elend tragen, die wahre Liebe in uns erwecken.

Paulus vergleicht die Liebe anschließend mit dem Opfer und dem Märtyrertod.

Heute kann ich seine Worte besser verstehen. Selbst wenn ich die erfolgreichste Frau der Welt wäre, verehrter und begehrter selbst als Marianne

König, wäre ich nichts, hätte ich keine Liebe in meinem Herzen. *Nichts*.

Bei den Interviews mit Künstlern und Politikern, mit Sozialarbeitern und Ärzten, mit Studenten und Angestellten des öffentlichen Dienstes frage ich immer: »Wozu dient Ihre Arbeit?« Die Antworten sind unterschiedlich: Die einen sagen: Um meine Familie zu ernähren. Andere: Um in meiner Karriere voranzukommen. Aber wenn ich nachfasse und die Frage wiederhole, kommt fast immer die Antwort: Um die Welt zu verbessern.

Ich möchte mich am liebsten mit in goldenen Lettern bedruckten Flyern auf die Mont-Blanc-Brücke stellen und jedem Autofahrer und jedem Fußgänger ein Exemplar in die Hand drücken. Auf den Flyern wird stehen:

An alle, die irgendwann einmal etwas für die Menschheit tun wollen! Ich flehe euch an, vergesst nie: Ihr könnt so viel tun, wie ihr wollt, sogar euch im Namen Gottes verbrennen lassen, wenn ihr es nicht aus Liebe tut, ändert es nichts. Gar nichts!

Wir können nichts Wichtigeres schenken als den Widerschein der Liebe in unserem Leben. Das ist die wahre universelle Sprache, mit der wir uns selbst bei Menschen verständlich machen können, die nur Chinesisch oder eine der vielen indischen Sprachen sprechen. In meiner Jugend bin ich viel gereist – das gehörte damals zum Übergangsritual eines jeden Studenten. Ich habe arme und reiche Länder kennengelernt. Meist sprach ich die dortige Landessprache nicht. Aber überall hat die stille Eloquenz der Liebe mir geholfen, mich verständlich zu machen.

In meiner Lebensführung zeigt sich die Liebe, nicht in meinen Worten oder meinen Taten.

Im gleichen Brief an die Korinther sagt Paulus in drei kleinen Versen, dass die Liebe wie das Licht vielfältig ist. Schon in der Schule lernen wir, dass, wenn wir ein Prisma nehmen und einen Sonnenstrahl hindurchscheinen lassen, dieser Strahl sich in die Farben des Regenbogens aufteilt.

Paulus zeigt uns den Regenbogen der Liebe, so wie das Prisma, durch das ein Lichtstrahl geht, uns den Regenbogen des Lichts zeigt.

Und welches sind die Elemente, aus denen sich dieser Regenbogen der Liebe zusammensetzt? Es sind die Tugenden, von denen wir jeden Tag reden hören und die wir jederzeit üben können:

Geduld: Die Liebe ist langmütig.

Güte: Sie ist freundlich.

Großzügigkeit: Die Liebe eifert nicht.

Demut: Sie bläht sich nicht auf.

Anstand: Sie verhält sich nicht ungehörig.

Hingabe: Sie sucht nicht das Ihre.

Toleranz: Sie lässt sich nicht erbittern.

Unschuld: Sie rechnet das Böse nicht zu.

Ehrlichkeit: Sie freut sich nicht an der Ungerechtigkeit, sie freut sich aber an der Wahrheit.

All diese Gaben stehen im Zusammenhang mit unserem Alltagsleben, mit dem Heute und dem Morgen und mit der Ewigkeit.

Das große Problem besteht darin, dass die Menschen meinen, all dies habe nur mit der Liebe zu Gott zu tun. Doch wie offenbart sich die Liebe zu Gott? In der Liebe zum Mitmenschen.

Um im Himmel Frieden zu finden, muss man Liebe auf Erden finden. Ohne sie sind wir nichts wert. Ich liebe, und das kann mir niemand nehmen. Ich liebe meinen Mann, der mich immer unterstützt hat. Ich glaube auch einen Mann zu lieben, den ich schon als Heranwachsende kannte. Und während ich an einem schönen Herbstnachmittag auf ihn zuging, ließ ich zu, dass meine Schutzmauern einstürzten, und jetzt gelingt es mir nicht mehr, sie wiederaufzurichten. Zwar bin ich jetzt verletzlich, doch ich bereue nichts.

Heute Morgen blickte ich beim Frühstück in das sanfte Licht draußen vor unseren Fenstern, dachte an den gestrigen Spaziergang zurück und fragte mich ein letztes Mal: Bin ich etwa dabei, ein echtes Problem zu schaffen, um meine imaginären Probleme wegzuschieben? Bin ich wirklich verliebt, oder habe ich nur alle unangenehmen Gefühle der vergangenen Monate in den Traum von einer Liebe umgemünzt?

Nein. Gott ist nicht ungerecht und würde nie zulassen, dass ich mich dermaßen verliebe, wenn es nicht die Möglichkeit gäbe, dass diese Liebe erwidert wird.

Manchmal verlangt die Liebe eben, dass man um sie kämpft. Und das werde ich tun. Diesen Kampf werde ich ruhig und geduldig führen müssen. Wenn Marianne dereinst weit weg ist und er bei mir, wird Jacob mir für den Rest seines Lebens dankbar sein.

Und selbst wenn er dann nicht bei mir bleiben sollte, muss ich mir wenigstens nicht vorwerfen, nicht um ihn gekämpft zu haben.

Ich bin wie verwandelt. Ich mache mich auf, eine Liebe zu erobern, die sich mir nicht aus freien Stücken hingibt. Jacob ist verheiratet und glaubt, dass jeder Fehltritt seine Karriere kompromittieren könnte.

Worauf also soll ich mich konzentrieren? Darauf, ihn zu »ent-heiraten«, aus seiner Ehe herauszuholen, ohne dass er es bemerkt.

Zum ersten Mal in meinem Leben bin ich unterwegs zu einem Drogendealer.

Ich lebe in einem Land, das beschlossen hat, sich von der Welt zu isolieren, und damit ist die Mehrheit offenbar zufrieden. Wenn man in einem der Dörfer in der Umgebung von Genf einen Parkplatz sucht, stellt man sofort fest: Es gibt keinen, es sei denn, man kann die Garage eines Bekannten benutzen.

Die Botschaft ist eindeutig: Komm nicht hierher, Fremder, denn der Blick auf den See, auf die mächtigen Alpen im Hintergrund, auf die Blumen auf den Wiesen im Frühling und auf die goldgefärbten Weinberge im Herbst – all dies ist das Erbe unserer Vorfahren, die hier leben konnten, ohne dass ein Fremder sie gestört hat. Wir möchten, dass dies so bleibt, also bleib bloß fern, Fremder! Und selbst wenn du in einer Nachbarstadt geboren und aufgewachsen bist, interessierst du uns nicht. Wenn du deinen Wagen irgendwo parken möchtest, dann fahr sonst wohin, aber nicht zu uns.

Wir sind so isoliert von der Welt, dass wir immer noch an die Bedrohung durch einen großen Atomkrieg glauben. Bei uns müssen alle größeren Bauten atomsichere Unterstände haben. Kürzlich versuchte ein Abgeordneter, dieses Gesetz aufzuheben, aber das Parlament stimmte dagegen, mit der Begründung, ein Atomkrieg sei wohl unwahrscheinlich, eine Bedrohung durch chemische Waffen dagegen nicht auszuschließen. Also werden weiterhin die enorm teuren Anti-Atomschutzräume gebaut, die als Weinkeller und Lagerräume genutzt werden, solange die Apokalypse ausbleibt.

Aber es gibt Dinge, die trotz unserer Bemühungen, weiterhin eine Insel des Friedens zu bleiben, illegal die Landesgrenze passieren.

Wie Drogen beispielsweise.

Die Kantonsregierungen versuchen, die Orte, an denen Drogen verkauft werden, im Blick zu behalten, aber sie belangen Zuwiderhandlungen wegen Konsums oft weniger stark als den Handel mit Drogen. Obwohl wir in einem Paradies leben, sind wir nicht alle von Verantwortung, von Terminen, ja sogar von Langeweile gestresst? Drogen setzen die Anspannung herab (wie Haschisch), regen die Produktivität an (wie das Kokain). Daher wird zwar der Handel verboten, der Konsum von Drogen aber in gewissem Umfang toleriert, damit wir vor anderen Ländern nicht allzu schlecht dastehen.

Doch jedes Mal, wenn sich »zufällig« eine Berühmtheit oder eine Person des öffentlichen Lebens mit »Betäubungsmitteln« (wie die juristische Bezeichnung lautet) erwischen lässt, wird der Fall von den Medien ausgeschlachtet, zur Warnung und Abschreckung der Jugend und als Zeichen an die Bevölkerung, dass die Regierung die Drogenszene im Griff hat: Wehe dem, der sich weigert, das Gesetz zu befolgen!

Solche Fälle dringen nur selten an die Öffentlichkeit, aber ich lasse mir nicht weismachen, dass diese Personen des öffentlichen Lebens nur selten zur Fußgängerunterführung am linken Seeufer der Mont-Blanc-Brücke gehen, um sich dort Drogen zu besorgen, weil die dort täglich anzutreffenden Dealer sonst schon längst wegen mangelnder Kundschaft verschwunden wären.

Ich betrete die kurze Unterführung. Familien kommen und gehen. Verdächtige Typen stehen herum, ohne sich von den Passanten stören zu lassen oder sie anzusprechen, es sei denn, ein junges Paar kommt vorbei, das sich in einer Fremdsprache unterhält, oder ein Manager im Anzug, der zuerst an den Dealern vorbeigeht, sich dann umdreht, zurückkommt und mit ihnen Blickkontakt aufnimmt.

Ich gehe unter der Unterführung hindurch zur anderen Seite, setze mich in das Café dort, bestelle ein Mineralwasser und spreche einen wildfremden anderen Gast an, um über die Kälte zu klagen. Die Person reagiert nicht, ist in Gedanken versunken. Ich gehe durch die Unterführung zurück, an denselben zwielichtigen Typen vorbei. Wir nehmen Blickkontakt auf, aber es gehen ungewöhnlich viele Leute vorbei. Es ist Mittagszeit, und eigentlich würde man die Leute in den sündhaft teuren Restaurants ringsum vermuten, wo sie beim Lunch einen wichtigen Geschäftsabschluss tätigen oder eine der vielen Ausländerinnen aufzureißen versuchen, die auf Jobsuche in die Stadt gekommen sind.

Ich warte kurz und gehe dann ein drittes Mal vorbei. Erneut nehme ich Blickkontakt auf, worauf einer der Typen mir mit dem Kopf ein Zeichen macht, ihm zu folgen. Ich hätte so etwas nie für möglich gehalten, aber dieses Jahr ist so anders, dass ich mich über mich selber nicht mehr wundere.

Ich tue so, als wäre nichts dabei, und folge ihm.

Wir gehen ein kurzes Stück bis zum Jardin Anglais. Wir kommen an Touristen vorbei, die sich gegenseitig vor der Blumenuhr fotografieren, einer der Attraktionen der Stadt, wo auch der kleine elektrische Touristenzug losfährt, mit dem man wichtige Genfer Sehenswürdigkeiten entdecken kann, wie in Disneyland. Schließlich gelangen wir zur Brüstung der Seepromenade, stellen uns wie ein Liebespaar nebeneinander und schauen aufs Wasser, auf den Jet d'eau, die riesige Fontäne, die unweit von hier über hundert Meter in die Höhe schießt und schon seit langem *das* Wahrzeichen Genfs ist.

Er wartet ab, dass ich etwas sage. Ich zögere, aus Angst, meine Stimme könnte weniger sicher klingen, als ich mir den Anschein gebe, und zwinge ihn so, als Erster zu sprechen:

»Shit, Speed, Acid oder Schnee?«

»Wie bitte?« Ich bin verwirrt.

Der Dealer begreift, dass er vor einem Neuling steht. Ich wurde geprüft und bin durchgefallen.

Er lacht. Ich frage, ob er glaubt, dass ich von der Polizei bin.

»Aber nein. Die Polizei wüsste sofort, wovon ich rede.«

Ich erkläre ihm, dass es für mich das erste Mal ist.

»Das ist eh klar. Eine Frau, die so angezogen ist wie Sie, würde sich niemals persönlich herbemühen, sondern einen Neffen oder einen Arbeitskollegen um einen Rest von dessen Eigenbedarf bitten. Deshalb habe ich Sie auch hierhergeführt. Unter normalen Umständen hätten wir die Transaktion im Gehen machen können, und ich hätte nicht so viel Zeit verloren. Aber ich möchte genau wissen, was Sie suchen oder ob Sie eine Empfehlung brauchen.«

Er verliert keine Zeit. Bestimmt steht er sich dort unten die Beine in den Bauch, wenn er auf Kundschaft wartet. Die drei Male, die ich an ihm vorbeiging, war er immer allein.

»Also gut, dann sag ich's so, dass Sie mich eher verstehen: Haschisch, Amphetamine, LSD oder Kokain?«

Ich frage ihn, ob er Crack oder Heroin hat. Er sagt, dies seien verbotene Drogen. Mir liegt auf der Zunge, dass alle anderen, die er erwähnt hat, ebenfalls verboten sind, aber halte mich zurück.

Es ist nicht für mich, erkläre ich. Es ist für eine Feindin.

»Heißt das, Sie wollen jemanden mit einer

Überdosis töten? Sorry, Madame, da sind Sie bei mir an den Falschen geraten.«

Er lässt mich stehen, aber ich halte ihn zurück und bitte ihn, mir zuzuhören. Mir ist klar, dass mein Interesse den Preis bereits verdoppelt haben wird.

Soweit ich weiß, nimmt diese Frau keine Drogen, sage ich ihm. Aber sie hat meinen Mann verführt, und deshalb möchte ich sie in eine Falle locken.

»Das verstößt doch sicher gegen ein göttliches Gebot.«

Sieh mal einer an: Ein Verkäufer von süchtigmachenden und potentiell tödlichen Substanzen versucht, mich auf den rechten Weg zu bringen!

Ich erzähle ihm »meine Geschichte«: »Ich bin seit zehn Jahren verheiratet, habe zwei wunderbare Kinder. Mein Mann und ich benutzen dasselbe Handymodell, und vor zwei Monaten habe ich aus Versehen die beiden verwechselt und seins genommen.«

»Benutzen Sie denn keinen Sicherheitscode?«

»Selbstverständlich nicht. Wir vertrauen einander. Oder hatte es eine Blockierung, die aber in jenem Augenblick deaktiviert war? Tatsache ist, dass ich etwa 400 SMS und eine Reihe von Fotos einer anziehenden, blonden, offenbar gutsituierten Frau entdeckte. Ich machte, was man nicht tun sollte: einen Aufstand. Ich fragte ihn, wer sie sei, und er stritt nichts ab – er sagte, er sei in diese Frau verliebt und eigentlich froh, dass ich dahintergekommen sei, bevor er es mir selber hätte sagen müssen.«

»Das kommt häufig vor.«

Der Dealer mutiert vom Pastor zum Eheberater! Aber ich fahre fort – denn ich erfinde alles ad hoc, und mich törnt die Geschichte, die ich gerade erzähle, regelrecht an: »Ich bat meinen Mann auszuziehen. Er willigte ein und verließ am nächsten Tag mich und unsere zwei Kinder, um mit der Liebe seines Lebens zu leben. Sie aber empfing ihn sehr unwillig, da sie es viel interessanter fand, eine Beziehung mit einem verheirateten Mann zu haben, als gezwungen zu sein, mit dem Ehemann einer anderen zusammenzuleben.«

»Frauen! Es ist unmöglich, euch zu verstehen.«

Das finde ich auch. Ich spinne meine Geschichte weiter: »Die andere Frau sagte, sie sei nicht darauf vorbereitet, mit ihm zusammenzuleben, und beendete alles. Wie es, glaube ich, in den meisten Fällen geschieht, kehrte er reumütig nach Hause zurück. Ich verzieh ihm, denn ich wollte, dass er zurückkam. Ich bin eine liebende Frau und wüsste nicht, wie ich ohne meinen Mann leben könnte.

Doch jetzt, ein paar Wochen später, ist er wieder so anders. Zwar ist er jetzt nicht mehr dumm genug, sein Handy herumliegen zu lassen, darum weiß ich nicht, ob er sich erneut mit ihr trifft. Aber ich vermute es. Die Frau – diese blonde, unabhängige Managerin voller Charme und Macht – nimmt mir das Wichtigste, was es im Leben gibt: die Liebe. Weiß sie überhaupt, was Liebe ist?«

»Ich verstehe, was Sie wollen. Aber das ist sehr gefährlich.«

Wie will er es verstehen, wo ich doch mit meiner Geschichte noch gar nicht fertig bin?

»Sie wollen diese Frau in eine Falle locken. Wir haben die Ware, um die Sie gebeten haben, nicht. Denn um Ihren Plan durchzuführen, wären mindestens dreißig Gramm Kokain notwendig.«

Er nimmt sein Handy, tippt etwas ein und zeigt mir dann eine Website: CNN Money, mit dem Preis der Drogen. Überrascht schaue ich drauf, er scrollt runter, und da merke ich, dass es sich um eine kürzlich gemachte Reportage über die Schwierigkeiten handelt, mit denen sich die großen Drogenkartelle herumschlagen müssen.

»Wie Sie sehen, müssten Sie dafür fünftausend Schweizer Franken hinblättern. Lohnt sich das? Ist es nicht billiger, diese Frau in ihrer Wohnung aufzusuchen und ihr eine Szene zu machen? Außerdem hat sie, wenn ich es richtig verstanden habe, an nichts Schuld.«

Zuerst war der Drogendealer zum Pastor, dann zum Eheberater mutiert. Jetzt mutierte er weiter zum Finanzberater, der zu verhindern versucht, dass ich ein schlechtes Investment mache.

Ich sage, dass ich dieses Risiko eingehen will. Dass ich mir ganz sicher bin. Und warum dreißig Gramm und nicht zehn?

»Ab dieser Menge wird man als Dealer eingestuft. Dealer werden sehr viel härter bestraft als Konsumenten. Sind Sie ganz sicher, dass Sie so weit gehen wollen? Sie laufen Gefahr, auf dem Nachhauseweg oder auf dem Weg zur Wohnung dieser anderen Frau angehalten und wegen illegalen Drogenbesitzes unter dem Verdacht, gewerbsmäßig mit Drogen zu handeln, verhaftet zu werden.«

Ob alle Dealer so sind wie dieser hier, oder bin ich jemand Besonderem in die Hände gefallen? Ich würde am liebsten stundenlang mit diesem Mann reden, der so viel vom Leben weiß. Aber offenbar hat er jetzt anderes zu tun. Er bittet mich, in einer halben Stunde mit dem Geld in bar wiederzukommen. Auf dem Weg zum Bankautomaten denke ich: Wie konnte ich nur so naiv sein zu glauben, ein Dealer trage solche Mengen auf sich? Damit könnte er sofort als Dealer überführt werden.

Ich kehre pünktlich zurück. Er ist schon da. Ich übergebe ihm diskret das Geld, und er zeigt auf einen Abfallkorb, den wir von da, wo wir stehen, sehen können.

»Bitte lassen Sie die Ware nicht in Reichweite dieser Frau kommen, denn sie könnte sie mit etwas anderem verwechseln und sie am Ende schlucken. Das wäre eine Katastrophe.«

Dieser Mann ist großartig; er denkt an alles – als Direktor eines multinationalen Konzerns würde er ein Vermögen in Form von Aktienbonifikationen verdienen.

Als ich mich zu ihm umdrehe, um das Gespräch fortzusetzen, ist er schon gegangen. Ich schaue wieder zum Abfallkorb, auf den er gezeigt hat. Und wenn nun nichts darin wäre? Aber diese Leute haben den Ruf, korrekt zu sein, und würden so etwas nicht tun.

Ich gehe hin, sehe mich vorsichtig um, greife

hinein und ziehe einen braunen Umschlag heraus, stecke ihn in meine Handtasche, nehme sofort ein Taxi zur Redaktion. Ich werde wieder einmal zu spät kommen.

Ich habe das Beweisstück für ein Verbrechen. Ich habe ein Vermögen für etwas bezahlt, das fast nichts wiegt.

Aber wie kann ich wissen, ob dieser Mann mich nicht betrogen hat? Ich muss es selber herausfinden.

Ich leihe mir ein paar Spielfilme aus, in denen es um Drogen geht. Mein Mann ist überrascht, wofür ich mich neuerdings interessiere.

»Du denkst doch nicht etwa darüber nach, auch Drogen zu nehmen, oder?«

»Selbstverständlich nicht! Das ist nur Teil einer Recherche für einen Artikel. Übrigens werde ich morgen später nach Hause kommen. Ich habe beschlossen, einen Artikel über die Villa Diodati zu schreiben, in der Lord Byron 1816 mit den Shelleys gewohnt hat, und werde nach Cologny fahren und sie mir aus der Nähe ansehen.«

Er solle sich keine Sorgen machen.

»Ich mache mir keine Sorgen. Ich finde, seit unserem Ausflug nach Nyon geht es dir viel besser. Wir sollten öfter verreisen, vielleicht über Silvester. Wir lassen die Jungs einfach wieder bei meiner Mutter. Ich habe mit Leuten gesprochen, die sich mit so was auskennen.«

»So was« wird das sein, was er für meinen depressiven Zustand hält. Mit wem genau hast du eigentlich geredet? Mit irgendeinem Freund, der am Ende seinen Mund nicht halten kann, sobald er zu viel getrunken hat?

»Nichts dergleichen. Mit einem Paartherapeuten.«

Große Güte! Therapie war das letzte Wort, das ich mir von Jacob an jenem furchtbaren Nachmittag im Golfclub anhören musste. Redeten die beiden womöglich heimlich miteinander?

»Vielleicht bin ich schuld an deinem Problem, weil ich dir zu wenig Aufmerksamkeit schenke. Ich rede ständig über die Arbeit oder die Dinge, die wir tun müssen. Uns ist die nötige Romantik abhandengekommen, um ein glückliches Paar, eine glückliche Familie zu bleiben. Sich nur um die Kinder zu kümmern reicht nicht. Eine junge, attraktive Frau braucht Abwechslung. Vielleicht sollten wir noch einmal nach Interlaken fahren, unserem ersten gemeinsamen Reiseziel, nachdem wir uns kennengelernt hatten. Wir könnten im

Jungfraugebiet klettern gehen und von oben die Landschaft genießen.«

Eine Paartherapie! Das hatte mir gerade noch gefehlt.

Das Gespräch mit meinem Mann hat mich an ein altes Sprichwort erinnert: Es gibt keinen schlimmeren Blinden als den, der nicht sehen will.

Wie kann er denken, dass ich mich von ihm vernachlässigt fühle? Wie kommt er bloß auf diese verrückte Idee, wo doch ich diejenige bin, die ihn im Bett viel zu selten mit offenen Armen empfängt.

Wir haben schon lange keinen aufregenden Sex mehr. In einer gesunden Beziehung ist der Sex für die Stabilität der Ehe viel wichtiger als Zukunftspläne oder Gespräche über Kindererziehung. Damals in Interlaken bummelten wir immer erst am späten Nachmittag durch das Städtchen, weil wir uns die ganze Zeit vorher im Hotelzimmer einschlossen, um uns zu lieben und billigen Wein zu trinken.

Wenn wir jemanden lieben, dann geben wir uns nicht damit zufrieden, nur seine Seele zu kennen; wir wollen auch seinen Körper ganz genau erkunden. Gehört das immer zusammen? Ich weiß es nicht, aber wir tun es instinktiv und halten uns dabei weder an eine bestimmte Tageszeit noch an irgendwelche Regeln. Es gibt nichts Schöneres, als den Körper des anderen zu entdecken, wenn Schüchternheit der Kühnheit Platz macht und leises Stöhnen zu Schreien oder *dirty talk* wird. Ja, *dirty talk* – ich habe ein ungeheures Bedürfnis, verbotene und »perverse« Dinge zu hören, wenn ich einen Mann in mir habe.

In solchen Augenblicken kommen die üblichen Fragen: »Stoße ich zu stark?«, »Willst du's schneller oder langsamer haben?« Dies sind in solchen Momenten vielleicht manchmal störende Fragen, aber sie sind Teil der Initiation, des Kennenlernens und der Achtung voreinander. Für das Aufbauen tiefer Intimität ist Sprechen sehr wichtig. Andernfalls macht man sich und dem anderen etwas vor und wird frustriert.

Dann kommt die Heirat. Wir versuchen, unsere Beziehung so weiterzuleben wie bisher, was uns eine Weile gelingt – in meinem Falle war das, bis ich zum ersten Mal schwanger wurde, also fast sofort. Und nach der Geburt unseres ersten Kindes veränderte sich unser Leben vollkommen.

– Sex jetzt nur noch nachts, vorzugsweise kurz vor dem Einschlafen. Wie eine Pflichtübung, der sich beide unterziehen, ohne zu fragen, ob der andere Lust hat. Denn fehlender Sex ist verdächtig, also besser das Ritual aufrechterhalten.

– Wenn der Sex nicht gut war, lieber nichts sagen, vielleicht ist er morgen ja besser. Schließlich sind wir verheiratet und haben das ganze Leben noch vor uns.

– Es gibt nichts Neues mehr zu entdecken, und wir versuchen, aus den bisherigen Erfahrungen miteinander so viel Lust wie möglich zu schöpfen. Was so ist, als würde man jeden Tag Schokolade essen, ohne die Marken und die Geschmacksrichtungen zu wechseln: Das ist nicht wirklich schlimm, aber gibt es da nicht noch etwas?

Ja, das gibt es: kleine Sextoys, in Swingerclubs einen flotten Dreier versuchen oder sich auf Sexpartys bei irgendwelchen unkonventionellen Bekannten wagen. Für mich wäre das alles sehr riskant, da die Folgen nicht absehbar sind. Deshalb ist es besser, alles beim Alten zu belassen.

Und so gehen die Jahre ins Land.

Wenn wir mit Freunden reden, stellen wir fest, dass diese Geschichte vom simultanen Erleben – gleichzeitig dieselben Körperteile zu liebkosen, dadurch gleichzeitig erregt zu werden, unisono zu stöhnen und sogar gleichzeitig einen Orgasmus zu haben – ein Mythos ist. Wie kann ich Lust empfinden, wenn ich auf das achtgebe, was ich gerade tue? Natürlicher wäre: Berühre meinen Körper, mach mich verrückt, und anschließend mache ich das Gleiche mit dir.

Aber in den meisten Fällen ist das nicht so. Das Einssein muss »perfekt« sein, sonst gilt es als nicht vorhanden.

Und Vorsicht mit dem Stöhnen, damit die Kinder nichts mitbekommen.

Ach, wie gut, dass jetzt Schluss ist, ich war todmüde und weiß gar nicht, wie ich es geschafft habe. Nur weil du es bist!, denken beide. Gute Nacht.

Bis der Tag kommt, an dem beide merken, dass sie mit der Routine brechen müssen. Aber statt in Swingerclubs oder in Sexshops voller Toys zu gehen, von denen wir nicht genau wissen, wie sie funktionieren, oder zu Sexpartys bei überdrehten Bekannten, beschließen wir … mehr Zeit mit unseren Kindern zu verbringen.

Eine romantische Reise *en tête-à-tête* zu planen. Völlig durchorganisiert und ohne die kleinste Überraschung.

Und wir finden, dass dies eine ausgezeichnete Idee ist.

Ich habe mir ein E-Mail-Konto unter fremdem Namen eingerichtet. Ich habe die Droge, wie es sich gehört, ausprobiert (und mir geschworen, dies *nie wieder* zu tun, denn das Gefühl war großartig).

Ich weiß, wie man ungesehen in das Universitätsgebäude hineinkommt, um das Beweisstück in Mariannes Schreibtisch zu schmuggeln. Ich muss nur noch herausbekommen, welche Schublade sie so schnell nicht öffnen wird, was möglicherweise der riskanteste Teil des Planes ist. Aber genau das hatte der Dealer vorgeschlagen, und er hat bestimmt einschlägige Erfahrungen.

Ich kann keinen Studenten um Hilfe bitten, ich muss alles allein machen. Ich muss einfach nur den »romantischen Traum« nähren, den ich meinem Mann angedichtet hatte, und Jacobs Handy mit meinen Liebes-und Hoffnungsbotschaften vollsimsen.

Das Gespräch mit dem Dealer brachte mich auf eine Idee, die ich sofort umsetzte: Jacob täglich eine SMS schicken, in der von Liebe und möglichen Treffen die Rede ist. Dies kann zweierlei bewirken: Zuerst einmal wird er merken, dass ich weiter an ihn denke und wegen des Treffens im Golfclub überhaupt nicht sauer bin. Zweitens, falls Ersteres nichts bewirkt, wird Madame König sich garantiert eines Tages daran machen, das Handy ihres Mannes zu durchforsten.

Ich gehe ins Internet, kopiere etwas, das mir intelligent vorkommt, und drücke auf den Button »Senden«.

Seit den Wahlen ist weiter nichts Wichtiges in Genf passiert. Jacob wird nicht mehr in der Presse zitiert, so dass ich aus den Medien nichts Neues über ihn erfahre. Nur etwas hat die öffentliche Meinung in diesen Tagen intensiv beschäftigt: ob die Stadt das Silvesterfeuerwerk ausfallen lassen soll oder nicht.

Den Abgeordneten des Stadtrats zufolge sind die Kosten astronomisch. Ich wurde von der Zeitung beauftragt, herauszufinden, was genau »astronomisch« bedeutet. Ich bin ins Rathaus gegangen und habe den genauen Betrag in Erfahrung gebracht: 115 000 Schweizer Franken, so viel, wie ich und vier Redaktionskollegen zusammen jährlich an Steuern zahlen.

Oder anders gesagt, mit den Steuergeldern von

fünf Bürgern, die ein ordentliches, aber nicht außergewöhnlich hohes Gehalt bekommen, könnten sie Tausende von Menschen glücklich machen. Aber nein. Es muss gespart werden, weil niemand weiß, was die Zukunft für uns bereithält. Währenddessen füllt sich die Kasse der Stadt, aus der man im Winter möglicherweise das Salz für die Straßen bezahlt, damit nicht wieder so viele Autounfälle passieren; auch die Bürgersteige müssen ständig repariert werden, überall sieht man Baustellen, von denen absolut niemand weiß, wozu sie gut sind.

Der Spaß muss warten. Wichtig ist es, den Schein zu wahren. Nur damit ja niemand erfährt, dass wir eigentlich steinreich sind.

Ich muss morgen früh aufstehen, um zur Arbeit zu gehen. Die Tatsache, dass Jacob auf meine sms nicht reagiert, hat mich letztlich meinem Mann nähergebracht. Dennoch halte ich an meinem Racheplan fest.

Es stimmt, dass ich schon fast keine Lust mehr habe, ihn umzusetzen, aber ich hasse es, auf halber Strecke aufzugeben. Leben heißt Entscheidungen treffen und die Konsequenzen tragen. Bloß halte ich mich schon lange nicht mehr daran, und vielleicht ist das einer der Gründe, weshalb ich in den frühen Morgenstunden wach im Bett liege und an die Decke starre.

Ständig diese sms an einen Mann zu schicken, der nicht reagiert, ist Zeitverschwendung. Ich bin nicht mehr an seinem Glück interessiert. Tatsächlich möchte ich, dass er richtig unglücklich ist, denn ich habe mich ihm schenken wollen, und er hat mir vorgeschlagen, dass ich eine Therapie machen soll. Deshalb muss ich diese Hexe ins Gefängnis bringen, auch wenn meine Seele dafür jahrhundertelang im Fegefeuer büßen wird.

Muss ich den Plan überhaupt zu Ende bringen? Wie bin ich bloß daraufgekommen? Ich bin müde, sehr müde und kann aber einfach nicht schlafen.

»Verheiratete Frauen leiden häufiger unter Depressionen als ledige«, stand gestern als Headline über einem Artikel meiner Zeitung.

Ich habe ihn nicht gelesen. Aber in diesem Jahr geschehen lauter merkwürdige Dinge.

Mein Leben läuft super, alles läuft genau so, wie ich es als Heranwachsende geplant hatte, ich bin glücklich … Aber plötzlich beginnen die Dinge aus dem Ruder zu laufen.

Es ist so, als wäre ein Computer von einem Virus infiziert. Die Zerstörung beginnt anfangs unmerklich, aber unwiderruflich. Alles läuft langsamer. Einige Programme brauchen viel mehr Speicherplatz, um geöffnet zu werden. Bestimmte Ordner mit Texten oder Fotos verschwinden spurlos.

Man sucht nach dem Grund und findet nichts. Man fragt Freunde, die mehr davon verstehen, aber auch sie können den Virus nicht identifizieren. Inzwischen leert sich der Computer immer mehr und wird langsamer. Jetzt nimmt der Virus, der immer noch nicht identifiziert bzw. diagnostiziert werden konnte, von ihm Besitz. Selbstverständlich können wir das Gerät jederzeit auswechseln. Aber die dort gespeicherten Dateien, die sich im Laufe der Jahre angesammelt haben, sind sie für immer verloren?

Das wäre ungerecht!

Ich habe über das, was gerade geschieht, überhaupt keine Kontrolle mehr: die absurde Leidenschaft für einen Mann, der mich inzwischen für eine Stalkerin halten muss; die Ehe mit einem Mann, der mir nahe zu sein scheint, mir aber nie seine Schwächen und seine Verletzlichkeit zeigt; der Wunsch, eine Person, die ich nur einmal gesehen habe, unter dem Vorwand zu zerstören, dass ich so meine inneren Dämonen vernichten kann.

Es heißt: Die Zeit heilt alle Wunden. Aber das stimmt nicht. Offensichtlich heilt die Zeit nur das, was wir gern für immer bewahren würden. Sie sagt uns: »Mach dir keine Illusionen, die Realität ist im Hier und Jetzt.« Dennoch kann ich mir das, was ich lese, um mich aufzumuntern, nicht richtig merken. In meiner Seele gibt es ein Loch, durch das alle positive Energie abgesaugt wird, zurück bleibt nur noch Leere. Ich kenne dieses Loch – ich lebe schon seit Monaten damit –, aber ich weiß nicht, was ich gegen diesen Energieverlust tun kann.

Jacob meint, ich brauche eine Therapie. Mein Chef hält mich für eine ausgezeichnete Journalistin. Meine Kinder bemerken eine Veränderung in meinem Verhalten, aber sie stellen mir keine

Fragen. Mein Mann hat erst verstanden, was ich fühle, als ich bei unserem Tête-à-tête im Restaurant versuchte, ihm meine Seele zu öffnen.

Ich nehme das iPad vom Nachttisch. Multipliziere 365 mit 80. Das Resultat ist 29 200. Die durchschnittliche Lebenserwartung eines Menschen in unseren Breitengraden in Tagen. Wie viel Zeit davon habe ich bereits vertan?

Die Menschen um mich herum beklagen sich ständig über alles. »Ich arbeite acht Stunden am Tag, und wenn ich befördert werde, werden es zwölf.« – »Seit meiner Heirat habe ich keine Zeit mehr für mich selber.« – »Ich habe Gott auf meine Weise gesucht, aber man erwartet von mir, dass ich Gottesdienste besuche und an anderen religiösen Zeremonien teilnehme.«

Alles, was wir voller Begeisterung suchen und gefunden haben – Arbeit, Glauben, eine feste Beziehung –, verwandelt sich, wenn wir erwachsen geworden sind, in eine allzu schwere Last.

Nur etwas hilft, dem zu entgehen: die Liebe. Liebe heißt, Sklaverei in Freiheit zu verwandeln.

Aber momentan gelingt es mir nicht, zu lieben. Ich fühle nur Hass.

Doch so absurd das auch scheinen mag, dieser Hass verleiht meinen Tagen einen Sinn.

Ich komme dorthin, wo Marianne ihre Philo-sophievorlesungen abhält – ein Gebäude, das zu meiner Überraschung auf einem Campus der Universitätskliniken außerhalb von Genf liegt. Könnte es sein, dass dieser Kurs, der so promi-nent in ihrem Lebenslauf aufgeführt wird, nichts weiter ist als eine außerlehrplanmäßige Veranstal-tung ohne den geringsten akademischen Wert?

Ich habe den Wagen bei einem Supermarkt geparkt und bin von da aus etwa einen Kilome-ter zu Fuß gegangen, bis ich bei einer Ansamm-lung niedriger Gebäude inmitten einer schönen grünen Wiese mit einem kleinen Teich und vie-len Wegweisern ankam. Dort sind universitäre Einrichtungen untergebracht: der Krankenhaus-flügel mit der geriatrischen Abteilung und in un-mittelbarer Nachbarschaft die Neurologie. Die geschlossene Psychiatrie befindet sich in einem schönen Gebäude aus der Jahrhundertwende. Dort werden Psychiater, Krankenschwestern, Psychologen und Psychotherapeuten aus ganz Europa ausgebildet.

Ich komme an einem etwas seltsamen Gebilde vorbei, das den Leitpfosten am Ende der Landepiste eines Flughafens ähnelt. Um zu wissen, wozu es dient, muss ich die Plakette daneben lesen. Es handelt sich um eine Installation mit dem Namen *Passage 2000*, eine aus zehn Bahnschranken mit roten Lichtern geformten »visuellen Musik«. Der Plakette entnehme ich, dass dies das Werk einer bekannten avantgardistischen Bildhauerin ist.

Achten wir also die Kunst. Aber kommt mir nicht mit dieser Geschichte, dass alle Menschen normal sind!

Es ist Mittagszeit – meine einzige freie Zeit während des Tages. Die interessantesten Dinge in meinem Leben passieren immer in der Mittagspause – Treffen mit Freunden, Politikern, »Quellen« und Dealern.

Die Vorlesungsräume werden leer sein. Ich kann nicht in die Kantine gehen, wo Marianne, Madame König, für viele ihrer Studentinnen ein Vorbild an Eleganz, Intelligenz und ladylikem Benehmen, lässig das blonde Haar aus dem Gesicht streicht, während die jungen Männer, die hier studieren, sich den Kopf zerbrechen, wie sie diese interessante Frau verführen könnten. Ich gehe zum Empfang und frage, wie ich zu Madame König komme. Mir wird gesagt, es sei jetzt Mittagszeit (das kann ich ja unmöglich wissen). Ich sage, dass ich sie in ihrer Pause nicht stören möchte und vor ihrer Tür auf sie warten würde.

Ich bin unauffällig gekleidet, eine von jenen, die man sieht und im nächsten Augenblick vergessen hat. Das einzig Verdächtige an mir ist die Sonnenbrille an einem bewölkten Tag. Darunter schauen einige Pflaster hervor, aus denen die Empfangsdame schließen kann, dass ich gerade eine Schönheitsoperation hinter mir habe.

Mit einer Kaltblütigkeit, die mich selbst überrascht, gehe ich zu dem Raum, in dem Marianne unterrichtet. Ich hatte mir vorgestellt, ich würde plötzlich kalte Füße bekommen und unterwegs umkehren, aber nein. Hier bin ich, und ich fühle mich ganz entspannt. Wenn ich eines Tages über mich selber schreiben müsste, würde ich es wie Mary Shelley mit ihrem Viktor Frankenstein halten: Ich wollte nur aus der Routine heraus, um in meinem Leben, das uninteressant und ohne Herausforderung ist, einen Sinn zu suchen. Das Ergebnis bei Mary war ein Ungeheuer, das imstande ist, Unschuldige ins Verderben zu ziehen und Schuldige zu retten.

Jeder hat eine dunkle Seite. Jeder hat Allmachts-phantasien. Täglich lese ich auf dem Ticker von Geschichten über Folter und Kriege und sehe, dass jene, die Leid zufügen, in dem Moment, in dem sie Macht ausüben können, wie von einem unbekannten Ungeheuer gesteuert agieren, so-bald sie aber nach Hause kommen, sich wieder in liebevolle Ehemänner, sanfte Familienväter und brave Bürger zurückverwandeln.

Ich erinnere mich daran, dass mich in meiner Jugend einmal ein Freund bat, auf seinen Pudel aufzupassen. Ich hasste diesen Hund. Ich musste mir mit ihm die Aufmerksamkeit des Jungen tei-len, den ich liebte. Ich wollte aber dessen ganze Liebe.

An jenem Tag beschloss ich, mich an diesem hirnlosen Tier zu rächen, das nichts zur Entwick-lung der Menschheit beitrug, aber allein durch seine Passivität Liebe und Zärtlichkeit weckte. Ich begann das Tier zu malträtieren, aber so, dass keine sichtbaren Spuren zurückbleiben würden: Ich piekte mit der in die Spitze eines Besenstiels gerammten Stecknadel auf den Pudel ein, der jaulte und bellte, ich aber hörte nicht auf, bis ich müde war.

Als mein Freund zurückkam, umarmte und

küsste er mich wie immer. Er bedankte sich dafür, dass ich auf seinen Pudel aufgepasst hatte. Wir liebten uns, und das Leben ging weiter wie vorher, denn Hunde können nicht reden.

Daran muss ich denken, als ich jetzt zum Raum von Marianne gehe. Wie bringe ich es nur fertig? Genauso, wie alle anderen zu so etwas imstande sind. Ich habe schon erlebt, wie Männer, die unsterblich in ihre Ehefrauen verliebt waren, den Kopf verloren und sie schlugen, um gleich darauf weinend um Verzeihung zu bitten.

Wir sind rätselhafte Tiere.

Aber warum will ich Marianne das antun, wo sie mich doch nur bei einer Party etwas von oben herab behandelt hat? Warum hecke ich einen Plan aus und gehe Risiken ein, indem ich Drogen kaufe und jetzt versuche, diese in Mariannes Schreibtisch zu deponieren?

Weil ihr etwas gelungen ist, was mir nicht gelungen ist: die Aufmerksamkeit und Liebe von Jacob zu erlangen.

Ist dies eine hinreichende Erklärung? Wenn ja, müssten gerade jetzt 99,9 Prozent aller Menschen einander heimtückisch zerstören wollen.

Oder lautet die Erklärung vielmehr: weil ich genug davon habe, mich zu beklagen; weil mich diese schlaflosen Nächte verrückt machen; weil ich mich in meiner Verrücktheit gut fühle; weil ich mich nicht erwischen lassen werde; weil ich aufhören möchte, obsessiv an Jacob zu denken; weil ich ernsthaft krank bin; weil ich nicht die Einzige bin. *Frankenstein* wird nur deshalb immer neu aufgelegt, weil sich jeder Leser sowohl im Wissenschaftler als auch im Ungeheuer wiedererkennt.

Ich bleibe stehen. »Ich bin ernsthaft krank.« Das ist tatsächlich eine mögliche Erklärung. Vielleicht sollte ich jetzt sofort von hier weggehen und einen Arzt aufsuchen. Ich werde es tun, aber zuvor muss ich beenden, was ich mir vorgenommen habe, auch auf die Gefahr hin, dass mein Psychiater der Polizei anschließend einen anonymen Hinweis geben wird – indem er mich durch Wahrung der ärztlichen Schweigepflicht zwar schützt, aber gleichzeitig verhindert, dass Marianne wegen Drogenbesitzes zu Unrecht bestraft wird.

Ich stehe vor der Tür des Raums. Ich denke über die »Gründe« nach, die ich eben auf dem Weg hierher innerlich aufgezählt habe. Dennoch trete ich ohne zu zögern ein.

Drinnen steht ein billiger Tisch ... ohne eine

einzige Schublade. Nur eine Holzplatte auf gedrechselten Beinen. Etwas, was höchstens dazu dient, ein paar Bücher oder eine Handtasche darauf abzulegen.

Ich hätte eine solche Eventualität einkalkulieren müssen. Ich fühle mich zugleich frustriert und erleichtert.

Die eben noch stillen Flure beginnen sich zu beleben. Die Studenten kehren in ihre Vorlesungen zurück. Ich gehe hinaus, ohne zurückzublicken, in die Richtung, aus der sie kommen. Am Ende des Flures gibt es eine Tür ins Freie. Ich öffne sie und gelange über einen kleinen Weg zur geriatrischen Abteilung, die auf einer kleinen Anhöhe steht, massive Wände hat und – da bin ich mir ganz sicher – eine perfekt funktionierende Heizung. Ich gehe dorthin zum Empfang und frage nach jemandem, von dem ich behaupte, dass er dort Patient sei. Mir wird gesagt, dass sich die von mir genannte Person wahrscheinlich an einem anderen Ort aufhält, vielleicht in einem Alters- oder Pflegeheim – Genf gilt als eine der Städte mit den meisten Altersheimen. Die Krankenschwester bietet mir an, es für mich herauszufinden. Ich sage, es sei nicht weiter wichtig, aber sie lässt nicht locker:

»Es macht keine Mühe.«

Um sie keinen Verdacht schöpfen zu lassen, willige ich ein, und während sie an ihrem Computer beschäftigt ist, nehme ich ein Buch vom Tresen und beginne darin zu blättern.

»Geschichten für Kinder«, sagt die Krankenschwester, ohne vom Bildschirm aufzublicken. »Die Patienten lieben sie.«

Das ist nur zu verständlich. Ich schlage aufs Geratewohl eine Seite auf:

Eine Hausmaus lebte ein trauriges Leben, weil sie sich vor der Katze fürchtete. Ein großer Zauberer bekam Mitleid mit ihr und verwandelte sie in eine Katze. Aber als Katze hatte sie Angst vor dem Hund, und der Zauberer verwandelte sie in einen Hund.

Aber als Hund begann sie den Tiger zu fürchten. Der Zauberer, der sehr geduldig war, nutzte seine Kräfte, um sie in einen Tiger zu verwandeln. Da bekam sie Angst vor dem Jäger. Da gab der Zauberer auf, verwandelte sie in eine Maus zurück und sagte: »Nichts, was ich tun würde, könnte dir helfen, denn du hast nicht begriffen, wie sehr du dich durch mich entwickelt hast. Es ist besser, du wirst wieder die Hausmaus, die du ursprünglich warst.«

Die Krankenschwester kann den von mir erfundenen Patienten nicht finden. Sie entschuldigt sich. Ich danke ihr und will schon gehen, aber offensichtlich ist sie glücklich, jemanden zu haben, mit dem sie sich unterhalten kann.

»Glauben Sie, dass Schönheitsoperationen helfen?«

Schönheitsoperationen? Ach so, klar. Mir fallen die kleinen Pflaster unter meiner Sonnenbrille wieder ein.

»Die meisten Patienten hier haben schon Schönheitsoperationen hinter sich. Wenn ich Sie wäre, würde ich keine machen lassen. Sie bringen Körper und Geist aus der Balance.«

Ich habe sie nicht um ihre Meinung gebeten, aber sie scheint von einem missionarischen Eifer erfüllt zu sein und fährt fort:

»Das Alter ist für all jene viel traumatischer, die ewig jung bleiben wollen.«

Ich frage die Krankenschwester, aus welchem Land sie kommt. Sie ist Ungarin. Schweizer würden niemals ungefragt ihre Meinung zu etwas äußern.

Ich danke der Schwester für ihre Bemühungen und nehme im Hinausgehen Brille und Pflaster ab. Die Verkleidung hat funktioniert, aber der

Plan nicht. Der Campus draußen liegt verlassen da. Alle sind wieder dabei zu lernen, wie man denkt, räsoniert, wie man die anderen zum Denken bringt.

Ich mache einen großen Umweg zu dem Supermarkt zurück, vor dem ich meinen Wagen geparkt habe. Von weitem kann ich das psychiatrische Krankenhaus sehen. Sollte ich nicht besser dort drin sein?

Sind wir alle so?, frage ich meinen Mann, nachdem die Kinder eingeschlafen sind und wir uns zum Schlafen fertig machen.

»Wie, so?«

So wie ich, die sich mal großartig fühlt und dann wieder sehr schlecht.

»Ich glaube, ja. Wir üben uns ständig in Selbstbeherrschung, damit das Ungeheuer nicht aus seinem Versteck kommt.«

Das stimmt.

»Wir sind nicht die, die wir gern sein wollen. Wir sind das, was die Gesellschaft verlangt. Wir sind zunächst einmal das, was unsere Eltern aus uns machen wollen. Wir wollen niemanden enttäuschen, haben ein unendlich großes Bedürfnis danach, geliebt zu werden. Deshalb ersticken wir das Beste in uns. Ganz allmählich verwandelt sich das, was ursprünglich das Licht unserer Träume war, in das Ungeheuer unserer Alpträume. Es sind die nicht verwirklichten Lebensentwürfe, die nichtgelebten Möglichkeiten.«

Soweit ich weiß, nannte die Psychiatrie diesen

Zustand früher manisch-depressiv, aber jetzt heißt er politisch korrekter bipolare Störung. Woher kommt bloß dieser Name? Sind denn der Nordpol und der Südpol vollkommen verschieden? Es wird doch nur eine Minderheit sein, die ...

»... natürlich ist es bloß eine Minderheit, die diese beiden Verhaltensextreme auslebt. Aber ich möchte wetten, dass in fast allen Menschen dieses Ungeheuer angelegt ist.«

Einerseits ist da die Verbrecherin, die auf ein Gelände der Universität geht, um aus purem Hass eine Unschuldige strafrechtlicher Verfolgung auszusetzen, ohne zu wissen, woher so viel Hass kommt. Auf der anderen Seite die Ehefrau und Mutter, die sich liebevoll um ihre Familie kümmert und hart arbeitet, damit es ihren Lieben an nichts fehlt, und auch nicht weiß, woher sie die Kraft nimmt, all das zu stemmen.

»Erinnerst du dich an Dr. Jekyll und Mr. Hyde?«

Offensichtlich ist *Frankenstein* nicht das einzige Buch, das seit seiner ersten Veröffentlichung immer wieder neu aufgelegt wird: *Der seltsame Fall des Dr. Jekyll und Mr. Hyde*, ein Roman, den Robert Louis Stevenson in drei Tagen geschrieben hat. Die Geschichte spielt im London des 19. Jahrhunderts. Der Arzt und Forscher Henry Jekyll glaubt, dass das Gute und das Böse in allen Menschen koexistiert. Er ist entschlossen, seine Theorie unter Beweis zu stellen, die von fast allen, die er kennt, belächelt wird, auch vom Vater seiner Braut Beatrix. Nachdem er unermüdlich in seinem Laboratorium gearbeitet hat, gelingt es ihm, einen Trank zu entwickeln, der es möglich macht, das Gute und das Böse im Menschen voneinander zu trennen. Weil er niemandes Leben in Gefahr bringen möchte, trinkt er ihn selber.

Das führt dazu, dass seine dämonische Seite – die er Mr. Hyde nennt – enthüllt wird. Dr. Jekyll glaubt, er könne das Erscheinen von Mr. Hyde kontrollieren, merkt aber bald, dass er sich gewaltig irrt: Wenn wir unsere schlechte Seite herauslassen, überdeckt sie am Ende das, was es Gutes in uns gibt, vollkommen.

Das gilt für alle Menschen. Das ist auch bei jenen Tyrannen so, die anfangs ganz lautere Absichten haben, jedoch im Zuge der Verwirklichung dessen, was sie für das Gute halten, das Schlechte freisetzen: den Terror.

Ich bin verwirrt und erschrocken. Das kann mit jedem von uns passieren?

»Nein. Nur eine Minderheit hat keine sehr klare Vorstellung von dem, was richtig oder falsch ist.«

Ich weiß nicht, ob diese Minderheit tatsächlich so klein ist: Ich habe in der Schule schon Ähnliches erlebt. Ich hatte einen Lehrer, der der beste Mensch der Welt sein konnte, aber manchmal plötzlich in Rage geriet und mich damit total verunsicherte. Alle Schüler lebten in Angst vor ihm, weil er so unberechenbar war.

Aber wer hätte gewagt, sich zu beschweren? Schließlich haben Lehrer immer recht. Außerdem nahmen alle an, dass er zu Hause Probleme habe, die sich irgendwann schon lösen würden. Bis eines Tages sein Mr. Hyde außer Kontrolle geriet und er einen meiner Mitschüler tätlich angriff. Die Schuldirektion erfuhr davon, und er wurde aus dem Dienst entfernt.

Seither machen mir übertrieben liebenswürdige Menschen Angst.

Menschen wie die »*tricoteuses*«, die »Strickerinnen«, jene fleißigen Frauen, die Gerechtigkeit und Brot für die Armen forderten und dafür kämpften, Frankreich von den Exzessen Ludwig XVI. zu befreien. Als das Terror-Regime eingerichtet wurde, gingen sie frühmorgens zum

Platz der Guillotine, ergatterten sich Plätze in der ersten Reihe und strickten, was das Zeug hielt, während sie auf die zum Tode Verurteilten warteten. Wahrscheinlich waren unter diesen Frauen auch viele Mütter, die anschließend den Rest des Tages damit verbrachten, für ihre Kinder und ihren Ehemann zu sorgen.

Stricken, um sich die Zeit zwischen einem und dem nächsten abgeschlagenen Kopf zu vertreiben.

»Du bist stärker als ich. Ich habe dich darum immer beneidet. Vielleicht ist das der Grund, weshalb ich meine Gefühle nie so sehr gezeigt habe: damit ich vor dir nicht schwach erscheine.«

Er weiß nicht, was er da sagt. Aber das Gespräch ist schon zu Ende. Er dreht sich zur Seite und schläft ein.

Ich bleibe mit meiner »Stärke« allein und starre an die Decke.

Eine Woche später tue ich etwas, was ich mir immer geschworen hatte, zu unterlassen: mir einen Psychiater suchen.

Es ist mir gelungen, drei Termine bei drei verschiedenen Ärzten zu bekommen. Ihre Terminkalender waren voll – wohl ein Zeichen dafür, dass es in Genf mehr aus dem Lot geratene Menschen gibt, als wir uns vorstellen. Ich sagte immer gleich, dass es dringend sei, worauf die Praxisassistentinnen mich schon abwimmeln wollten mit der Begründung, das würden alle sagen, doch es täte ihnen leid, sie könnten nicht einfach andere Patienten zurückstellen.

Worauf ich die Trumpfkarte ausspielte, die fast immer wirkt: Ich sagte, wo ich arbeite. Das magische Wort »Journalistin«, gefolgt vom Namen einer wichtigen Zeitung, kann Türen ebenso öffnen wie schließen. Ich bekam die Termine.

Ich sagte niemandem ein Sterbenswort – weder meinem Mann noch meinem Chef. Ich suchte den ersten der drei Psychiater auf – einen etwas merkwürdigen Mann mit britischem Akzent, der mir gleich zur Begrüßung sagte, dass er keine Kassenpatienten annehme. Ich hatte den Verdacht, dass er illegal in der Schweiz arbeitete. Ich erklärte ihm in aller Ruhe, was mit mir los war, führte zur Illustration das Beispiel von Frankenstein und seinem Ungeheuer und von Dr. Jekyll und Mr. Hyde an. Ich flehte ihn an, mir zu helfen, das Ungeheuer in den Griff zu bekommen, das sich zeigte und drohte, mich zu überwältigen. Er fragte, was ich damit sagen wolle. Die wahren Hintergründe, die mich kompromittieren könnten, wie zum Beispiel meinen Versuch, eine bestimmte Frau ungerechtfertigt wegen Drogenhandels verhaften zu lassen, konnte ich ihm natürlich nicht nennen.

Also beschloss ich, ihm eine Lüge aufzutischen: Ich erklärte ihm, dass ich Mordgedanken hegte, daran dächte, meinen Mann zu töten, während er schlief. Der Psychiater fragte, ob einer von uns beiden eine Geliebte bzw. einen Geliebten habe, was ich verneinte. Er zeigte großes Verständnis und fand es normal. Ein Jahr Behandlung mit drei wöchentlichen Sitzungen würde diesen Tötungsdrang um 55 Prozent vermindern. Ich war schockiert! Und wenn ich nun meinen Mann vorher umbrachte? Er antwortete darauf, dass das, was gerade passiere, eine »Übertragung«, eine »Phantasie« sei und dass wahre Mörder niemals Hilfe suchten.

Am Ende der Konsultation knöpfte er mir 250 Schweizer Franken ab und bat die Praxisassistentin, regelmäßige Termine ab der nächsten Woche zu vereinbaren. Ich bedankte mich, sagte, ich müsse meinen Terminkalender konsultieren, und schloss die Tür, um niemals zurückzukehren.

Der zweite Psychiater war eine Frau. Sie nahm Kassenpatienten und war dem gegenüber, was ich zu sagen hatte, offener eingestellt und hörte genau zu. Ich wiederholte die Geschichte vom Wunsch, meinen Ehemann umzubringen.

»Nun, manchmal denke ich daran, meinen auch umzubringen«, sagte sie zu mir mit einem Lächeln. »Aber wir wissen beide, dass, wenn alle Frauen ihre heimlichen Wünsche verwirklichen würden, fast sämtliche Kinder vaterlos wären. Das ist ein ganz normaler Impuls.«

Normal?

Nachdem wir uns eine Weile unterhalten hatten, während der sie mir erklärte, dass ich von der »Ehe eingeschüchtert« sei, zweifellos »keinen Raum zum Wachsen« hätte und mein Sexualtrieb »in der medizinischen Literatur hinlänglich bekannte hormonelle Störungen« hervorriefe, griff sie zum Rezeptblock und verschrieb mir ein bekanntes Antidepressivum. Sie fügte hinzu, dass ich, bis das Medikament wirke, wohl noch einen Monat »Hölle« vor mir hätte, aber danach das alles bald nur noch eine unangenehme Erinnerung sein würde.

Unter der Voraussetzung, dass ich die Tabletten weiter nähme.

Für wie lange?

»Das ist von Fall zu Fall verschieden. Aber ich glaube, dass Sie in drei Jahren schon die Dosis herabsetzen können.«

Das große Problem ist nur, dass einem als Kassenpatienten bei uns in der Schweiz die Rechnung für die Selbstbeteiligung nach Hause geschickt wird. Ich bezahlte bar, schloss die Tür hinter mir und schwor mir auch hier, nie wieder zurückzukehren.

Dann ging ich zum dritten Termin, wieder zu einem Mann, dessen Praxiseinrichtung ein Vermögen gekostet haben musste. Wie seine Kollegen hörte er mir aufmerksam zu und schien mir recht zu geben. Ihm zufolge lief ich tatsächlich Gefahr, meinen Mann zu töten. Ich war eine potentielle Mörderin. Ich war dabei, die Kontrolle über ein Ungeheuer zu verlieren, das ich später nicht mehr zurück in den Käfig bekommen würde.

Schließlich fragte er sehr vorsichtig, ob ich Drogen nähme.

Nur ein Mal, antwortete ich.

Er glaubte mir nicht. Wechselte das Thema. Wir redeten ein wenig über die Konflikte, mit denen wir uns im Alltag herumschlagen müssen, und dann kam er wieder auf das Thema Drogen zurück.

»Sie müssen mir vertrauen. Niemand nimmt nur einmal Drogen. Sie müssen wissen, dass wir Ärzte der Schweigepflicht unterliegen. Ich würde meine Approbation verlieren, wenn ich anderen etwas darüber sagen würde. Es ist besser, offen darüber zu sprechen, bevor wir einen nächsten Termin ausmachen. Nicht nur Sie müssen mich als Arzt akzeptieren. Auch ich muss Sie als Patientin akzeptieren. So funktioniert das.«

Nein, sagte ich mit Nachdruck, ich nehme keine Drogen. Ich kenne die Gesetze und bin nicht hergekommen, um Sie anzulügen. Ich möchte nur schnell dieses Problem lösen, bevor ich Menschen, die ich liebe oder die mir nahestehen, etwas Schlimmes antue.

Sein ernstes Gesicht war bärtig und schön. Er nickte, bevor er antwortete.

»Sie haben jahrelang Spannungen in sich angesammelt, und jetzt wollen Sie sich von einem Tag auf den anderen davon befreien. Das gibt es in der Psychiatrie oder der Psychoanalyse nicht. Wir sind keine Schamanen, die mit einem Zaubertrick die bösen Geister vertreiben.«

Natürlich meinte er das ironisch, aber er hatte mich damit auf einen ausgezeichneten Gedanken gebracht. Ich würde keine psychiatrische Hilfe mehr suchen.

Post tenebras lux. Nach der Dunkelheit das Licht. Ich stehe vor einem hundert Meter langen Monument mit den imposanten Statuen von vier Männern, die von weiteren, kleineren Statuen flankiert sind. Eine von ihnen hebt sich von den anderen ab. Ihr Kopf ist bedeckt, sie hat einen langen Bart und trägt in ihren Händen, was seinerzeit mächtiger war als heutzutage ein Maschinengewehr: die Bibel.

Während ich so dastehe, denke ich: Wenn dieser Mann dort in der Mitte heute leben würde, würden alle – allen voran die Franzosen und die Katholiken der ganzen Welt – ihn als Terroristen bezeichnen. Seine Taktik, um das umzusetzen, was er für die höchste Wahrheit hielt, bringt mich dazu, ihn mit dem pervertierten Geist von Osama bin Laden zu assoziieren. Beide hatten dasselbe Ziel: einen theokratischen Staat zu errichten, in dem alle, die das nicht einhalten, was als das Gesetz Gottes gilt, bestraft werden sollten.

Und keiner der beiden hat gezögert, Terror einzusetzen, um seine Ziele zu erreichen.

Sein Name ist Jean Calvin, und Genf war sein Hauptwirkungsort. Hunderte von Menschen sollten unweit dieser Mauer zum Tode verurteilt und hingerichtet werden. Nicht nur die Katholiken, die es wagten, ihren Glauben beizubehalten, sondern auch Wissenschaftler, die auf der Suche nach der Wahrheit und der Heilung von Krankheiten die wörtliche Interpretation der Bibel in Frage stellten. Der berühmteste Fall war der des Michel Servet, der den Lungenkreislauf entdeckte und dafür auf dem Scheiterhaufen sterben musste.

Es ist nicht falsch, Ketzer und Blasphemiker zu bestrafen. So werden wir nicht zu Komplizen ihrer Verbrechen [...]. Hier geht es nicht um die Autorität des Menschen, es ist Gott, der spricht [...]. Also verschonen wir, wenn er etwas so Ernstes von uns verlangt, damit wir ihm zeigen, dass wir ihm die geschuldete Ehre erweisen, indem wir den Dienst für ihn über alle menschliche Betrachtungen stellen, unsere Verwandten nicht, noch irgendein anderes Blut, und vergessen wir die gesamte Menschheit, wenn es darum geht, für seinen Ruhm zu kämpfen.

Zerstörung und Tod beschränkten sich damals nicht nur auf Genf: Calvins Schüler, die durch die kleineren Statuen dieses Denkmals dargestellt werden, verbreiteten sein Wort und seine intoleranten Lehren in ganz Europa. 1566 wurden mehrere Kirchen in Holland zerstört und »Rebellen« – d. h. Menschen anderen Glaubens – ermordet. Eine unendliche Anzahl Kunstwerke landete unter dem Vorwand auf dem Scheiterhaufen, es handele sich um Götzenanbetung. Ein Teil des historischen und kulturellen Erbes der Welt wurde zerstört und ging für immer verloren.

Und heute lernen meine Kinder in der Schule, Calvin sei ein großer Aufklärer gewesen, ein Mensch mit neuen Ideen, der uns vom katholischen Joch »befreite«. Ein Revolutionär, der es verdiene, von künftigen Generationen verehrt zu werden.

Nach der Dunkelheit das Licht. Was ging bloß im Kopf dieses Menschen vor sich?, frage ich mich. Ob er schlaflose Nächte gehabt hat, weil er doch wissen musste, dass ganze Familien ausgelöscht, Kinder von ihren Eltern getrennt wurden und viel unschuldiges Blut vergossen wurde? Oder war er so sehr von seiner Mission überzeugt, dass es für Zweifel keinen Raum gab?

Glaubte er, dass alles, was er tat, im Namen der Liebe gerechtfertigt werden konnte? Denn das ist auch der Kern meiner eigenen aktuellen Probleme. Dr. Jekyll und Mr. Hyde. Menschen, die Calvin kannten, sagten, dass er im persönlichen Umgang ein angenehmer Mensch war, der im Stande war, den Worten Jesu zu folgen, und der überraschende Gesten der Demut zeigte. Er wurde gefürchtet, aber auch geliebt – und konnte Menschenmengen mit dieser Liebe entflammen.

Da die Geschichte von den Siegern geschrieben wird, erinnert sich niemand mehr an seine Grausamkeiten. Heute wird er als ein Seelenarzt gesehen, als der große Reformator, derjenige, der uns vor der katholischen Häresie gerettet hat mit ihren Engeln, Heiligen, Jungfrauen, ihrem Gold, Silber, Ablasshandel und anderen Formen von Bestechlichkeit.

Der Mann, auf den ich warte, kommt und unterbricht mich in meinen Gedanken. Es handelt sich um einen kubanischen Schamanen. Ich erkläre ihm, dass ich meinen Chefredakteur zu einer Artikelserie über alternative Arten, den Stress zu bekämpfen, überredet hätte. Die Geschäftswelt sei voller Menschen, die sich in einem Moment außerordentlich großzügig zeigen und gleich darauf ihre Wut an Schwächeren auslassen. Die Menschen würden immer unberechenbarer.

Die Psychiater und Analytiker hätten volle Terminkalender, könnten sich vor Patienten kaum retten – doch niemand könne monatelang darauf warten, dass seine Depression behandelt würde. Der Kubaner hört mir wortlos zu. Ich frage, ob wir unser Gespräch in einem nahen Café fortsetzen können, da es draußen schon etwas kühl geworden sei.

»Das ist die Wolke«, sagt er und nimmt meine Einladung an.

Die berühmte Wolkendecke hängt über Genf von Oktober bis Februar oder März und wird nur hin und wieder von der Bise vertrieben, die den Himmel freifegt, aber für noch tiefere Temperaturen sorgt.

»Wie sind Sie auf mich gekommen?«

Ein Sicherheitsmann bei der Zeitung hat mir von Ihnen erzählt. Ursprünglich wollte der Chefredakteur, dass ich für die Serie Psychologen, Psychiater, Psychotherapeuten interviewe, aber das wurde schon Hunderte von Malen gemacht. Ich brauche jemand Originelleren, und Sie könnten diese Person sein.

»Sie dürfen meinen Namen nicht veröffentlichen. Was ich mache, wird nicht von der Krankenkasse abgedeckt.«

Wahrscheinlich sagt er damit im Klartext: »Was ich tue, ist illegal.«

Ich rede fast zwanzig Minuten lang, versuche eine ungezwungene Atmosphäre zu schaffen, aber der Kubaner studiert mich die ganze Zeit aufmerksam. Er ist braun gebrannt, mit grauen Locken, klein und trägt Anzug mit Krawatte. Ich hätte mir nie vorgestellt, dass ein Schamane so angezogen ist.

Ich erkläre ihm, dass alles, was er mir sagen wird, vertraulich behandelt wird. Wir sind nur daran interessiert zu erfahren, ob viele Menschen seine Dienste in Anspruch nehmen. Ich hätte gehört, er habe die Fähigkeit zu heilen.

»Das stimmt nicht. Ich kann nicht heilen. Nur Gott kann das.«

Gut, einverstanden. Aber wir begegnen immer wieder Menschen, die sich von einem Augenblick auf den anderen seltsam verhalten. Und wir fragen uns: Was ist bloß mit diesem Menschen geschehen, von dem ich immer glaubte, ich würde ihn so gut kennen? Warum ist er auf einmal so aggressiv? Hat er beruflich Stress?

Am nächsten Tag ist dieser Mensch wieder ganz normal. Du bist erleichtert, bis du kurz darauf wieder spürst, dass dir der Teppich unter den Füßen weggezogen wird, wenn du es am wenigsten erwartest. Und diesmal fragst du dich nicht, was mit dem anderen nicht in Ordnung ist, sondern du fragst dich, ob du selbst etwas falsch gemacht hast.

Der Kubaner sagt nichts. Er traut mir noch nicht.

Ist das heilbar?

»Das ist heilbar, aber allein Gott kann heilen.«

Ja, das weiß ich, aber wie heilt Gott?

»Das ist sehr unterschiedlich. Schauen Sie mir in die Augen.«

Ich tue, was er mir sagt, und mir ist, als würde ich in eine Art Trance fallen und die Kontrolle über mich verlieren.

»Im Namen der Kräfte, die meine Arbeit führen, der Macht, die mir übertragen ist, bitte ich die Geister, die mich schützen, dass sie Ihr Leben und das Ihrer Angehörigen zerstören, falls Sie beschließen, mich der Polizei zu übergeben oder bei der Ausländerpolizei anzuzeigen.«

Er macht einige Handbewegungen rings um meinen Kopf herum. Mir kommt das vollkommen abstrus vor, und ich möchte am liebsten aufstehen und weggehen. Aber ehe ich mich versehe, ist er wieder zur Normalität, zu dieser Mischung aus halb sympathisch, halb distanziert zurückgekehrt.

»Sie können jetzt fragen. Jetzt vertraue ich Ihnen.«

Ich bin etwas erschrocken. Aber ich habe wirklich nicht vor, diesem Mann zu schaden. Ich bestelle noch eine Tasse Tee und erkläre ihm genauer, was mir vorschwebt: Die Psychiater, die ich »interviewt« hätte, seien unisono der Meinung, dass eine Heilung lange dauerte. Der Mitarbeiter vom Sicherheitsdienst bei meiner Zeitung habe dagegen gesagt – und ich wäge meine Worte sehr genau ab –, dass Gott den Kubaner als Kanal nutzen könne, um dem Problem einer schweren Depression ein Ende zu bereiten.

»Wir selbst sind es, die das Durcheinander in unserem Kopf schaffen. Es kommt nicht von außen. Man braucht nur die Hilfe eines Schutzgeistes zu erbitten, der das Haus deiner Seele besucht und hilft, Ordnung zu schaffen. Allerdings glaubt niemand mehr an Schutzgeister. Sie beobachten uns die ganze Zeit und möchten uns gern helfen, aber niemand ruft sie. Meine Aufgabe ist es, sie zu denen zu rufen, die sie brauchen, und zu warten, bis sie ihre Arbeit tun. Das ist alles.«

Sagen wir einmal ganz hypothetisch, dass jemand in einem Augenblick von Aggressivität den machiavellistischen Plan fasst, einen anderen Menschen zu zerstören. Wie beispielsweise, ihn bei der Arbeit zu diffamieren.

»Das passiert tagtäglich.«

Das weiß ich, aber wenn diese Aggressivität vorübergeht, wenn dieser Mensch wieder normal ist, wird er dann nicht von Schuldgefühlen zerfressen?

»Natürlich. Und das wird im Laufe der Jahre seinen Zustand nur verschlechtern.«

Dann hatte Calvin mit seiner Devise »nach der Dunkelheit das Licht« also nicht recht.

»Wie bitte?«

Nichts. Ich musste nur gerade an das Reformationsdenkmal im Park denken.

»Doch, es gibt Licht am Ende des Tunnels, wenn Sie das damit sagen wollen. Aber manchmal, wenn ein Mensch die Dunkelheit durchquert hat und auf der anderen Seite angekommen ist, hat er eine riesige Spur der Verwüstung hinter sich gelassen.«

»Perfekt, also kehren wir zum Thema zurück: Ihre Methode.«

»Das ist nicht ›meine‹ Methode, sie wird seit

vielen Jahren gegen Stress, Depression, Reizbarkeit, Selbstmordversuche und vieles andere benutzt, womit der Mensch sich selber schadet.«

Mein Gott, ich bin an den richtigen Menschen geraten. Ich muss einen kühlen Kopf bewahren.

Man kann es …

»… selbstinduzierte Trance nennen. Selbsthypnose. Meditation. Jede Kultur hat ihren eigenen Namen dafür. Aber vergessen Sie nicht, dass die Schweizerische Ärztegesellschaft diesen Behandlungsansätzen gegenüber nicht wohlgesinnt ist.«

Ich erkläre ihm, dass ich Yoga mache, aber dennoch diesen Zustand nicht erreichen kann, in dem Probleme zurechtgerückt und gelöst werden.

»Reden wir von Ihnen oder über eine Reportage für die Zeitung?«

Von beidem, und ich öffne das Visier etwas, denn ich weiß, seit er mich anwies, ihm in die Augen zu sehen, dass ich vor diesem Mann keine Geheimnisse haben kann. Ich erkläre ihm, dass seine Sorge, nicht anonym zu bleiben, unnötig sei – es sei kein Geheimnis, dass er in seinem Haus in Veyrier Hilfesuchende empfange. Und viele, darunter auch Gefängniswärter, auf seine Dienste zurückgreifen. Das hat mir der Sicherheitsbeauftragte unserer Zeitung verraten.

»Sie haben Probleme mit der Nacht«, sagt der Schamane.

Ja, das ist mein Problem. Warum ist das so?

»Die Nacht kann einfach nur, weil sie die Nacht ist, in uns die Ängste der Kindheit wiederaufleben lassen, die Angst vor der Einsamkeit, vor dem Unbekannten. Aber wenn es uns gelingt, diese Geister niederzuringen, werden wir jene, die während des Tages auftauchen, mit Leichtigkeit besiegen. Wenn wir keine Angst vor der Dunkelheit haben, dann nur, weil wir Gefährten des Lichts sind.«

Ich fühle mich, als würde ich vor einem Grundschullehrer sitzen, der mir das Offensichtliche erklärt. Könnte ich vielleicht zu ihm nach Hause kommen, damit er …

»… ein Exorzismusritual mit Ihnen macht?«

Dieses Wort war mir nicht in den Sinn gekommen, aber genau das war es, was mich wahrscheinlich weiterbringen würde.

»Dazu besteht keine Notwendigkeit. Ich sehe in Ihnen viel Dunkelheit, aber auch sehr viel Licht. Und in Ihrem Fall, da bin ich mir ganz sicher, wird am Ende das Licht siegen.«

Der Mann sieht tatsächlich in meine Seele hinein, ohne dass ich sagen könnte, wie er das macht.

»Versuchen Sie, sich hin und wieder von der Nacht mitnehmen zu lassen, betrachten Sie die Sterne, und versuchen Sie, sich an dem Gefühl des Unendlichen zu berauschen. Die Nacht ist mit all ihrem Zauber auch ein Weg zur Erkenntnis. So wie ein dunkler Brunnen auf seinem Grund das Wasser hat, das den Durst stillt, trägt die Nacht, deren Mysterium uns Gott näherbringt, in ihren Schatten das Feuer, das unsere Seelen entflammen kann.«

Wir reden fast zwei Stunden miteinander. Er betont immer wieder, dass ich nichts weiter brauche, als mich mitnehmen zu lassen – und dass selbst meine größten Ängste unbegründet sind. Ich erzähle ihm von meinem Drang, mich zu rächen. Er hört mir kommentarlos und ohne zu werten zu. Während ich spreche, fühle ich mich bereits besser.

Er schlägt vor, das Café zu verlassen und eine Runde durch den Park zu gehen. An einem der Ausgänge gibt es auf den Boden gemalte schwarze und weiße Quadrate und riesige Schachfiguren aus Plastik. Einige Leute spielen gerade, trotz der Kälte.

Der Schamane sagt schon fast gar nichts mehr – ich bin es, die unaufhörlich redet. Mal bin ich dankbar für das Leben, das ich führe, mal verfluche ich es. Wir bleiben vor einem der riesigen Schachbretter stehen. Er scheint dem Spiel mehr Aufmerksamkeit zu schenken als meinen Worten. Ich höre auf zu sprechen und verfolge nun ebenfalls das Spiel, obwohl es mich überhaupt nicht interessiert.

»Gehen Sie bis zum Ende«, sagt er.

Gehen Sie bis zum Ende? Heißt das, ich soll tatsächlich meinen Mann betrügen, meiner Rivalin Kokain in die Handtasche schmuggeln und anschließend die Polizei rufen?

Er lacht.

»Sehen Sie diese Spieler? Sie müssen immer einen neuen Zug machen. Sie können nicht mitten im Spiel aufhören, weil dies bedeuten würde, die Niederlage zu akzeptieren. Es kommt ein Augenblick, in dem die Niederlage unausweichlich ist, aber sie kämpfen dennoch wenigstens bis zum Ende. Wir haben bereits alles, was wir brauchen. Es gibt nichts zu verbessern. Zu glauben, dass wir zwischen Gut und Böse, Gerechtigkeit und Ungerechtigkeit unterscheiden können, ist Unsinn. Wir wissen, dass Genf heute unter einer Wolkendecke liegt, die sich möglicherweise monatelang nicht auflösen wird, aber früher oder später wird sie dennoch verschwinden. Also, machen Sie weiter, und lassen Sie sich treiben.«

Kein Wort, um mich daran zu hindern zu tun, was ich nicht tun soll?

»Keines. Wenn Sie das tun, was Sie nicht tun sollen, werden Sie es schon selber merken. Wie ich bereits im Café sagte, das Licht in Ihrer Seele ist größer als die Dunkelheit. Aber dazu müssen Sie bis zum Ende des Spiels gehen.«

Ich glaube, dass ich noch nie in meinem Leben einen mir so unverständlichen Rat gehört habe. Ich danke dem Schamanen für seine Zeit, frage ihn, was ich ihm schulde, und er sagt: »Nichts.«

Als ich in die Redaktion zurückkehre, fragt mich der Chefredakteur, warum ich so lange gebraucht habe. Ich erkläre ihm, dass ich, da es sich um ein recht unorthodoxes Thema handle, Schwierigkeiten gehabt hätte, an die nötigen Informationen heranzukommen.

»Und wo es sich schon um etwas recht Unorthodoxes handelt – sind wir etwa dabei, zu ungesetzlichen Praktiken zu animieren?«

Animieren wir zu ungesetzlichen Praktiken, wenn wir junge Menschen zu übermäßigem Konsum ermuntern, indem wir Produkte vorstellen?

Animieren wir dazu, Unfälle zu verursachen, wenn wir neue Automodelle anpreisen, die bis zu 250 km/h fahren können? Animieren wir zu Depressionen und Selbstmordgedanken, wenn wir Artikel über erfolgreiche Menschen veröffentlichen, ohne genau zu erklären, wie sie es so weit gebracht haben, und die anderen damit im Umkehrschluss dazu bringen, sich selbst für wertlos zu halten?

Der Chefredakteur hat keine große Lust auf Diskussionen. Vielleicht ist es ja tatsächlich interessant für die Zeitung, deren Hauptthema des Tages war: »Hilfsorganisation La Chaîne du Bonheur sammelt 8 Millionen sFr. für humanitäre Hilfe in Asien.«

Ich schreibe einen Artikel von höchstens 600 Wörtern – mehr Platz wurde mir nicht gegeben –, der nur auf dem Material aus Internetrecherchen beruht, denn aus dem Gespräch mit dem Schamanen, das zu einem Beratungstermin wurde, konnte und wollte ich nichts benutzen.

Jacob!

Er ist von den Scheintoten auferstanden und hat mir eine SMS geschickt, mit der er mich in ein Café einlädt – als gäbe es nichts Interessanteres im Leben, was man machen könnte. Wo ist der raffinierte Weinprobierer geblieben? Wo ist der Mann, der jetzt das größte Aphrodisiakum der Welt besitzt: Macht?

Vor allem, wo ist mein Jugendfreund, den ich in einer Zeit kennenlernte, in der für uns beide noch alles möglich war? Er heiratete, hat sich verändert und schickt mir jetzt eine SMS, mit der er mich in ein Café einlädt. Könnte er nicht etwas kreativer sein und ein Nudistenrennen in Chamonix vorschlagen? Vielleicht wäre ich dann interessierter.

Ich habe nicht die geringste Absicht zu antworten. Er hat mich herablassend behandelt, mich durch sein wochenlanges Schweigen verletzt. Glaubt er etwa, ich würde sofort losrennen, nur weil er mir jetzt die Ehre erweist, mich zu einem Kaffee einzuladen?

Nachdem ich zu Bett gegangen bin, höre ich mir (mit Kopfhörern) eine der Aufnahmen an, die ich vom Gespräch mit dem Kubaner aufgenommen habe. Noch in jenem Teil, in dem ich so tat, als sei ich nur als Journalistin gekommen – und nicht als eine über sich selbst erschrockene Frau –, hatte ich ihn gefragt, ob man dank selbstinduzierter Trance (oder, wie er sagte, Meditation) jemanden dazu bringen könne, einen anderen Menschen zu vergessen.

Ich sprach das Thema so an, dass er genauso gut »Liebe« wie »Trauma durch verbale Aggressionen« verstehen konnte, worüber wir in diesem Augenblick sprachen.

»Das ist ein ziemlich schwieriges Terrain«, antwortete er. »Ja, man kann eine relative Amnesie hervorrufen, aber da dieser Mensch mit anderen Fakten und Ereignissen assoziiert wird, würde es praktisch unmöglich sein, dass dieser Mensch in Ihren Gedanken und Gefühlen nicht mehr vorkommt. Außerdem ist Vergessen die falsche Haltung. Die richtige ist: sich stellen.«

Ich höre die Aufnahme ganz ab, versuche mich abzulenken, nehme mir einiges vor, mache mir viele Notizen.

Nichts hilft.

Bevor ich einschlafe, schicke ich Jacob eine SMS und nehme seine Einladung an.

Ich kann mich nicht beherrschen, das ist mein Problem.

Ich werde nicht sagen, dass du mir gefehlt hast, denn das wirst du mir nicht glauben. Ich werde auch nicht sagen, dass ich auf deine SMS nicht geantwortet habe, weil ich fürchte, mich wieder in dich zu verlieben.«

Ich hätte tatsächlich nichts davon geglaubt. Aber ich lasse ihn weiter das Unerklärbare erklären. Wir sitzen in einem nichtssagenden Café in Collonges-sous-Salève, einem Dorf jenseits der Grenze zu Frankreich, das eine Viertelstunde mit dem Wagen von meinem Arbeitsplatz entfernt liegt. Die wenigen anderen Gäste sind Lastwagenfahrer oder Arbeiter eines nahegelegenen Steinbruchs.

Ich bin die einzige Frau, ausgenommen der Kellnerin, die hinter der Bar hin und her geht, zu stark geschminkt ist und mit den Gästen scherzt.

»Ich lebe in der Hölle, seit du in meinem Leben aufgetaucht bist. Seit dem Tag in meinem Büro, als du mich interviewt hast und wir miteinander intim waren.«

»Miteinander intim waren«, so kann man das

also auch ausdrücken. Ich habe ihn oral befriedigt. Miteinander haben wir nichts gemacht.

»Ich kann nicht sagen, dass ich unglücklich bin, aber ich fühle mich immer einsamer, obwohl niemand etwas davon weiß. Selbst unter Freunden – das Ambiente und die Getränke sind großartig, das Gespräch lebhaft, ich lächle – kann ich plötzlich aus mir unerfindlichen Gründen dem Gespräch nicht mehr folgen, schütze eine wichtige Verabredung vor und gehe. Ich weiß, was mir fehlt: du.«

Das ist der Augenblick, um mich zu rächen: »Findest du nicht, dass du eine Paartherapie brauchst?«

»Ich finde schon. Aber ich müsste mit Marianne gehen und kann sie nicht davon überzeugen. Für sie erklärt die Philosophie alles. Sie hat durchaus bemerkt, dass ich anders bin, schreibt das aber den Wahlen zu.«

Der Kubaner hatte recht, als er sagte, dass wir die Dinge zu Ende bringen müssen. In diesem Augenblick rettet Jacob seine Frau vor der schwerwiegenden Anklage, mit Drogen gehandelt zu haben.

»Meine Verantwortlichkeiten haben stark zugenommen, und ich habe mich noch nicht daran gewöhnt. Marianne zufolge werde ich mich schnell daran gewöhnen. Und was sagst du?«

Und ich, wieso? Was genau willst du wissen?

Meine Vorsätze zu widerstehen wurden in dem Augenblick zunichte, als ich ihn allein an einem Tisch in der Ecke sitzen sah, vor sich einen Campari Soda und mit einem breiten Lächeln, sowie ich durch die Tür trat. Wir sind wieder Teenager, diesmal aber dürfen wir alkoholische Getränke zu uns nehmen, ohne gegen ein Gesetz zu verstoßen. Ich ergreife seine eiskalten Hände, ich weiß nicht, ob sie vor Kälte oder vor Angst so kalt sind.

»Es ist alles in Ordnung«, sage ich.

Ich schlage vor, dass wir uns das nächste Mal früher treffen – die Sommerzeit ist vorüber, und es wird schnell dunkel. Er ist einverstanden und gibt mir einen diskreten Kuss auf die Lippen, darauf bedacht, die Aufmerksamkeit der Männer um uns herum nicht zu wecken.

»Zum Schlimmsten gehören für mich diese schönen Sonnentage jetzt im Herbst. Ich ziehe die Vorhänge in meinem Büro auf, sehe die Leute draußen vorbeigehen, einige gehen Hand in Hand, ohne sich um die Folgen sorgen zu müssen. Und ich kann meine Liebe nicht zeigen.«

Liebe? Hatte der kubanische Schamane etwa Mitleid mit mir und daraufhin die geheimnisvollen Schutzgeister für mich zu Hilfe gerufen?

Ich hatte von diesem Treffen alles erwartet, nur nicht einen Mann, der seine Seele öffnen würde, wie Jacob es jetzt tut. Mein Herz schlägt immer stärker – vor Freude, vor Überraschung. Ich werde weder ihn noch mich fragen, warum dies jetzt geschieht.

»Weißt du, es ist nicht der Neid auf das Glück der anderen. Ich kann einfach nicht begreifen, warum die anderen Menschen glücklich sein dürfen und ich nicht.«

Er bezahlt die Rechnung in Euro, wir gehen zu Fuß über die Grenze und zu unseren Wagen, die auf der anderen Seite, in der Schweiz, geparkt sind.

Hier ist nicht der richtige Ort, Zuneigung zu zeigen. Wir verabschieden uns mit den drei üblichen Wangenküssen, und jeder geht seiner Wege.

Wie schon nach unserem Treffen im Golfclub kann ich nicht sofort losfahren, als ich zu meinem Wagen komme. Ich schlage die Kapuze meines Regenmantels hoch, um mich vor der Kälte zu schützen, und gehe ziellos durch den kleinen Ort. Ich komme an der Post und an einem Friseurladen vorbei. Ich sehe ein offenes Café, gehe aber lieber weiter, um mich zu beruhigen. Ich *will* überhaupt nicht begreifen, was gerade geschieht. Ich möchte einfach nur, *dass* es geschieht.

»Ich ziehe die Vorhänge in meinem Büro auf, sehe die Leute draußen vorbeigehen, einige gehen Hand in Hand, ohne sich um die Folgen sorgen zu müssen. Und ich kann meine Liebe nicht zeigen«, hatte er gesagt.

Und als ich das Gefühl hatte, dass niemand, wirklich niemand – kein Schamane, Psychoanalytiker und auch nicht mein Ehemann – imstande war zu begreifen, was in mir vorging, da erschienst du, um es mir zu erklären …

Es ist die Einsamkeit, obwohl ich von geliebten Menschen umgeben bin, die sich um mich kümmern und mir das Beste wünschen, die mir aber vielleicht nur deshalb zu helfen versuchen, weil sie das Gleiche fühlen – Einsamkeit – und weil in der Geste der Solidarität mit Eisen und Feuer eingeschrieben steht: »Ich bin nützlich, auch wenn ich allein bin.«

Obwohl uns unser Verstand sagt, dass alles in Ordnung ist, sind unsere Seelen verloren, verwirrt, sie wissen nicht genau, warum sie dem Leben gegenüber ungerecht sind. Aber wir wachen morgens auf und kümmern uns um unsere Kinder, unsere Ehemänner, unsere Geliebten, unsere Chefs, unsere Angestellten, um die Schüler, um all die zig Personen, die einen normalen Tag mit Leben erfüllen.

Und wir tragen immer ein Lächeln im Gesicht und haben immer ein ermutigendes Wort auf den Lippen, weil niemand dem anderen die Einsamkeit erklären kann, vor allem dann nicht, wenn man nicht allein ist. Aber diese Einsamkeit gibt es, und sie zersetzt das Beste in uns, weil wir all unsere Energie dazu brauchen, glücklich zu erscheinen, obwohl wir uns selber nichts vormachen können. Aber wir beharren darauf, nur die Rose zu zeigen, die sich jeden Morgen öffnet, und die Stiele mit den Dornen in uns zu verbergen, die uns verletzen und uns blutende Wunden zufügen.

Doch obwohl wir wissen, dass sich jeder von uns irgendwann in seinem Leben schon einmal vollkommen allein gefühlt hat, ist es erniedrigend zu sagen, »ich bin allein, ich brauche jemanden, der bei mir ist, ich muss dieses Ungeheuer töten, von dem alle wie von den Drachen in den Märchen glauben, dass sie Einbildung sind, aber sie sind es nicht«. Ich warte auf den reinen, tugendhaften Ritter, darauf, dass er mit all seiner Pracht kommt, um das Ungeheuer zu besiegen und endgültig in den Abgrund zu stürzen, aber dieser Ritter will und will nicht erscheinen.

Dennoch dürfen wir die Hoffnung nicht aufgeben. Wir beginnen Dinge zu tun, die wir sonst nicht tun, Unerhörtes und Ungehöriges zu wagen. Die Dornen in uns werden größer und zerstörerischer, doch selbst dann dürfen wir nicht auf halbem Wege aufgeben. So als wäre das Leben ein riesiges Schachspiel, schauen alle zu, um zu sehen, wie es ausgeht. Wir tun so, als wäre es nicht wichtig, ob wir gewinnen oder verlieren, sondern dass es nur wichtig ist, am Wettkampf teilzunehmen, weil wir inständig hoffen, dass unsere wahren Gefühle für andere unsichtbar und verborgen bleiben, aber dann …

… isolieren wir uns, anstatt Begleitung zu suchen, noch mehr, um still unsere Wunden zu lecken. Oder wir gehen mit Leuten zum Mittag- oder Abendessen, die mit unserem Leben eigentlich nichts zu tun haben, die die ganze Zeit über vollkommen unwichtige Dinge reden. Wir lassen uns sogar eine Zeitlang ablenken, trinken und feiern, aber der Drache in uns lebt weiter. Bis die Menschen, die uns wirklich nahe sind, sehen, dass da etwas nicht stimmt, und beginnen, sich selber die Schuld daran zu geben, dass sie es nicht schaffen, uns glücklich zu machen. Sie fragen, was das Problem ist. Wir antworten, dass alles in Ordnung ist, aber das stimmt nicht …

Alles ist ganz schrecklich. Bitte, lasst mich in Frieden, denn ich habe schon keine Tränen mehr zu vergießen oder ein Herz, um zu leiden, ich kenne nur noch Schlaflosigkeit, Leere, Apathie, und ihr fühlt das Gleiche, vielleicht fragt ihr euch das einmal. Aber sie, die uns nahe sind, lassen nicht locker und sagen, dass dies nur eine schwierige Phase ist oder eine depressive Verstimmung, denn sie fürchten sich davor, das wahre und unheilvolle Wort zu benutzen: Einsamkeit.

Unterdessen suchen wir weiter unablässig nach dem Einzigen, der uns glücklich machen könnte: dem Ritter mit der glänzenden Rüstung, der den Drachen tötet, die Rose pflückt und ihre Dornen ausreißt.

Viele führen an, dass wir dem Leben gegenüber ungerecht sind. Andere sind zufrieden, weil sie finden, dass wir genau das verdienen: die Einsamkeit, das Unglücklichsein, weil wir alles haben und sie nicht.

Aber eines Tages beginnen diejenigen, die

blind sind, zu sehen. Jene, die traurig sind, werden getröstet. Jene, die leiden, werden gerettet. Der Ritter kommt und rettet uns, und das Leben scheint wieder lebenswert ...

Aber dennoch musst du lügen und betrügen, weil jetzt die Umstände noch anders sind. Wer hatte niemals den Wunsch, alles hinter sich zu lassen und sich auf die Suche nach seinem Traum zu machen? Der Traum ist immer riskant, fordert immer seinen Preis, und dieser Preis bedeutet in gewissen Ländern Verurteilung durch Steinigung, in anderen soziale Ausgrenzung oder Gleichgültigkeit. Auch wenn du weiterhin lügst, und die Menschen so tun, als würden sie dir immer noch glauben, so sind sie doch insgeheim neidisch, machen Bemerkungen hinter deinem Rücken, sagen, du seist das Schlimmste, das Bedrohlichste. Du bist nicht der Ehebrecher, der toleriert und häufig bewundert wird, sondern eine ehebrecherische Frau, diejenige, die mit einem anderen schläft, ihren Ehemann betrügt, den armen, immer so verständnisvollen und liebenden Ehemann ...

Aber nur du weißt, dass dieser Ehemann nicht in der Lage war, die Einsamkeit von dir fernzuhalten. Denn es fehlte etwas, was nicht einmal du selber erklären kannst, denn du liebst ihn und möchtest ihn nicht verlieren.

Dennoch ist ein strahlender Ritter mit dem Versprechen auf Abenteuer in fernen Ländern sehr viel reizvoller als der Wunsch, alles möge bleiben, wie es ist, selbst wenn die Leute dich anschauen und insgeheim miteinander tuscheln, das Beste wäre, dir einen Mühlstein um den Hals zu hängen und dich ins Meer zu werfen, weil du ein schlechtes Vorbild bist.

Und es wird alles noch schlimmer, indem dein Ehemann alles schweigend erträgt. Er beschwert sich nicht und macht keine Szenen. Er begreift, dass dies vorübergeht. Auch du weißt, dass es vorübergeht, aber einstweilen kommst du nicht dagegen an.

Und so ziehen sich die Dinge einen Monat, zwei Monate, ein Jahr lang hin … Und alle ertragen es schweigend.

Aber es geht nicht darum, um Gnade zu bitten.

Du blickst zurück und siehst, dass du früher genauso gedacht hast wie die Leute, die dich jetzt anklagen. Auch du hast diejenigen verdammt, verurteilt, von denen du wusstest, dass sie fremdgingen, und hast dir vorgestellt, dass die Strafe anderswo Steinigung wäre. Bis zu dem Tag, an dem es dir passiert. Dann findest du tausend Rechtfertigungen für dein Verhalten, sagst, dass du das Recht hast, glücklich zu sein, auch wenn es nur für kurze Zeit ist, denn die drachentötenden Ritter gibt es nur in den Märchen für Kinder. Die wahren Drachen sterben niemals, aber dennoch hast du das Recht und die Pflicht, wenigstens einmal in deinem Leben ein Märchen für Erwachsene zu leben.

Dann kommt der Augenblick, den du, koste es, was es wolle, zu vermeiden versucht hast, und der so lange aufgeschoben wurde: der Augenblick der Entscheidung, ob man weiter zusammenbleibt oder sich für immer trennt.

Ebenso in diesem Augenblick kommt aber auch die Angst, sich zu irren, welche Entscheidung man auch immer trifft. Und du wünschst dir, dass jemand an deiner Stelle die Entscheidung trifft, dich aus dem Haus oder aus dem Bett vertreibt, denn es ist unmöglich, so weiterzumachen. Schließlich geht es nicht nur um eine Person, sondern um zwei oder noch mehr, die sehr verschieden sind. Und da du dies noch nie durchgemacht hast, weißt du nicht, wie das enden wird. Tatsache ist, dass du jetzt vor einer Situation stehst, die dazu führt, dass ein Mensch leidet oder zwei oder alle …

… aber diese Situation wird dich zerstören, welche Wahl auch immer du triffst.

Der Verkehr steht. Stau! Ausgerechnet heute! Genf mit seinen weniger als 200 000 Einwohnern führt sich so auf, als wäre es der Mittelpunkt der Welt. Es gibt Leute, die daran glauben und aus ihren Ländern hierherfliegen, um, wie sie es nennen, »Gipfeltreffen« zu veranstalten. Diese Treffen finden im Allgemeinen in den Vororten statt, und der Verkehr wird selten davon berührt. Wir sehen höchstens ein paar Hubschrauber über die Stadt fliegen.

Eine unserer Hauptstraßen wurde gesperrt. Ich habe die Zeitung von heute gelesen, aber den Lokalteil noch nicht. Ich weiß nur, dass die Großmächte der Welt ihre Vertreter geschickt haben, damit sie »auf neutralem Boden« die Bedrohung durch die Verbreitung von Atomwaffen diskutieren. Doch was hat das mit meinem Leben zu tun? Sehr viel.

Ich laufe Gefahr, zu spät zu kommen. Ich hätte öffentliche Verkehrsmittel benutzen sollen, anstatt mich in diesen idiotischen Wagen zu setzen.

Jedes Jahr werden in Europa zig Millionen für Privatdetektive ausgegeben, die darauf spezialisiert sind, jemanden zu verfolgen und zu fotografieren, um ihren Auftraggebern Beweise zu liefern, dass diese von ihren Ehepartnern betrogen werden. Während viele Wirtschaftszweige des Kontinents in einer Krise stecken und Unternehmen Angestellte entlassen müssen und von Insolvenz bedroht sind, erlebt der Markt der Untreue ein großes Wachstum. Und nicht nur die Privatdetektive machen gute Geschäfte, auch die Informatikfachleute. Diese haben zum Beispiel Apps für Telefone entwickelt, wie etwa das »SOS Alibi«. Es funktioniert ganz einfach: Zu einer von dir zu bestimmenden Zeit wird deinem Partner oder deiner Partnerin direkt vom Firmenhandy aus eine SMS geschickt. So gelangt, während du mit deinem Flirt zwischen Bettlaken liegst und Champagner trinkst, ein *billet* auf das Handy deines Partners bzw. deiner Partnerin und kündigt an, dass du wegen eines unerwarteten Meetings später nach Hause kommen wirst. Eine andere App, »Excuse Machine«, bietet eine Reihe Entschuldigungen auf Französisch, Deutsch und Italienisch an – aus denen du nur noch die für den Tag passende auszusuchen brauchst.

Richtig verdienen aber – außer den Privatdetektiven und den Informatikfachleuten – die Hotels. Da (offiziellen Statistiken zufolge) einer von sieben Schweizern eine außereheliche Affäre hat, und in Anbetracht der Anzahl der in unserem Land lebenden verheirateten Menschen, ist die Rede von 450 000 Personen, die ein diskretes Zimmer suchen, wo sie einander treffen können. Um solche Kunden anzuziehen, erklärte kürzlich der Geschäftsführer eines Luxushotels: »Wir haben ein System, das erlaubt, dass die Abbuchung für das Zimmer von der Kreditkarte als ein Mittagessen in unserem Restaurant ausgewiesen wird.«

Sein Hotel wurde zum Favoriten derjenigen, die 600 Schweizer Franken für einen Nachmittag hinblättern können. Und genau dorthin begebe ich mich.

Nachdem ich eine halbe Stunde damit vertan habe, einen Parkplatz zu suchen, übergebe ich meinen Wagen schließlich entnervt dem Valet und renne hinauf ins Zimmer. Dank einer SMS weiß ich genau, wohin ich gehen muss, ohne am Empfang fragen zu müssen.

Vom Café an der französischen Grenze bis zu dem Ort, an dem ich mich jetzt befinde, brauchte es nichts weiter – keine Erklärungen, keine Liebesschwüre, auch kein weiteres Treffen –, um uns beiden die Gewissheit zu geben, dass es genau das ist, was wir wollen. Wir hatten beide Angst davor, zu viel nachzudenken und dann aufzugeben, also wurde die Entscheidung ohne großes Wenn und Aber getroffen.

Es ist nicht mehr Herbst. Es ist wieder Frühling, ich bin wieder 16 Jahre alt, und er ist 15. Auf geheimnisvolle Weise habe ich die Jungfräulichkeit der Seele wiedererlangt (denn die des Körpers ist für immer verloren). Dann küssen wir uns. Mein Gott, ich hatte schon fast vergessen, was ein Kuss sein kann. Ich lebte nur noch dafür, herauszufinden, was ich eigentlich wollte, was ich tue und wie ich es tue und wann ich damit aufhöre, und diese Haltung gestand ich auch meinem Mann zu. Doch trotzdem fühlte es sich falsch an. Keiner von uns gab sich dem anderen mehr vollkommen hin.

Vielleicht wird er jetzt aufhören. Wir waren damals nie übers Küssen hinausgegangen. Es waren lange, köstliche Küsse, die wir in einer dunklen Ecke der Schule tauschten. Aber ich hätte gewollt, dass alle das sahen und mich beneideten.

Er hört nicht auf. Seine Zunge schmeckt bitter, nach einer Mischung aus Zigarette und Wodka. Ich schäme mich und bin angespannt. Ich sollte auch eine Zigarette rauchen und einen Wodka trinken, damit wir die gleichen Ausgangsbedingungen haben, denke ich. Ich schiebe ihn sanft weg, gehe zur Minibar und leere mit einem einzigen Schluck ein Fläschchen Gin. Der Alkohol brennt mir in der Kehle. Ich bitte Jacob um eine Zigarette.

Er gibt mir eine, nicht ohne mich vorher daran erinnert zu haben, dass es verboten ist, im Zimmer zu rauchen. Welch eine Lust, alles zu missachten, sogar so dumme Regeln wie diese! Ich ziehe an der Zigarette, und mir wird fast schlecht. Ich weiß nicht, ob wegen des Gins oder wegen der Zigarette, aber ich gehe für alle Fälle ins Bad und werfe die Kippe ins Klo. Er kommt hinter mir her, hält mich von hinten fest, küsst meinen Nacken, meine Ohren, drückt seinen Körper gegen meinen, ich spüre seine Erektion an meinen Pobacken.

Meine moralischen Prinzipien, wo sind sie geblieben? Wie wird es in meinem Kopf aussehen, nachdem ich von hier weggegangen bin und mein normales Leben wiederaufgenommen habe?

Er schiebt mich ins Zimmer zurück. Ich drehe mich um und gebe ihm einen Zungenkuss. Ich knabbere an seinen Lippen, und er berührt meine Brüste. Er zieht mir das Kleid aus und wirft es in eine Ecke. Für den Bruchteil einer Sekunde schäme ich mich ein bisschen für meinen Körper – ich bin nicht mehr das junge Mädchen von jenem Frühlingstag in der Schule. Wir stehen dort. Die Vorhänge sind offen, und der Genfersee schafft einen natürlichen Abstand zwischen uns und den Menschen in den Gebäuden auf dem gegenüberliegenden Ufer.

Ich stelle mir vor, dass jemand uns zusieht, und das erregt mich noch mehr, mehr als Jacobs Küsse auf meinen Brüsten. Ich bin das Flittchen, die Prostituierte, die ein erfolgreicher Manager engagiert hat, um sie in einem Hotel zu vögeln, eine, die absolut alles zu tun bereit ist.

Aber dieses Gefühl hält nicht lange an. Noch einmal bin ich wieder 16 Jahre alt, als ich mehrmals am Tag masturbierte und dabei an ihn dachte. Ich ziehe seinen Kopf an meine Brüste und bitte ihn, kräftig in die Brustwarzen zu beißen, und stoße einen kleinen wollüstigen Schrei aus.

Er ist immer noch angezogen, ich dagegen bin vollkommen nackt. Ich drücke seinen Kopf herunter und bitte ihn, mich zwischen den Beinen zu lecken. Aber da schleudert er mich aufs Bett, zieht sich aus und wirft sich auf mich. Seine Hände tasten nach etwas auf dem Nachttisch.

Dabei verlieren wir das Gleichgewicht und landen auf dem Boden. Anfängerpech – ja, wir sind Anfänger, und wir schämen uns nicht dafür.

Er findet, was er gesucht hatte: ein Präservativ. Er bittet mich, es ihm mit dem Mund überzuziehen. Ich tue es, unerfahren und etwas ungeschickt. Ich verstehe nicht, warum dies notwendig sein soll. Ich glaube nicht, dass er denkt, ich sei krank oder ich würde überall herumvögeln. Aber ich respektiere seinen Wunsch, schmecke den unangenehmen Geschmack des Gleitmittels auf dem Latex, bin aber entschlossen, dazuzulernen. Ich darf mir nicht anmerken lassen, dass es das erste Mal im Leben ist, dass ich einem Mann ein Präservativ so überziehe.

Als ich damit fertig bin, dreht er mich um und bittet mich, mich auf dem Bett abzustützen. Mein Gott, jetzt passiert es! Und der Gedanke daran macht mich glücklich. Aber anstatt in meine Scheide einzudringen, macht er sich daran, mich von hinten zu nehmen. Das erschreckt mich. Ich frage ihn, was er da macht, aber er antwortet nicht, sondern nimmt etwas vom Nachttisch und verreibt es auf meinem Anus. Mir ist klar, dass es sich um Vaseline oder etwas Ähnliches handelt. Anschließend sagt er, ich solle mich selbst befriedigen, während er ganz langsam in mich eindringt. Ich tue es, und wieder fühle ich mich wie ein Teenager, für den Sex ein Tabu ist und etwas, das weh tut. Au, mein Gott, das tut wirklich weh! Ich kann nicht weiter masturbieren, klammere mich nur an den Betttüchern fest und beiße mir auf die Lippen, um nicht vor Schmerz laut zu schreien.

»Sag, dass es weh tut! Sag, dass du es noch nie so gemacht hast!«

Wieder gehorche ich. Und es stimmt fast – ich habe es erst vier- oder fünfmal gemacht, aber gefallen hat es mir nie.

Seine Stöße werden immer intensiver. Er stöhnt vor Lust. Ich vor Schmerz. Er packt meine Haare, als wäre ich ein Tier, eine Stute, und die Geschwindigkeit des Galopps nimmt zu. Er geht aus mir heraus, reißt das Präservativ herunter, dreht mich auf den Rücken und kommt auf meinem Gesicht.

Er versucht, sein Stöhnen zu unterdrücken, aber es ist stärker als seine Selbstbeherrschung. Ganz langsam legt er sich auf mich. Ich bin erschrocken und zugleich fasziniert. Er geht ins Badezimmer, wirft das Präservativ in den Abfalleimer und kommt zurück.

Er legt sich neben mich, zündet sich wieder eine Zigarette an, benutzt das Wodkaglas als Aschenbecher, legt seinen Kopf dann auf meinen Bauch. Wir verbringen eine Weile damit, wortlos zur Decke zu starren. Er streichelt mich. Jetzt ist er nicht mehr der gewalttätige Mann, der er ein paar Minuten zuvor gewesen war, sondern der romantische junge Mann, der mir in der Schule von fernen Galaxien erzählte und von seiner Faszination für Astrologie.

»Wir dürfen nachher nicht nach Sex riechen.«

Der Satz bringt mich abrupt in die Wirklichkeit zurück. Ganz offensichtlich ist es nicht sein erstes Mal so. Daher das Präservativ und die praktischen Vorsichtsmaßnahmen, damit wir möglichst wenig Spuren hinterlassen. Im Stillen beschimpfe und hasse ich ihn, aber ich überspiele es mit einem Lächeln und frage, ob er einen Tipp hat, wie man Gerüche loswerden kann.

Er sagt, es reiche, wenn ich zu Hause als Erstes ein Bad nähme, bevor ich meinen Mann umarme. Er rät mir auch, meinen Slip wegzuwerfen, weil Vaseline Spuren hinterlasse.

»Falls er schon zu Hause ist, geh einfach hinein und sag, dass du unbedingt sofort ins Bad musst.«

Mir ist ganz schlecht. Ich habe so lange darauf

gewartet, mich wie eine Tigerin zu verhalten, und wurde am Ende wie eine Stute benutzt. Aber so ist das Leben: Die Realität reicht an unsere romantischen Jugendphantasien selten heran.

Perfekt, das werde ich tun.

»Ich würde dich gern wieder treffen.«

Zack. Dieser einfache Satz reicht, um in ein Paradies zurückzuverwandeln, was eben noch eine Hölle zu sein schien, ein Fehler, ein Fehltritt. Ja, ich würde dich auch gern wieder treffen. Ich war nervös und schüchtern, aber das nächste Mal wird besser.

»Ehrlich gesagt, es war großartig.«

Ja, es war großartig, aber das wird mir erst jetzt im Nachhinein klar. Wir wissen, dass unsere Geschichte zu einem Ende verdammt ist, aber das interessiert uns jetzt nicht.

Ich werde jetzt nichts weiter sagen. Nur diesen Augenblick neben ihm genießen, warten, bis er seine Zigarette fertig geraucht hat, mich anziehen und vor ihm hinuntergehen.

Die Tür, durch die ich hinausgehen werde, ist dieselbe geblieben.

Ich werde denselben Wagen nehmen und ihn an denselben Ort steuern wie jeden Abend. Ich werde hereinkommen, sagen, dass ich eine Magenverstimmung habe und schnell ins Bad muss. Ich werde mich duschen und das wenige von ihm wegspülen, was in mir geblieben ist.

Erst dann werde ich meinen Mann und meine Kinder umarmen.

Uns hatten nicht dieselben Absichten in jenes Hotelzimmer geführt.

Ich war hinter einer verlorenen Romanze her; er wurde von Jagdinstinkt getrieben.

Ich suchte den Jungen von früher; er wollte die anziehende und kühne Frau, die ihn vor der Wahl interviewt hatte.

Ich hoffte, dass mein Leben dadurch einen anderen Sinn bekommen könnte; er hoffte nur auf eine Abwechslung zu den endlosen Diskussionen im Staatsrat.

Für ihn war es eine wenn auch gefährliche Zerstreuung. Für mich war es etwas Unverzeihliches, Gemeines, ein rein narzisstischer Akt.

Es heißt, die Männer betrügen, weil sie genetisch so programmiert sind, und wir Frauen tun es, weil wir nicht genug Würde besitzen, es nicht zu tun, und wir geben nicht nur unseren Körper, sondern letztlich auch ein wenig von unserer Seele hin; ein wahres Verbrechen, schlimmer als ein Banküberfall, weil wir Frauen, wenn es eines Tages herauskommt (und das tut es immer), unserer Familie nicht wiedergutzumachenden Schaden zufügen werden.

Für die Männer, sagt man, ist es dann nur »ein dummer Fehler«, für die Frauen dagegen ein spiritueller Mord an all jenen, von denen sie zärtlich als Mutter und Ehefrau geliebt werden.

Als ich neben meinem Mann im Bett liege, stelle ich mir vor, wie Jacob jetzt neben Marianne liegt. Er hat andere Sorgen: die politischen Meetings am nächsten Tag, die zu erledigenden Aufgaben, den vollen Terminkalender. Während ich Schwachkopf an die Decke starre und mich an jede Sekunde erinnere, die ich mit ihm im Hotel verbracht habe, und vor meinem inneren Auge unablässig denselben Pornofilm abspule, dessen Hauptdarstellerin ich bin.

Ich erinnere mich an den Augenblick, in dem ich aus dem Fenster schaute und mir wünschte, dass jemand uns mit einem Fernglas beobachtete – und möglicherweise gar masturbierte, während er zusah, wie ich unterworfen, gedemütigt und von hinten penetriert wurde. Wie dieser Gedanke mich erregte! Er hatte mich ganz verrückt gemacht und eine Seite an mir entdecken lassen, die mir vollkommen unbekannt war.

Ich bin 31 Jahre alt. Ich bin kein Kind mehr und

fand bis heute Nachmittag, dass es, was mich betraf, nichts Neues zu entdecken gab. Aber das gibt es durchaus! Ich bin für mich selbst wieder ein Geheimnis geworden, ich habe bestimmte Schleusen geöffnet und möchte weitergehen, alles ausprobieren, von dem ich weiß, dass es existiert – Masochismus, Gruppensex, Fetische, alles.

Und es gelingt mir nicht zu sagen: Ich will nicht mehr, ich liebe dich nicht, es war alles nur ein aufgrund meiner Einsamkeit entstandener Tagtraum.

Mag sein, dass ich ihn nicht wirklich liebe. Aber ich liebe, was er in mir geweckt hat. Er hat mich ohne jeden Respekt behandelt, mir die Würde geraubt und mit mir gemacht, was er wollte, während ich einmal mehr versuchte, jemandem zu gefallen.

Meine Gedanken reisen zu einem geheimen und unbekannten Ort. Dort bin ich diejenige, die bestimmt. Ich sehe ihn nackt vor mir, aber jetzt gebe ich die Befehle, ich binde seine Hände und seine Füße fest, setze mich auf sein Gesicht und zwinge ihn, meine Klitoris zu lecken, bis ich die vielen Orgasmen nicht mehr ertragen kann. Anschließend drehe ich ihn auf den Bauch und penetriere ihn mit meinen Fingern: erst einen, dann zwei, dann drei. Er stöhnt vor Schmerz und vor Lust, während ich ihn mit der freien Hand masturbiere, bis ich das Sperma warm durch meine Finger rinnen fühle, die ich einzeln an den Mund führe und ablecke, um sie dann an seinem Gesicht abzuwischen. Er bettelt um mehr. Ich sage, es reicht. Ich treffe die Entscheidungen!

Vor dem Einschlafen masturbiere ich und habe zwei Orgasmen hintereinander.

Die immer gleiche Szene: Mein Mann liest die Zeitung auf seinem Tablet; die Kinder sind schon fertig für die Schule; die Sonne scheint durchs Esszimmerfenster; und ich tue so, als sei ich mit etwas beschäftigt, während ich in Wirklichkeit vor Angst vergehe, jemand könnte etwas vermuten, Verdacht schöpfen.

»Du wirkst heute irgendwie glücklicher als sonst.«

Ich wirke so und bin es auch, sollte es aber nicht sein. Die Erfahrung, die ich gestern gemacht habe, birgt eine Gefahr für alle, vor allem für mich. Schwang etwa in seinem Kommentar ein Verdacht mit? Ich bezweifle es. Er glaubt absolut alles, was ich zu ihm sage. Nicht, weil er dumm ist – weit gefehlt –, sondern weil er mir vertraut.

Und das regt mich nur noch mehr auf. Ich bin nicht vertrauenswürdig.

Oder besser gesagt: Eigentlich bin ich es. Mir ist schleierhaft, wie ich in dieses Hotel geraten bin. Ist das eine gute Entschuldigung? Ist das eine gute Ausrede? Nein. Sie ist vielmehr sehr schlecht, denn niemand hat mich gezwungen, dorthin zu gehen. Ich kann immer anführen, dass ich mich allein fühlte, dass ich nicht die Art Aufmerksamkeit bekam, die ich brauchte, sondern nur Verständnis und Toleranz. Ich kann mir selber sagen, dass ich mehr Herausforderung brauche, dass das, was ich tue, hinterfragt werden muss. Ich kann anführen, dass es vielen so ergeht, auch wenn es nur in den Träumen so ist.

Aber im Grunde genommen ist das, was passiert ist, ganz einfach: Ich bin mit einem Mann ins Bett gegangen, weil ich verrückt danach war. Weiter nichts. Keine intellektuelle oder psychologische Rechtfertigung. Ich wollte gevögelt werden. Schluss, aus.

Ich kenne Leute, die geheiratet haben, weil sie Sicherheit, Status, Geld brauchten. Liebe kam bei ihnen an letzter Stelle. Ich jedoch habe aus Liebe geheiratet.

Und warum habe ich dann getan, was ich getan habe?

Weil ich mich allein fühle. Und warum fühle ich mich allein?

»Es ist schön, dich glücklich zu sehen«, sagt mein Mann. Ich antworte, dass ich wirklich glücklich bin. Der Herbstmorgen ist schön, das Haus aufgeräumt, und ich bin mit dem Mann zusammen, den ich liebe.

Er steht auf und küsst mich. Die Kinder lächeln, auch wenn sie unser Gespräch nicht recht verstehen.

»Ich bin auch mit der Frau zusammen, die ich liebe. Aber warum sagst du das jetzt?«

Warum nicht?

»Es ist früh am Tag. Ich möchte, dass du mir das heute Abend sagst, wenn wir beide im Bett liegen.«

Mein Gott, warum sage ich diese Dinge? Damit er keinen Verdacht schöpft? Warum verhalte ich mich nicht wie an jedem Morgen: eine effiziente Ehefrau, die sich um das Wohlergehen der Familie kümmert? Was für Liebesbezeugungen sind das? Wenn ich zu zärtlich bin, schöpft er womöglich Verdacht.

»Ich könnte ohne dich nicht leben«, sagt er, als er an seinen Platz am Tisch zurückkehrt.

Ich bin verloren. Aber seltsamerweise weckt das, was gestern geschehen ist, in mir keinerlei Schuldgefühle.

Als ich in der Redaktion ankomme, lobt mich der Chefredakteur. Der Artikel zu dem von mir vorgeschlagenen Thema wurde heute Morgen veröffentlicht.

»Die Redaktion hat viele E-Mails von Lesern bekommen, die die Geschichte mit dem mysteriösen Kubaner loben. Die Leute wollen wissen, wer er ist. Wenn er uns erlaubt, seine Adresse zu veröffentlichen, hat er für längere Zeit ausgesorgt.«

Der kubanische Schamane! Wenn er die Zeitung liest, wird er sehen, dass er mir von all dem, was da steht, überhaupt nichts erzählt hat. Ich habe alles aus Blogs über den Schamanismus genommen. Offensichtlich beschränken sich meine Krisen inzwischen nicht mehr nur auf meine Eheprobleme – ich werde langsam auch noch unprofessionell.

Ich erzähle dem Chefredakteur, wie der Kubaner mir in die Augen geschaut und mir Folgen angedroht hat, falls ich seine Identität preisgebe. Er meint, ich solle so etwas keinen Glauben schenken, und fragt, ob er die Adresse des Kubaners wenigstens einer Person geben dürfe: seiner Ehefrau.

»Sie ist ziemlich gestresst.«

Alle sind ziemlich gestresst, auch der Schamane. Ich verspreche nichts, werde aber mit ihm reden.

Er bittet mich, jetzt gleich anzurufen. Ich tue dies und bin über die Reaktion des Kubaners überrascht. Er dankt mir, weil ich ehrlich war und seine Identität nicht preisgegeben habe, und lobt mein Wissen über das Thema. Ich bedanke mich, erzähle ihm von der Resonanz, die der Artikel hat, und frage ihn, ob wir ein weiteres Treffen vereinbaren könnten.

»Aber wir haben doch schon zwei Stunden miteinander geredet! Sie werden doch mehr als genug Material haben!«

Journalismus funktioniere nicht so, erkläre ich. Wenig von dem, was veröffentlicht wurde, sei Material aus diesen zwei Stunden. Das meiste hätte ich recherchieren müssen. Jetzt wolle ich das Thema noch auf eine andere Weise angehen.

Mein Chef steht immer noch neben mir und hört gestikulierend meinem Teil des Gesprächs zu. Schließlich, als der Kubaner gerade auflegen will, sage ich noch einmal, dass in dem Artikel noch viel fehlt. Dass die Rolle der Frau bei dieser »spirituellen Suche« noch näher betrachtet werden müsse und dass die Ehefrau meines Chefs ihn gerne treffen wolle. Er lacht. Ich würde nie gegen die Vereinbarung, die ich mit ihm getroffen habe, verstoßen, aber viele wüssten ohnehin, wo er wohne und an welchen Tagen er Klienten empfange.

»Bitte, stimmen Sie zu! Wenn Sie das Gespräch nicht weiterführen wollen, werde ich jemand anderen finden. An Spezialisten für die Behandlung von Patienten am Rande eines Nervenzusammenbruchs herrscht kein Mangel.« Der einzige Unterschied sei seine Methode, aber er sei nicht der einzige spirituelle Heiler der Stadt. Viele hätten uns heute Morgen kontaktiert, hauptsächlich Afrikaner, die auf ihre Arbeit aufmerksam machen, Geld verdienen und über uns wichtige Leute kennenlernen wollten, die sie im Falle eines möglichen Ausweisungsprozesses schützen könnten.

Der Kubaner zögert eine Weile, aber seine Eitelkeit und seine Angst vor Konkurrenz gewinnen schließlich die Oberhand. Wir machen ein Treffen bei ihm zu Hause in Veyrier aus. Ich

würde wahnsinnig gern sehen, wie er lebt – das
würde den Artikel noch um einiges interessanter
machen.

Wir befinden uns in seinem Haus in Veyrier, in dem in ein Sprechzimmer umgewandelten kleinen Wohnzimmer. An der Wand hängen einige Diagramme, die aus der indianischen Kultur stammen könnten: die Lage der energetischen Zentren, die Fußsohle mit ihren Meridianen. Auf einer Kommode liegen einige Kristalle.

Wir hatten bereits eine höchst interessante Unterhaltung über die Rolle der Frau bei schamanischen Ritualen. Er hatte mir erklärt, dass jeder von uns bei der Geburt einige Augenblicke der Erleuchtung habe, und bei Frauen käme es auch später häufiger vor. Wie jeder feststellen könne, seien die Göttinnen der Landwirtschaft immer weiblich, und es seien wiederum Frauen gewesen, die zur Zeit der Höhlenbewohner die Anwendung von Heilkräutern eingeführt hätten. Sie hätten, was die emotionale und spirituelle Welt betreffe, mehr Sensibilität, und das mache sie anfälliger für Krisen, die die Mediziner der Antike Hysterie nannten, und die heute als »dissoziative Störung« oder »Bipolarität« bekannt sind – die

Tendenz, von größtem Enthusiasmus in tiefste Traurigkeit zu verfallen. Dem Kubaner zufolge seien die Geister sehr viel mehr dazu geneigt, mit Frauen zu sprechen als mit Männern, weil Frauen eine Sprache besser verstehen, die ohne Worte auskommt.

Ich versuche, ihn in der Sprache, von der ich annehme, dass es auch seine Sprache ist, etwas zu fragen: »Macht die bei uns Frauen stärker ausgeprägte Sensibilität es für böse Geister unmöglich, uns dazu zu bringen, Dinge zu tun, die wir nicht wollen?«

Er versteht meine Frage nicht. Ich formuliere sie noch einmal neu: Wenn Frauen so instabil sind, dass sie unvermittelt von Fröhlichkeit zu Traurigkeit wechseln …

»… habe ich etwa instabil gesagt? Das meine ich nicht so, ganz im Gegenteil. Trotz ihrer extrem geschärften Sensibilität sind Frauen ausdauernder und beharrlicher als Männer.«

Wie in der Liebe beispielsweise. Da ist er mit mir einer Meinung. Ich erzähle ihm alles, was mir passiert ist, und breche in Tränen aus. Er bleibt ungerührt. Aber sein Herz ist nicht aus Stein.

»Bei Ehebruch hilft Meditieren wenig oder gar nicht. In diesem Fall ist der Mensch mit dem, was passiert, glücklich. Er behält seine Sicherheit und erlebt zugleich Abenteuer. Das ist eine ideale Situation.«

»Was bringt die Menschen dazu, Ehebruch zu begehen?«

»Ich bin Schamane, kein Psychologe. Ich habe eine sehr persönliche Sicht zu diesem Thema, aber die darf nicht veröffentlicht werden.«

»Bitte helfen Sie mir!«

Er zündet Weihrauch an und fordert mich auf, mich im Schneidersitz vor ihn hinzusetzen. Er setzt sich ebenfalls so hin. Der strenge Mann wirkt jetzt wie ein gütiger Weiser, der versuchen will, mir zu helfen.

»Wenn verheiratete Menschen, aus welchem Grund auch immer, einen anderen Partner suchen, dann muss das nicht unbedingt heißen, dass die Beziehung des Ehepaares schlecht ist. Ich glaube auch nicht, dass der Hauptgrund Sex ist. Es hat vielmehr mit Langeweile zu tun, mit dem Fehlen von Leidenschaft im Leben, mit dem Mangel an Herausforderungen. Es ist ein Zusammentreffen verschiedener Faktoren.«

»Und warum geschieht das?«

»Weil wir, sobald wir uns von Gott entfernen, ein zersplittertes Dasein führen. Wir versuchen, diese Zersplitterung rückgängig zu machen, kennen aber den Weg zurück nicht, befinden uns in einem Zustand ständiger Unzufriedenheit. Die Gesellschaft stellt Verbote auf und schafft Gesetze, aber damit ist das Problem nicht gelöst.«

Ich fühle mich ganz leicht, als hätte ich nun eine andere Art der Wahrnehmung erworben. Ich lese es in seinen Augen: Er weiß, worüber er spricht, weil er das selbst schon durchgemacht hat.

»Ich hatte einen Patienten, der jedes Mal, wenn er sich mit seiner Geliebten traf, impotent wurde. Dennoch liebte er es, bei ihr zu sein, die es ebenfalls liebte, mit ihm zusammen zu sein.«

Ich kann mich nicht beherrschen. Frage ihn, ob er dieser Mann ist.

»Ja. Meine Frau hat mich deswegen verlassen. Was kein Grund für eine so radikale Entscheidung ist.«

»Und wie haben Sie reagiert?«

»Ich hätte spirituelle Hilfe erbeten können, hätte aber in meinem nächsten Leben dafür bezahlen müssen. Dennoch wollte ich verstehen, warum sie so gehandelt hat. Um der Versuchung zu widerstehen, meine Kenntnisse von Magie dafür einzusetzen, um sie zurückzugewinnen, habe ich mich daran gemacht, mich mit dem Thema Untreue auseinanderzusetzen.«

Eher widerwillig schlägt der Kubaner einen professoralen Ton an.

»Forscher der Universität Austin in Texas untersuchten die Frage, die sich viele Menschen stellen: Warum betrügen Männer mehr als Frauen, obwohl sie wissen, dass dieses Verhalten selbstzerstörerisch ist und den Menschen, die sie lieben, Leid zufügt? Das Ergebnis war, dass Männer und Frauen gleichermaßen den Wunsch verspüren, ihren Partner zu betrügen. Aber die Frau hat sich besser im Griff.«

Er blickt auf die Uhr. Ich bitte ihn fortzufahren und habe das Gefühl, dass er möglicherweise froh ist, mir seine Seele öffnen zu können.

»Kurze Begegnungen, deren einziges Ziel für den Mann ist, ohne emotionale Beteiligung seinen Sexualtrieb zu befriedigen, ermöglichen die Erhaltung und die Vermehrung der Spezies. Intelligente Frauen sollten die Männer deswegen nicht anklagen. Die Männer versuchen durchaus zu widerstehen, sind aber biologisch weniger dafür geeignet. Bin ich zu wissenschaftlich?«

»Nein.«

»Ist Ihnen schon einmal aufgefallen, dass die

Menschen mehr Angst vor Spinnen und Schlangen als vor Autos haben, obwohl Tod durch Unfall sehr viel häufiger ist? Das ist so, weil wir uns mental noch in der Steinzeit befinden, als Schlangen und Spinnen im Alltag eine tödliche Gefahr darstellten. Das Gleiche gilt für das Bedürfnis des Mannes, viele Frauen zu haben. In jenen Zeiten ging er auf die Jagd, und die Natur lehrte ihn: Die Erhaltung der Spezies hat Vorrang; du musst so viele Frauen wie möglich schwängern.«

»Und dachten die Frauen nicht auch an die Erhaltung der Spezies?«

»Selbstverständlich taten sie das. Aber während beim Mann diese Verpflichtung gegenüber der Spezies höchstens elf Minuten dauert, bedeutet für die Frau jedes Kind rund neun Monate Schwangerschaft. Außerdem sorgt ihr Mutterinstinkt dafür, dass sie sich nach der Geburt um ihre Nachkommenschaft kümmert, sie ernährt und sie vor den Gefahren, den Schlangen und den Spinnen schützt. Die Instinkte sind bei Frauen anders entwickelt als bei Männern – ihnen wurden Zuneigung und Selbstbeherrschung wichtiger.«

Er spricht über sich selbst. Versucht zu rechtfertigen, was er getan hat. Ich blicke um mich und sehe die indianisch anmutenden Diagramme, die Kristalle, rieche den Weihrauch. Im Grunde sind wir alle gleich. Wir begehen die gleichen Fehler und haben immer noch dieselben Fragen und keine Antwort darauf.

Der Kubaner blickt wieder auf die Uhr und sagt, unsere Zeit sei jetzt um. Gleich käme ein anderer Klient, und er versuche immer zu vermeiden, dass sich seine Patienten im Warteraum begegneten. Damit erhebt er sich und begleitet mich zur Tür.

»Ich möchte nicht unhöflich sein, aber bitte suchen Sie mich nicht wieder auf. Ich habe bereits alles gesagt, was ich zu sagen hatte.«

In der Bibel steht:

Und es begab sich, dass David um den Abend aufstand von seinem Lager und ging auf dem Dach des Königshauses und sah vom Dach ein Weib sich waschen; und das Weib war von sehr schöner Gestalt. Und David sandte hin und ließ nach dem Weibe fragen, und man sagte: Ist das nicht Bathseba, das Weib Urias? Und David sandte Boten hin und ließ sie holen. Und da sie zu ihm hereinkam, schlief er bei ihr. Sie aber kehrte wieder zu ihrem Hause. Und das Weib ward schwanger und sandte hin und ließ David verkündigen und sagen: Ich bin schwanger geworden.

Dann befahl David, dass Uria, sein getreuer Krieger, in einer gefährlichen Mission an die vorderste Front der Schlacht geschickt werden solle. Er wurde getötet, und Bathseba wohnte mit dem König in seinem Palast.

David – das große Vorbild, das Idol von Generationen, der unerschrockene Krieger – beging nicht nur Ehebruch, sondern setzte seinen Rivalen unter Ausnutzung von dessen Loyalität und gutem Willen absichtlich tödlichen Gefahren aus.

Ich brauche keine biblischen Rechtfertigungen, weder für Ehebrüche noch dafür, dass ich Marianne einer tödlichen Gefahr aussetzen wollte. Aber ich erinnere mich an diese Geschichte, die wir im Religionsunterricht durchgenommen hatten – in der Schule, in der Jacob und ich uns einst im Frühling küssten.

15 Jahre hat es gedauert, bis diese Küsse eine Wiederholung fanden, und als es schließlich geschah, war alles genau so, wie ich es mir *nicht* vorgestellt hatte. Es war irgendwie widerlich, egoistisch, finster. Dennoch fand ich es wunderbar und wollte, dass es noch einmal passierte, so schnell wie möglich.

Innerhalb der letzten 14 Tage haben Jacob und ich uns schon viermal getroffen. Die Nervosität verschwand allmählich. Wir hatten ebenso normalen Sex wie auch unkonventionellen. Ich habe es noch nicht geschafft, meine Phantasie umzusetzen, ihn festzubinden und ihn dazu zu bringen, mein Geschlecht so lange zu lecken, bis ich es vor Lust nicht mehr aushalte, aber ich bin auf gutem Weg dahin.

Ganz allmählich verliert Marianne in meiner Geschichte an Bedeutung. Ich war gestern wieder mit ihrem Mann zusammen, und das zeigt, wie unbedeutend und abwesend sie bei alldem ist. Ich möchte nicht mehr, dass Madame König es herausfindet und erwägt, sich scheiden zu lassen, denn so kann ich einen Geliebten genießen, ohne auf alles zu verzichten, was ich unter Mühen erobert habe, indem ich meine Gefühle beherrschte: meine Kinder, meinen Mann, meine Arbeit und dieses Haus.

Was soll ich mit dem Kokain machen, das hier verwahrt ist und jederzeit entdeckt werden kann? Ich habe viel Geld dafür ausgegeben. Ich kann nicht versuchen, es wieder zu verkaufen. Das wäre ein Schritt in Richtung auf das Gefängnis in Puplinge. Ich habe mir geschworen, selbst nie mehr Kokain zu nehmen. Aber ich könnte es Leuten schenken, von denen ich weiß, dass sie es mögen; doch das würde meinem Ruf schaden, oder, was noch schlimmer wäre, sie könnten mich um Nachschub bitten.

Den Traum zu verwirklichen, mit Jacob ins Bett zu gehen, hat mich in große Höhen emporgetragen und dann wieder zurück in die Realität gebracht. Ich habe herausgefunden, dass das, was ich fühle, obwohl ich es für Liebe hielt, nichts weiter ist als Leidenschaft, die irgendwann aufhören wird. Und ich habe auch nicht die geringste Absicht, sie aufrechtzuerhalten: Ich habe das Abenteuer, die Lust am Verbotenen, die neuen sexuellen Erfahrungen und Freuden ausgekostet. Und das alles ohne ein einziges Quentchen Reue. Ich mache mir selber ein Geschenk, das ich mir nach so vielen Jahren guten Benehmens verdient habe.

Ich bin mit mir selber im Reinen. Oder, besser gesagt, war es – bis heute.

Nachdem er längere Zeit geschlafen hat, fühle ich, dass der Drache aus dem Abgrund, in den er geworfen wurde, wieder heraufkommt.

Bin ich das Problem oder ist es das Weihnachtsfest, das näher rückt? Der Advent ist die Zeit im Jahr, die mich am meisten deprimiert – und ich meine damit nicht eine hormonelle Störung oder das Fehlen bestimmter chemischer Komponenten im Organismus. Ich bin froh, dass die Vorweihnachtszeit in Genf nicht so übertrieben gefeiert wird wie anderswo. Einmal habe ich diese Zeit in New York verbracht. Es gab überall Lichter, Schmuck, dekorierte Schaufenster, Rentiere, Glocken, künstliche Schneeflocken, Bäume mit Weihnachtskugeln in allen Farben und Größen, auf allen Gesichtern ein eingefrorenes Lächeln … Und ich, mit der absoluten Gewissheit, dass ich absolut anormal bin, war die Einzige, die sich vollkommen fremd fühlte. Obwohl ich noch nie LSD genommen habe, stelle ich mir vor, dass ich hier mindestens eine dreifache Dosis davon bräuchte, um noch einmal all jene Farben von damals zu sehen.

Hier sieht man höchstens einen blassen Abklatsch davon in den Rues Basses, vielleicht als

Kaufanreiz für die Touristen, damit sie ihren Kindern etwas aus der Schweiz mitbringen. Aber ich bin schon lange nicht mehr dort vorbeigekommen, daher kann dieses merkwürdige Gefühl nicht vom Vorweihnachtsblues herrühren. Hier in meinem Viertel gibt es keinen einzigen an einem Schornstein oder irgendwelchen Hauswänden hängenden Weihnachtsmann, der uns daran erinnern könnte, dass wir den ganzen Monat Dezember lang glücklich sein müssen.

Wie immer wälze ich mich im Bett herum. Wie immer schläft mein Mann. Wir haben miteinander geschlafen. Das kommt jetzt wieder häufiger vor, ich weiß nicht, ob das so ist, weil ich etwas vertuschen will oder weil meine Libido geweckt ist. Tatsache ist, dass ich jetzt gern Sex mit ihm habe, er stellt keine Fragen, wenn ich später als sonst nach Hause komme, und zeigt auch keine Eifersucht. Außer beim ersten Mal, als ich, Jacobs Anweisungen befolgend, direkt ins Bad ging, um Spuren von Gerüchen und Flecken in der Kleidung verschwinden zu lassen.

Jetzt nehme ich immer einen extra Slip mit, dusche im Hotel und steige mit makellosem Make-up wieder in den Fahrstuhl. Ich zeige jetzt keine Anspannung mehr und wirke auch nicht verdächtig. Zweimal habe ich Bekannte im Hotelaufzug getroffen, habe sie ganz normal begrüßt und sie mit dem Zweifel zurückgelassen: »Ob sie sich wohl mit jemandem trifft?« Das ist gut fürs Ego und absolut ungefährlich. Schließlich sind sie, wenn sie sich im Fahrstuhl eines Hotels befinden, obwohl sie in der Stadt wohnen, genauso suspekt wie ich.

Ich schlafe ein und wache wenige Minuten später wieder auf. Viktor Frankenstein hat sein Ungeheuer geschaffen, Dr. Jekyll hat zugelassen, dass Mr. Hyde an die Oberfläche kommt. Noch macht es mir keine Angst, aber vielleicht sollte ich mir nun einige Verhaltensregeln überlegen.

Ich habe eine Seite, die ist ehrlich, freundlich, liebevoll, professionell, imstande, komplizierte Situationen kühl zu meistern, vor allem während Interviews, wenn sich die Interviewten aggressiv zeigen oder versuchen, meinen Fragen auszuweichen.

Aber ich bin dabei, eine andere, spontane, wilde, ungeduldige Seite an mir zu entdecken, die sich nicht auf das Hotelzimmer beschränkt, wo ich mich mit Jacob treffe, und die beginnt, in mein routiniertes Verhalten hineinzufunken. Ich werde schneller ärgerlich, wenn ein Verkäufer sich mit einem Kunden länger unterhält, obwohl andere Kunden Schlange stehen. Ich gehe nur noch in den Supermarkt, wenn es sich nicht vermeiden lässt, und ich habe schon aufgehört, dort auf Preise und Verfallsdaten zu achten. Wenn jemand etwas sagt, mit dem ich nicht einverstanden bin, widerspreche ich. Ich diskutiere über Politik. Ich lobe Filme in den Himmel, die alle schrecklich finden, und mache jene herunter, die von allen gemocht werden. Es macht mir Spaß, andere mit absurden, unpassenden Meinungen zu überraschen. Kurz und gut, ich bin nicht mehr die zurückhaltende Frau, die ich immer war.

Die Leute, mit denen ich zu tun habe, beginnen es bereits zu merken. »Du bist anders!«, meinen sie. Das ist der erste Schritt in Richtung auf »Du verbirgst uns etwas«, das bald schon heißen wird: »Wenn du etwas verbergen musst, dann, weil du etwas tust, was du nicht tun solltest.«

Das mag nur Paranoia meinerseits sein, aber heute fühle ich mich wie zwei unterschiedliche Menschen. David brauchte seinen Männern nur zu befehlen, ihm diese Frau zu bringen. Er schuldete niemandem eine Erklärung. Als aber ein Problem auftauchte, schickte er Bathsebas Ehemann in die Schlacht. In meinem Fall ist es anders. So zurückhaltend wir Schweizer auch sein mögen, es gibt zwei Situationen, in denen man uns nicht wiedererkennt.

Die erste ist der Verkehr. Wenn einer für den Bruchteil einer Sekunde zögert, bis er losfährt, nachdem die Ampel grün geworden ist, fangen wir anderen sofort an zu hupen. Wenn einer es wagt, die Fahrbahn zu wechseln, ohne vorher den Blinker zu betätigen, zeigt ihm der Schweizer einen Vogel.

Die zweite Situation hat mit Veränderungen zu tun, die als Bedrohung angesehen werden: sei es ein Umzug, ein Jobwechsel oder eine Verhaltensänderung. Hier in der Schweiz ist alles beständig, alle verhalten sich erwartungsgemäß. Lass dir bitte ja nicht einfallen, dich zu ändern und dich von einem Augenblick auf den anderen neu zu erfinden, denn damit bedrohst du dein Schweizer Umfeld. Es hat dieses Land viel gekostet, seinen Zustand eines »vollendeten Bauwerks« zu erreichen, da wollen wir nicht in den Zustand »im Umbau befindlich« zurückfallen.

Ich stehe mit meiner Familie an der Stelle, an der Wilhelm, Viktor Frankensteins Bruder, ermordet wurde. Jahrhundertelang hatte es dort einen Sumpf gegeben. Später, als sich Genf unter dem unerbittlichen Regime Calvins zu einer respektablen Stadt entwickelte, wurden die Kranken an diesen Ort außerhalb der Stadtmauern gebracht, wo sie im Allgemeinen an Hunger und Kälte starben. Man vermied damit, dass die Stadt von Epidemien heimgesucht wurde.

Die Plaine de Plainpalais ist riesig, der einzige Platz im heutigen Stadtzentrum, auf dem es praktisch keine Vegetation gibt. Im Winter bläst der Wind hier so stark, dass einem bis auf die Knochen kalt wird. Im Sommer schwitzt man wie verrückt. Das ist vollkommen absurd. Aber warum muss man immer verstehen wollen, dass etwas so ist, wie es ist?

Es ist Samstag, und auf dem ganzen Platz haben Antiquitätenhändler und Trödler ihre Stände aufgestellt. Dieser Markt wurde inzwischen zu einer Touristenattraktion, die in Reiseführern als besonderer Tipp herausgestellt wird. Stücke aus dem 16. Jahrhundert liegen dort neben Videorecordern. Aus dem fernen Asien stammende antike Bronzeskulpturen werden neben hässlichen Möbeln aus den 1980er Jahren angeboten. Der Platz wimmelt nur so von Menschen. Einige prüfen geduldig und mit Kennerblick ein Stück und reden lange mit dem Verkäufer. Die meisten aber, Touristen und Neugierige, stürzen sich auf Dinge, die sie niemals brauchen werden, die sie aber, weil sie so billig sind, schließlich dennoch kaufen. Wieder zu Hause, benutzen sie sie ein einziges Mal und verwahren sie dann in der Garage nach dem Motto: Man kann zwar nichts damit anfangen, aber es war ein Schnäppchen.

Ich muss die ganze Zeit auf die Kinder aufpassen, weil sie immer alles anfassen wollen, von kostbaren Kristallvasen bis zu raffiniertem Spielzeug von Anfang des 19. Jahrhunderts. Aber sie entdecken wenigstens, dass es noch etwas anderes gibt als elektronische Spiele.

Einer meiner Jungs fragt mich, ob wir einen Clown aus Metall kaufen könnten, der einen beweglichen Mund und bewegliche Glieder hat. Mein Mann weiß, dass das Interesse an dem Spielzeug für gewöhnlich nur so lange anhält, bis wir zu Hause ankommen. Er sagt, es sei »alt« und dass wir auf dem Nachhauseweg etwas Neues kaufen könnten. Im selben Augenblick wird ihre Aufmerksamkeit von ein paar Schachteln mit Murmeln abgelenkt, mit denen früher die Kinder spielten.

Meine Augen bleiben an einem kleinen Bild hängen: Darauf sind eine nackte, auf dem Bett liegende Frau und ein Engel zu sehen, der sich gerade vom Bett erhebt, um sich zu entfernen. Ich frage den Verkäufer, was es kostet. Noch bevor er mir den Preis nennt (nicht der Rede wert), erklärt er mir, dass es sich um eine Reproduktion handelt, die irgendein unbekannter lokaler Maler angefertigt hat. Mein Mann schaut wortlos zu, und noch bevor ich mich für die Information bedanken und weitergehen kann, hat er das Bild bereits erstanden.

Warum hast du das gemacht?

»Es zeigt einen alten Mythos. Zu Hause werde ich dir die Geschichte erzählen.«

Ich habe ein ungeheures Bedürfnis, mich aufs neue in ihn zu verlieben. Ich habe nie aufgehört, ihn zu lieben – ich habe ihn immer geliebt und werde ihn weiterhin lieben –, aber unser Zusammenleben hat sich in etwas verwandelt, das der

Monotonie sehr nahekommt. Die Liebe kann dem widerstehen, aber für die Leidenschaft ist das fatal.

Ich durchlebe gerade äußerst komplizierte Zeiten. Ich weiß, dass meine Beziehung zu Jacob keine Zukunft hat und dass ich mich von dem Mann, mit dem ich mir ein Leben aufgebaut habe, entfernt habe.

Wer behauptet, »Liebe ist genügsam«, der lügt. Sie ist es nicht und war es nie. Das große Problem ist, dass die Menschen den Büchern und den Kinofilmen glauben – ein Paar, das Hand in Hand den Strand entlanggeht, den Sonnenuntergang betrachtet oder jeden Tag in schönen Hotels mit Blick auf die Alpen miteinander schläft. Mein Mann und ich haben das alles schon getan, aber die Magie hält allenfalls ein oder zwei Jahre an.

Dann kommt die Heirat. Die Wahl und die Einrichtung des Hauses, die Planung der Zimmer für die Kinder, die kommen werden, die Küsse, die Träume, das Anstoßen mit Champagner im noch leeren Wohnzimmer, das kurz darauf genau so aussehen wird, wie wir es uns vorgestellt haben – jeder Gegenstand an seinem Platz. Zwei Jahre später wird bereits das erste Kind geboren, im Haus ist für nichts mehr Platz, und wenn wir etwas hinzufügen, laufen wir Gefahr, dass es so aussieht, als wollten wir die anderen beeindrucken und als würden wir unser Leben damit verbringen, Antiquitäten zu kaufen und restaurieren zu lassen (die später von unseren Erben für einen Spottpreis verkauft werden und auf der Plaine de Plainpalais landen).

Nach drei Jahren Ehe wissen beide, was der andere will und denkt. Bei Partys oder Abendgesellschaften müssen wir jeweils immer denselben Geschichten des anderen zuhören, die wir schon in- und auswendig kennen, müssen stets so tun, als seien sie uns neu. Sex ist nicht mehr Leidenschaft, sondern Pflicht, und aus diesem Grunde wird er immer seltener. Bald schon findet er nur noch einmal in der Woche statt, wenn überhaupt. Frauen reden bei den Treffen mit ihren Freundinnen über die sexuelle Unersättlichkeit ihrer Ehemänner, was eine ausgemachte Lüge ist. Alle wissen das, aber keine will zurückstehen.

Dann ist die Zeit für außereheliche Affären gekommen. Die Frauen erzählen einander – ja, das tun sie! – von ihren Geliebten und deren Unersättlichkeit. Darin liegt durchaus ein Quentchen Wahrheit, denn zumeist geschieht es in der verzauberten Welt der sexuellen Phantasien, was die Masturbation beflügelt. Eine ebenso reale Variante ist die Welt derjenigen, die das Risiko eingingen, sich vom Erstbesten, der auftauchte, verführen zu lassen, ohne sich Gedanken zu machen, ob diese Person zu ihnen passt. Sie kaufen teure Kleidung und geben sich züchtig, obwohl sie mehr Sinnlichkeit zur Schau stellen, als ein sechzehnjähriges Mädchen von Natur aus besitzt – mit dem Unterschied, dass das Mädchen sich derer nicht bewusst ist.

Am Ende kommt die Zeit der Resignation. Der Ehemann verbringt viele Stunden außerhalb des Hauses, ist von seiner Arbeit absorbiert, und die Frau widmet den Kindern mehr Zeit als notwendig. Mein Mann und ich befinden uns in dieser Phase, und ich bin jetzt bereit, alles zu tun, um diesen Zustand zu verändern. Liebe allein genügt dafür nicht. Ich muss mich in meinen Ehemann neu verlieben. Die Liebe ist nicht nur ein Gefühl; sie ist eine Kunst. Und wie bei jeder Kunst reicht nicht allein die Inspiration, es ist auch viel Arbeit vonnöten.

Warum entfernt sich der Engel und lässt die Frau allein auf dem Bett zurück?«, frage ich.

»Das ist kein Engel. Das ist Eros, der griechische Gott der Liebe. Die junge Frau, die mit ihm im Bett ist, heißt Psyche.«

Ich öffne eine Flasche Wein und schenke uns zwei Gläser ein. Er stellt das Bild auf den nicht angezündeten Kamin. Dann beginnt er:

»Es war einmal eine schöne Prinzessin namens Psyche, die von allen bewundert wurde. Aber niemand wagte es, um ihre Hand anzuhalten. Verzweifelt bat der König den Gott Apollo um Rat. Dieser sagte ihm, er solle seine Tochter in Trauerkleidern allein oben auf einem Berg aussetzen. Noch vor Tagesanbruch würde eine Schlange zu ihr kommen und sie heiraten. Der König gehorchte. Die Prinzessin wartete die ganze Nacht lang halbtot vor Kälte und Angst auf die Ankunft ihres künftigen Gemahls. Schließlich schlief sie ein. Als sie erwachte, fand sie sich in einem schönen Palast wieder, als gekrönte Königin. Jede

Nacht suchte ihr Mann sie auf, und sie schliefen miteinander. Er stellte ihr eine Bedingung, eine einzige: Psyche könne alles haben, was sie wolle, aber sie müsse ihm ganz und gar vertrauen und dürfe niemals sein Gesicht sehen.«

Wie schrecklich, denke ich, wage aber nicht, meinen Mann zu unterbrechen.

»Lange war die junge Frau glücklich. Sie genoss alle Bequemlichkeiten und Zärtlichkeiten, die man sich vorstellen kann, und sie war in den Mann verliebt, der sie jede Nacht besuchte. Manchmal jedoch hatte sie Angst, mit einer entsetzlichen Schlange verheiratet zu sein. Eines Morgens zündete sie in aller Frühe, während ihr Mann noch schlief, eine Kerze an. Da sah sie einen Mann von unglaublicher Schönheit neben sich liegen. Ein Tropfen Kerzenwachs weckte ihn. Als er sah, dass die Frau, die er liebte, seine einzige Bedingung nicht erfüllen konnte, verschwand er. Aus Verzweiflung und um seine Liebe zurückzugewinnen, unterwarf sich Psyche einer Reihe von Aufgaben, die ihr Aphrodite, die Mutter von Eros, auferlegte. Unnötig zu sagen, dass die Schwiegermutter vor Neid auf die Schönheit der Schwiegertochter schier umkam und alles tat, um die Wiedervereinigung des Paares zu verhindern.

Während einer dieser Aufgaben öffnete Psyche ein Kästchen mit einer Salbe, die eigentlich Aphrodite gehörte. Psyche trug sie auf und fiel daraufhin in einen todesähnlichen Schlaf.«

Ich fange an, ungeduldig zu werden, möchte endlich wissen, wie die Geschichte ausgeht.

»Eros war auch verliebt, und er bereute, seiner Frau gegenüber nicht nachsichtiger gewesen zu sein. Es gelang ihm, sich Zutritt zu dem Schloss zu verschaffen, in dem sie schlief, und sie mit der Spitze seines Pfeils zu wecken. ›Wegen deiner Neugier wärst du beinahe gestorben‹, sagte er. ›Du hast versucht, Gewissheit zu erlangen, und hast unsere Beziehung zerstört.‹ Doch in der Liebe ist nichts für immer zerstört. Von dieser Gewissheit erfüllt, wandten sich die beiden an Zeus, den obersten Gott, und flehten ihn an, die Zerstörung ihrer Verbindung rückgängig zu machen. Zeus setzte sich für die Liebenden ein und brachte gute Argumente vor, benutzte aber auch Drohungen, bis er Aphrodites Zustimmung erlangte. Von diesem Tag an blieben Psyche (unser unbewusster und zugleich logisch denkender Teil) und Eros (die Liebe) für immer zusammen.«

Ich schenke noch ein Glas Wein ein. Lege meinen Kopf an seine Schulter.

»Und wer dies nicht akzeptiert und immer eine Erklärung für die magischen und geheimnisvollen menschlichen Beziehungen sucht, dem wird das Beste im Leben entgehen.«

Heute fühle ich mich wie Psyche auf dem Felsen, mir ist kalt, und ich habe Angst. Aber wenn ich es schaffe, diese Nacht hinter mich zu bringen und mich dem Mysterium des Lebens und dem Glauben ans Leben hinzugeben, werde ich in einem Palast aufwachen. Dafür brauche ich vor allem eins: Zeit.

Dann kommt der Tag, an dem beide Ehepaare zufällig bei ein und demselben Fest eingeladen sind – bei einem Empfang, veranstaltet von einem wichtigen Moderator des Fernsehens der französischen Schweiz. Jacob und ich hatten gestern im Hotelbett darüber gesprochen, während Jacob seine übliche Zigarette rauchte, bevor er sich anzog und ging.

Ich konnte die Einladung nicht mehr absagen, weil ich für meinen Mann und mich bereits zugesagt hatte. Jacob konnte dem Abend ebenfalls nicht fernbleiben, weil es »sehr schlecht für die Karriere« gewesen wäre.

Ich komme mit meinem Mann am Sitz der Radio Télévision de la Suisse Romande an. Die Party findet im obersten Stockwerk statt. Mein Handy klingelt, als wir gerade in den Fahrstuhl steigen wollen, was mich zwingt, aus der Schlange auszuscheren. Es ist der Chefredakteur, und nun muss ich mit meinem Mann unten in der Halle bleiben und mit dem Chefredakteur am Telefon diskutieren, während andere Gäste an mir und meinem

Mann vorbei zum Lift gehen, uns dabei zulächeln oder nur diskret mit dem Kopf zunicken. Ich kenne fast alle.

Der Chefredakteur sagt, meine Serie über den Kubaner – der zweite Artikel wurde gestern veröffentlicht, obwohl ich ihn vor mehr als einem Monat geschrieben habe –, sei ein großer Erfolg. Ich müsse, um die Serie abzurunden, unbedingt noch weitere Artikel schreiben. Ich erkläre ihm, dass der Kubaner nicht mehr mit mir sprechen wolle. Er bittet mich, jemand anderen zu finden, der ebenfalls »vom Fach« sei, denn nichts sei langweiliger als konventionelle Meinungen (von Psychologen, Soziologen usw.). Ich kenne niemanden »vom Fach«, verspreche aber, um das Gespräch abzukürzen, darüber nachzudenken.

Jacob und Marianne König kommen vorbei und begrüßen uns mit einem diskreten Nicken. Zwar habe ich meinen Chef jetzt endlich so weit, dass er auflegen will, aber nun beschließe ich, das Gespräch fortzusetzen. Bloß nicht in denselben Fahrstuhl steigen wie sie! Wie wäre es, schlage ich meinem Chef vor, einen Hirten und einen protestantischen Pastor zusammen zu interviewen. Wäre es nicht interessant, zu erfahren, wie die beiden mit Stress bzw. Langeweile umgehen?

Der Chef findet das zwar eine ausgezeichnete Idee, tendiert dann aber doch dazu, jemanden »vom Fach« zu finden. Selbstverständlich, sage ich, ich werde es versuchen. Endlich schließen sich die Fahrstuhltüren, Jacob und Marianne fahren nach oben, und ich kann beruhigt auflegen. Ich erkläre meinem Chef, dass ich nicht die Letzte beim Empfang sein möchte und bereits zwei Minuten zu spät sei. Schließlich leben wir in der Schweiz, im Land der Präzisionsuhren und der Pünktlichkeit.

Ja, ich habe mich in den letzten Monaten seltsam benommen, aber eins hat sich nicht verändert: Ich hasse es immer noch, auf Partys zu gehen. Und ich kann nicht verstehen, was Leute daran mögen.

Ja, die Leute mögen das. Selbst wenn es sich um einen rein geschäftlichen Termin handelt wie diesen Cocktail – genau das, Cocktail, keine Party. Die Frauen ziehen sich besonders schön an, schminken sich und lassen ihre Freundinnen mit betont gelangweiltem Unterton wissen, dass sie leider am Dienstag wegen des Empfanges zu Ehren des gutaussehenden und intelligenten Darius Rochebin und des zehnjährigen Jubiläums seiner Interview-Sendung »Pardonnez-moi« keine Zeit hätten. *Tout Genève* wird da sein, und die anderen werden sich mit den Fotos in der einzigen Society-Zeitschrift der *Romandie* begnügen müssen.

Eine Einladung wie diese verleiht einem Status und Publizität. Hin und wieder schickt auch unsere Zeitung einen Fotoreporter bei solchen Anlässen vorbei, und am nächsten Tag erhalten wir Anrufe von Assistenten wichtiger Leute, die sich erkundigen, ob die Bilder, auf denen diese zu sehen sind, veröffentlicht werden, und auch gleich anmerken, dass sie außerordentlich dankbar dafür wären. Das Beste gleich nach der Tatsache, eingeladen zu sein, ist, feststellen zu können, dass deine Anwesenheit gebührend gewürdigt wird. Nichts ist besser als das, und nichts beweist dies auch besser als die Tatsache, dass du in dem eigens für diesen Anlass geschneiderten Kleid (obwohl das nie eingestanden wird) und mit demselben Lächeln wie auf den andern Partys und Empfängen zwei Tage später in der Zeitung abgebildet bist. Gott sei Dank bin ich nicht für die Gesellschaftskolumne zuständig; bei meiner augenblicklichen Verfassung, die der von Viktor Frankensteins Ungeheuer gleicht, wäre ich bereits entlassen worden.

Die Fahrstuhltüren öffnen sich. Einige Fotografen warten oben im Vestibül. Wir gehen weiter in den großen Salon, von dem aus man einen Rundumblick auf die ganze Stadt hat. Es sieht so aus, als hätte es Petrus gut mit Darius gemeint und die Wolkendecke etwas gelichtet: Wir blicken hinunter auf ein Lichtermeer.

Ich möchte nicht lange bleiben, sage ich zu meinem Mann. Und fange an, zwanghaft zu reden, um die Anspannung zu überspielen.

»Wir gehen, sobald du möchtest«, unterbricht er meinen Redefluss. Wir sind gerade damit beschäftigt, eine große Anzahl von Leuten zu begrüßen, die mit mir reden, als wäre ich eine enge Freundin. Ich behandle sie genauso, obwohl ich keine Ahnung habe, wie sie heißen. Wenn das Gespräch sich in die Länge zieht, habe ich einen unfehlbaren Trick: Ich stelle meinen Mann vor und warte dann einfach schweigend, was passiert. Er spricht sie dann an und fragt nach dem Namen seines Gegenübers. Ich höre die Antwort und sage laut und deutlich: »Liebling, du erinnerst dich doch bestimmt an Monsieur und Madame Soundso?«

Welch ein Zynismus!

Ich nicke noch einmal freundlich, wir verkrümeln uns in eine Ecke, und ich beschwere mich: Warum haben die Leute nur diese Manie, zu erwarten, dass wir uns an sie erinnern? Es gibt nichts Unangenehmeres, als dieser Situation ausgesetzt zu sein. Alle finden sich so wichtig, dass sie glauben, jeder, der sie kennenlernt, müsste sich später auch noch an ihren Namen erinnern.

»Sei etwas nachsichtiger. Die Leute amüsieren sich doch.«

Mein Mann hat keine Ahnung. Die Leute tun nur so, als würden sie sich amüsieren, in Wirklichkeit wollen sie nur gesehen werden, Aufmerksamkeit bekommen und – in dem einen oder anderen Fall – jemanden treffen, mit dem sie ein Geschäft abschließen können. Das Schicksal dieser Menschen, die sich für attraktiv und mächtig halten, wenn sie über den roten Teppich gehen, liegt in den Händen des schlechtbezahlten Redaktionsmitglieds. In denen des Layouters, der die Fotos per E-Mail bekommt und entscheidet, wer in unserer kleinen, traditionellen und konventionellen Welt in Erscheinung treten soll und wer nicht. Er ordnet die Bilder der Personen, die für die Zeitung interessant sind, und lässt einen kleinen Raum frei, in den das berühmte Foto mit einer Gesamtansicht des Festes (des Cocktails oder Abendessens oder Empfangs) hineinkommt. Dort kann der eine oder andere sich zwischen anonymen Köpfen von Leuten, die sich für sehr wichtig halten, mit ein wenig Glück wieder-finden.

Darius steigt auf die Bühne und beginnt, von seinen Erlebnissen mit all den wichtigen Menschen zu erzählen, die er während der zehn Jahre seiner Sendung interviewt hat. Es gelingt mir, mich ein wenig zu entspannen, und ich trete mit meinem Mann an eines der Fenster. Mein innerer Radar hat Jacob und Marianne König bereits aus-gemacht. Ich möchte Distanz halten und stelle mir vor, dass Jacob das auch möchte.

»Stimmt etwas nicht mit dir?«

Ich wusste es. Bist du heute Dr. Jekyll oder Mr. Hyde? Viktor Frankenstein oder sein Unge-heuer?

Nein, Liebling. Ich meide den Mann, mit dem ich gestern im Bett war. Ich habe den Verdacht, dass alle in diesem Saal Bescheid wissen, dass das Wort »Lover« auf unser beider Stirnen geschrie-ben steht.

Das denke ich für mich. Laut aber sage ich und lächle dazu, dass ich bekanntlich nicht mehr im Partyalter bin. Ich würde jetzt am liebsten zu

Hause sein, mich um unsere Kinder kümmern, anstatt sie unserer Babysitterin anzuvertrauen. Ich habe bisher noch keinen Alkohol getrunken, trotzdem verwirren mich all die Menschen, die mich begrüßen und in ein Gespräch verwickeln wollen. Es strengt mich an, so zu tun, als interessierte ich mich für ihre Themen, und sie im Gegenzug etwas zu fragen, damit ich endlich ein Stück meines Salzgebäcks in den Mund schieben und zu Ende kauen kann, ohne unhöflich zu erscheinen.

Eine Leinwand wird heruntergefahren, und es beginnt mit einer Rückschau auf ausgewählte Interviews mit Darius Rochebins Studiogästen, vorgestellt in Form von Videoclips. Einige dieser Gäste habe ich beruflich kennengelernt, die meisten kamen jeweils extra für die Sendung nach Genf gereist, einige hatten ohnehin gerade in Genf zu tun und konnten dies mit einem Auftritt in der Sendung verbinden.

»Lass uns gehen. Darius hat dich ja schon gesehen. Wir haben unsere gesellschaftlichen Pflichten erfüllt. Lass uns einen Film ausleihen und den Rest des Abends zu Hause ausklingen lassen.«

Nein. Wir werden noch einen Augenblick bleiben, denn Jacob und Marianne König sind hier. Es könnte verdächtig wirken, vor dem Ende des Hauptteils des Abends zu gehen. Darius ruft jetzt einige seiner ehemaligen Studiogäste auf die Bühne, damit sie kurz etwas über die Sendung sagen. Ich komme beinahe um vor Langeweile. Die Männer, die nicht in Begleitung sind, schauen sich diskret nach Frauen um, die ebenfalls allein hergekommen sind. Die Frauen ihrerseits mustern sich gegenseitig: Was haben die anderen an, welches Make-up tragen sie, sind sie in Begleitung ihres Ehemanns oder ihres Geliebten da.

Ich blicke auf die Stadt dort draußen und genieße es, an gar nichts zu denken, warte nur, dass die Zeit vergeht, damit wir endlich diskret gehen können.

»Du!«

Ich?

»Liebling, er ruft dich!«

Ich hatte nicht gehört, dass Darius mich auf die Bühne gerufen hatte. Ja, ich war bereits einmal in seiner Sendung zusammen mit einer früheren Bundespräsidentin der Schweiz aufgetreten, um über Menschenrechte zu diskutieren. Aber so wichtig bin ich nun auch wieder nicht. Damit hatte ich nicht gerechnet; es war nicht abgemacht, und ich hatte nichts vorbereitet, was ich sagen könnte.

Aber Darius macht mir ein Zeichen. Alle schauen mich lächelnd an. Ich gehe auf ihn zu – habe mich wieder gefangen und bin insgeheim glücklich, weil Marianne nicht gerufen wurde und Jacob ebenso wenig, schließlich soll der Abend angenehm verlaufen, ohne politische Reden.

Ich steige auf die improvisierte Bühne – in Wirklichkeit ist es eine Treppe, die die beiden Ebenen des Salons oben auf dem Fernsehturm miteinander verbindet. Ich begrüße Darius mit drei Wangenküssen und fange an, aus dem Stegreif etwas vollkommen Nichtssagendes über die Sendung zu erzählen, in der ich aufgetreten bin. Die Männer sind weiterhin auf der Jagd nach Frauen, die sich wiederum gegenseitig taxieren. Die Gäste, die in der Nähe stehen, tun so, als seien sie an meinen Ausführungen interessiert. Ich sehe dabei meinen Mann fest an; jeder, der öffentlich redet, sucht sich jemanden aus, der ihm als Stütze dienen kann.

Mitten in meiner improvisierten Rede (die jetzt bereits die Kellner dazu bringt, herumzugehen, und die meisten Gäste dazu, auf der Suche nach etwas Attraktiverem den Blick von der

Bühne abzuwenden) sehe ich etwas, das auf gar keinen Fall hätte passieren dürfen: Jacob und Marianne König stehen plötzlich neben meinem Mann.

Ich komme so schnell wie möglich zum Schluss. Die Gäste applaudieren. Darius küsst mich. Ich versuche, mir einen Weg dorthin zu bahnen, wo mein Mann und das Ehepaar König stehen, werde aber immer wieder von Leuten aufgehalten, die mir sagen, mein kleiner Speech sei ganz großartig gewesen, und mir zu der Serie über den Schamanismus gratulieren, weitere Themen vorschlagen, Visitenkarten überreichen oder sich diskret als »Quellen« für etwas andienen, das »sehr interessant« für mich sein könnte. Zehn endlose Minuten. Als ich mich endlich zu meinem Ziel vorgearbeitet habe, lächeln mir alle drei entgegen, gratulieren mir, sagen, ich sei großartig darin, in der Öffentlichkeit zu reden. Und dann kommt's:

»Ich habe ihnen erklärt, dass du müde bist und dass wir gleich unsere Babysitterin ablösen müssen, aber Madame König besteht darauf, dass wir zusammen zu Abend essen.«

»Unbedingt. Schließlich hat keiner von uns schon zu Abend gegessen, oder?«, sagt Marianne.

Jacob lächelt gezwungen und wirkt wie ein Lamm, das zur Schlachtbank geführt wird.

Mir schießen tausend Vorwände durch den Kopf, wie ich mich vor dem Essen drücken kann. Aber wieso eigentlich? Ich habe doch noch dieses Kokain, das auf seinen Einsatz wartet, da kommt diese »Gelegenheit« doch wie gerufen, um herauszufinden, ob ich meinen Plan weiterverfolgen soll oder nicht.

Außerdem hat mich eine geradezu perverse Neugier gepackt zu sehen, wie dieses Abendessen verlaufen wird.

Mit Vergnügen, Madame König.

Marianne wählt das Restaurant Les Armures aus, was einen gewissen Mangel an Originalität beweist, weil es so bekannt ist, dass alle Genfer ihre ausländischen Besucher dorthin ausführen. Das Fondue ist exzellent, die Kellner sprechen alle nur erdenklichen Sprachen, es liegt im Herzen der Altstadt … Aber für jemanden, der in Genf wohnt, ist es definitiv nichts Neues.

Wir kommen nach dem Ehepaar König an. Jacob steht draußen in der Kälte, um seinem Laster, dem Rauchen, zu frönen. Marianne ist schon hineingegangen. Ich schlage meinem Mann vor, ihr

Gesellschaft leisten zu gehen, während ich warte, bis Monsieur König seine Zigarette aufgeraucht hat. Mein Mann meint, es sei andersherum besser, aber ich lasse nicht locker – als Kavalier könne er doch nicht zwei Frauen allein am Tisch sitzenlassen, und sei's auch nur für ein paar Minuten.

»Mit der Einladung hat sie auch mich kalt erwischt«, sagt Jacob, sobald mein Mann hineingegangen ist.

Ich tue so, als gäbe es überhaupt gar kein Problem. Fühlt er sich schuldig? Fürchtet er das Ende seiner unglücklichen Ehe (mit dieser eiskalten Megäre, würde ich am liebsten hinzufügen)?

»Darum geht es nicht. Es ist so –«

Wir werden von der Megäre unterbrochen. Mit einem teuflischen Lächeln auf den Lippen begrüßt sie mich (noch einmal!) diesmal mit den üblichen drei Wangenküssen und befiehlt ihrem Ehemann, sofort die Zigarette auszumachen, damit wir endlich hineingehen können. Ich lese zwischen den Zeilen: Ich habe euch im Visier; ihr seid sicher dabei, euch zu verabreden, seht euch vor, ich bin klug, sehr viel klüger und intelligenter, als ihr denkt.

Wir nehmen an einem kleinen Vierertisch in einer ruhigen Ecke Platz. Die Königs und ich bestellen das Übliche: Fondue. Mein Mann sagt, er habe keinen Appetit auf Käse, und wählt eine Longeole-Wurst, die wir zu Hause immer unseren Gästen anbieten. Und Wein, aber Jacob verzichtet auf das Probierritual, kein Drehen des Glases, schlürfendes Trinken und anschließendes Kopfnicken – damit hat er mich nur bei unserer ersten Verabredung beeindrucken wollen. Während wir auf das Essen warten und Smalltalk machen, leeren wir die erste Flasche, auf die sogleich eine zweite folgt. Ich bitte meinen Mann, nicht mehr zu trinken, sonst müssten wir den Wagen wieder einmal stehen lassen, und diesmal seien wir viel weiter weg von zu Hause.

Das Essen kommt. Die dritte Flasche Wein wird für uns geöffnet. Der Smalltalk geht weiter. Wie von einem Mitglied des Staatsrats nicht anders zu erwarten, beglückwünscht mich Jacob zu meinen beiden Artikeln über den Stress (»eine ziemlich ungewöhnliche Herangehensweise«); ob es stimme, dass wegen des allmählich bröckelnden Bankgeheimnisses bald Tausende von Bankern nach Singapur oder Dubai ziehen und die Immobilienpreise sinken würden; wo wir vorhätten, Silvester zu feiern.

Ich warte darauf, dass der Stier in die Arena

kommt. Aber er kommt nicht heraus, und meine Achtsamkeit lässt nach. Ich trinke mehr, als mir guttut, fange gerade an, entspannt und fröhlich zu sein, und just in diesem Augenblick werden die Türen für den Stier geöffnet.

»Neulich habe ich mit ein paar Freunden über dieses idiotische, Eifersucht genannte Gefühl diskutiert«, sagt Marianne König. »Was denken Sie darüber?«

Was wir über ein Thema denken, das eigentlich niemand bei einem Abendessen wie diesem ansprechen würde? Die Megäre hat ihren Satz gut formuliert. Sie muss den ganzen Tag darüber nachgedacht haben. Sie hat die Eifersucht ein »idiotisches Gefühl« genannt, bestimmt in der Absicht, mich angreifbarer und verletzbarer zu machen.

»Als Kind habe ich in meinem Elternhaus schreckliche Eifersuchtsszenen erleben müssen«, sagt mein Mann.

Wie bitte? Er spricht über sein Privatleben? Vor einer Frau, die er eben erst kennengelernt hat?

»Da habe ich mir geschworen, sollte ich je heiraten, in meinem Leben der Eifersucht keinen Raum zu geben. Anfangs war es schwierig, weil wir instinktiv alles kontrollieren wollen, sogar das Nichtkontrollierbare wie die Liebe und die Treue. Aber es ist mir gelungen. Und meine Frau, die sich jeden Tag mit anderen Menschen trifft und manchmal auch spät nach Hause kommt, hat von mir noch nie ein Wort der Kritik oder irgendwelche Unterstellungen gehört.«

Das, was mein Mann da von früher erzählt, ist mir völlig neu. Ich hatte keine Ahnung, dass sich seine Eltern solche Szenen lieferten. Die Megäre schafft es, dass alle auf ihr Kommando hören: Wir gehen jetzt zum Abendessen aus! Jacob, mach die Zigarette aus! Wir reden jetzt über ein Thema, das ich ausgesucht habe!

Mein Mann könnte zwei Gründe haben zu sagen, was er gerade gesagt hat: Der erste ist, dass er dieser Einladung misstraut und versucht, mich zu schützen. Der zweite: Er sagt mir vor aller Welt, wie wichtig ich ihm bin. Ich strecke meine Hand aus und berühre seine. Das hätte ich niemals gedacht. Ich glaubte immer, dass er sich einfach nicht für das interessiert, was ich mache.

»Und Sie, Linda? Haben Sie Ihrem Mann schon einmal eine Eifersuchtsszene gemacht?«

»Ich? Natürlich nicht. Ich vertraue ihm vollkommen. Ich finde, Eifersucht ist etwas für kranke, unsichere Menschen ohne Selbstachtung, die sich unterlegen fühlen und glauben, dass jeder ihre Beziehung bedrohen könnte. Und Sie?«

Marianne muss aufpassen, nicht in die eigene Falle zu tappen.

»Wie gesagt, ich finde, es ist ein idiotisches Gefühl.«

»Ja, das haben Sie gesagt. Aber wenn Sie herausbekämen, dass Ihr Mann Sie betrügt, was würden Sie dann tun?«

Jacob ist bei meiner Frage erbleicht und muss sich beherrschen, um sein Glas nicht umgehend ganz auszutrinken.

»Ich glaube, dass er jeden Tag unsicheren Menschen begegnet, die in ihrer Ehe vor Überdruss schier umkommen und dazu verdammt sind, ein mittelmäßiges und ewig gleiches Leben zu führen. Ich stelle mir vor, dass es auch bei Ihrer Arbeit solche Menschen gibt, die auf ihrem Posten versauern und als Reporter direkt in Rente gehen …«

»Eine ganze Menge«, antworte ich mit emotionsloser Stimme. Ich nehme mir noch etwas vom Fondue. Sie sieht mir fest in die Augen, ich weiß, dass sie von mir redet, aber möchte nicht, dass mein Mann Verdacht schöpft. Mir sind Marianne und auch Jacob, der offenbar schwach geworden ist und alles gestanden hat, vollkommen gleichgültig.

Ich bin selbst überrascht, wie ruhig ich bin. Vielleicht liegt es am Wein, oder das Ungeheuer ist schuld, das aufgewacht ist und sich nun an allem hier ergötzt. Vielleicht freue ich mich auch nur über die Gelegenheit, es mit dieser Frau aufzunehmen, die glaubt, sie kenne sich mit dem Thema Eifersucht aus.

»Fahren Sie fort«, bitte ich sie, während ich ein weiteres Brotstückchen aufspieße und in die leise blubbernde Käsemischung tauche.

»All diese frustrierten Frauen empfinde ich nicht als Bedrohung, das dürfen Sie mir glauben. Im Gegensatz zu Ihnen beiden vertraue ich meinem Partner jedoch nicht vorbehaltlos. Ich weiß, dass Jacob mich schon ein paarmal betrogen hat. Das Fleisch ist schwach …«

Jacob lacht nervös, trinkt noch einen Schluck Wein. Die Flasche ist leer, Marianne bedeutet dem Kellner, noch eine zu bringen.

»… aber ich versuche, dies als Teil einer normalen Beziehung zu sehen. Würde mein Mann nicht von diesen Flittchen begehrt und verfolgt, hieße das doch, dass er vollkommen uninteressant ist. Anstelle von Eifersucht, wissen Sie, was ich da fühle? Es macht mich scharf. Häufig ziehe ich mich aus, gehe nackt auf ihn zu, mache die Beine breit und bitte ihn, mit mir genau dasselbe zu tun, was er vorher mit denen gemacht hat. Manchmal bitte ich ihn, mir zu erzählen, wie es war, und das lässt mich beim Sex mehrfach kommen.«

»Das sind Mariannes Phantasien«, sagt Jacob, nicht sehr überzeugend. »Sie erfindet immer solche Dinge. Neulich hat sie mich gefragt, ob ich sie gerne in einen Swingerclub in Lausanne begleiten würde.«

Selbstverständlich macht sie keinen Spaß, aber alle lachen, sie auch.

Zu meinem Entsetzen stelle ich fest, dass Jacob es großartig findet, als »untreuer Macho« bezeichnet zu werden. Mein Mann scheint an der Antwort von Marianne sehr interessiert zu sein und bittet sie, etwas mehr darüber zu erzählen, wie es sie scharf macht, wenn sie von außerehelichen Abenteuern erfährt. Er bittet um die Adresse des Swingerclubs und schaut mich über den Tisch hinweg mit strahlendem Blick an. Sagt, die Zeit sei gekommen, Neues auszuprobieren. Ich weiß nicht, ob er das sagt, um die inzwischen fast unerträglich angespannte Atmosphäre am Tisch zu lockern, oder ob er tatsächlich daran interessiert ist, mit mir nach Lausanne zu fahren.

Marianne sagt, dass sie die Adresse nicht weiß, ihm aber, wenn er ihr seine Handynummer gibt, eine SMS schicken wird.

Zeit für mich, in Aktion zu treten. Ich sage, dass eifersüchtige Menschen im Allgemeinen versuchen, öffentlich genau das Gegenteil von dem zu sagen, was sie eigentlich fühlen. Sie ergehen sich in Anspielungen, um aus der Reaktion des Partners anschließend Rückschlüsse ziehen zu können, sind aber naiv, wenn sie glauben, dass sie damit Erfolg haben werden. Ich beispielsweise könnte eine Affäre mit ihrem, Mariannes, Mann haben, und sie würde es niemals erfahren, weil ich niemals so unklug wäre, in ihre Falle zu gehen.

Möglicherweise hat meine Stimme sich etwas verändert. Mein Mann schaut überrascht zu mir herüber.

»Liebling, findest du nicht, dass du zu weit gehst?«

»Nein, das finde ich nicht. Schließlich habe nicht ich dieses Gespräch vom Zaun gebrochen und weiß auch nicht, was Madame König damit im Schilde führt. Aber seit wir hier hereingekommen sind, lässt sie andauernd irgendwelche Bemerkungen fallen, und mir reicht es allmählich. Ist dir denn nicht aufgefallen, dass sie die ganze Zeit zu mir geschaut hat, während sie uns in ein Thema verwickelte, das außer ihr niemanden am Tisch interessiert?«

Marianne schaut mich entgeistert an. Offenbar hat sie mit dieser Reaktion nicht gerechnet, sie, die es gewohnt ist, alles unter Kontrolle zu haben.

Ich sage, dass ich viele krankhaft eifersüchtige Menschen kennengelernt habe, und sie seien nicht etwa eifersüchtig gewesen, weil der Partner Ehebruch beging, sondern weil sie nicht, wie sie es gerne gehabt hätten, ständig im Mittelpunkt der Aufmerksamkeit standen. Jacob ruft den Kellner und bittet um die Rechnung. Ausgezeichnet. Schließlich haben sie uns hierher eingeladen, dann sollen sie auch die Rechnung begleichen.

Ich schaue auf die Uhr und tue erstaunt: Es ist schon weit über die Zeit, die wir mit der Babysitterin vereinbart hatten! Ich stehe auf, bedanke mich für das Abendessen und gehe zur Garderobe, um meinen Mantel zu holen. Das Gespräch hat inzwischen zum Thema Kinder und zur Verantwortung gewechselt, die sie mit sich bringen.

»Dachte sie etwa, ich spreche über sie?«, höre ich Marianne meinen Mann fragen.

»Aber nein. Wieso denn.«

Schweigend gehen mein Mann und ich hinaus in die kalte Nacht. Ich bin wütend, nervös, kann mich nicht bremsen und bestehe darauf, dass Marianne König durchaus von mir gesprochen habe, diese Frau sei so neurotisch, dass sie schon am Wahltag mehrfache Andeutungen in dieser Richtung gemacht habe. Sie brauche eine Bühne, sie müsse ja vor Eifersucht auf ihren Idioten von Mann umkommen, der sich wegen seines Amtes immer richtig zu verhalten habe und den sie mit eiserner Faust kontrolliere, damit er in der Politik eine Zukunft hat, obwohl in Wirklichkeit sie diejenige sein möchte, die auf dem Podium steht und sagt, was richtig ist und was falsch.

Mein Mann antwortet, dass ich zu viel getrunken hätte und mich beruhigen solle.

Wir kommen an der Kathedrale vorbei. Wieder bedeckt Nebel die Stadt, und alles wirkt wie in einem Horrorfilm. Ich stelle mir vor, dass Marianne mir an irgendeiner Ecke mit einem Dolch auflauert, wie die Genfer einst im Mittelalter den Franzosen, die sie immer wieder zu überfallen drohten.

Weder die Kälte noch das Gehen kann mich beruhigen. Wir steigen in den Wagen. Zu Hause gehe ich schnurstracks ins Schlafzimmer, schlucke zwei Valium-Tabletten und überlasse es meinem Mann, die Babysitterin zu bezahlen und die Kinder, die aufgewacht sind, wieder ins Bett zu bringen.

Ich schlafe wie ein Stein. Am nächsten Tag, als ich zur gewohnten Morgenroutine aufstehe, kommt es mir so vor, als wäre mein Mann etwas weniger zärtlich als sonst. Eine fast unmerkliche Veränderung, aber irgendetwas hat ihn gestern gestört. Ich weiß nicht, was ich tun soll. Auch habe ich noch nie zwei Beruhigungstabletten auf einmal genommen. Die Lethargie, die mich erfasst hat, ist ganz anders als die von früher, als ich noch einsam und unglücklich war.

Ich fahre zur Arbeit, checke unterwegs mein Handy. Da ist eine sms von Jacob. Ich zögere, sie zu öffnen, aber die Neugier ist größer als diese Wut, die ich seit gestern Abend auf ihn habe. Sie wurde heute ganz früh abgeschickt.

»Du hast alles kaputtgemacht. Sie hatte keine Ahnung, dass zwischen uns beiden etwas war, aber jetzt hat sie die Gewissheit. Du bist in eine Falle getappt, die sie nicht gestellt hat.«

Ich gehe einkaufen, wie eine typische frustrierte Ehefrau. Marianne hat recht: Nichts anderes bin ich; und ein sexueller Zeitvertreib für den blöden Hund, der im selben Bett schläft wie sie. Mein Fahrstil ist lebensgefährlich, weil ich nicht aufhören kann zu weinen und durch die Tränen die anderen Wagen nicht richtig sehe. Ich höre Hupen und laute Flüche; ich versuche, langsamer zu fahren, höre noch mehr Hupen, noch mehr Flüche.

Wenn es schon dumm war, Marianne Anlass zu Vermutungen gegeben zu haben, so war es noch dümmer, alles, was ich habe – meinen Mann, meine Kinder, vielleicht sogar meine berufliche Position –, aufs Spiel zu setzen.

Während ich unter dem Resteinfluss von zwei Beruhigungstabletten und mit zerrüttetem Nervenkostüm den Wagen lenke, begreife ich, dass ich jetzt auch mein Leben aufs Spiel setze. Ich parke in einer Seitenstraße und lasse meinen Tränen freien Lauf. Mein Schluchzen ist so laut, dass ein Passant an die Scheibe klopft und fragt, ob ich

Hilfe brauche. Ich sage nein, und der Mann geht weiter. Aber in Wirklichkeit brauche ich tatsächlich Hilfe – und zwar jede Menge. Ich versinke in meinem Inneren in einem Meer aus Schlamm, und ich kann nicht schwimmen.

Ich komme um vor Wut und Hass. Ich stelle mir vor, dass Jacob sich inzwischen vom gestrigen Abendessen erholt hat und mich nie wiedersehen möchte. Es ist meine Schuld, weil ich meine Grenzen nicht erkannt habe, weil ich die ganze Zeit dachte, alle würden mich verdächtigen, etwas ahnen. Vielleicht wäre es ja eine gute Idee, ihn jetzt anzurufen und mich zu entschuldigen, aber ich weiß im Voraus, dass er den Anruf nicht annehmen wird. Vielleicht sollte ich eher meinen Mann anrufen und fragen, ob alles in Ordnung ist? Ich kenne seine Stimme, weiß, obwohl er ein Meister der Selbstbeherrschung ist, wann er ärgerlich und angespannt ist. Aber ich will es nicht wissen. Ich habe große Angst. Mein Magen ist verkrampft, meine Hände sind am Lenkrad festgeklammert, und ich schluchze, so laut ich kann, schreie geradezu, gestatte mir einen Nervenzusammenbruch am einzigen sicheren Ort der Welt: in meinem eigenen Wagen. Wieder bleibt ein Passant stehen, diesmal in sicherer Entfernung, aus

Angst, dass ich etwas Schlimmes vorhabe. Nein, nein, ich werde schon nichts tun. Ich will mich nur ausweinen. Das wird man wohl noch tun dürfen, oder?

Ich fühle mich von mir selbst missbraucht. Ich möchte alles rückgängig machen, nur ist das unmöglich. Ich will mir einen Plan machen, wie ich verlorenes Terrain zurückgewinnen kann, aber ich kann nicht richtig denken. Ich weine und weine, fühle nichts als Scham und Hass.

Wie konnte ich nur so naiv sein? Wie konnte ich nur glauben, dass Marianne nur mich ansah und über Dinge sprach, die sie bereits wusste? Weil ich mich schuldig, wie eine Verbrecherin fühlte. Ich wollte sie vor ihrem Ehemann erniedrigen, zerstören, damit er mich nicht nur als einen Zeitvertreib sieht. Ich weiß, dass ich ihn nicht liebe, aber er hat mir Schritt für Schritt die verlorene Lebensfreude zurückgegeben und mich aus der Einsamkeit gerettet, in der ich wie in einem Brunnen zu ertrinken glaubte. Und jetzt begreife ich, dass diese Tage für immer vorbei sind. Ich muss in die Wirklichkeit zurückkehren, zu einem Leben, in dem ein Tag dem anderen gleicht, zur Sicherheit meines Zuhauses – das mir früher immer so wichtig war, sich aber zunehmend in einen goldenen Käfig verwandelte. Ich muss die Scherben meiner Existenz wieder zusammenfügen. Meinem Mann alles, was geschehen ist, beichten.

Ich weiß, dass er es verstehen wird. Er ist ein gütiger, intelligenter Mensch, für den die Familie immer an erster Stelle kommt. Aber wenn er es nun nicht versteht? Wenn er beschließt, dass es jetzt reicht, dass wir an unsere Grenzen gelangt sind, dass es mit uns nicht weitergehen kann und er es satthat, mit einer Frau zusammenzuleben, die sich erst darüber beklagte, depressiv zu sein, und jetzt darüber lamentiert, dass sie von ihrem Geliebten verlassen wurde?

Das Schluchzen lässt nach, und ich kann wieder denken. Meine Arbeit wartet auf mich, und außerdem kann ich nicht den ganzen Tag hier in dieser kleinen Straße verbringen, in der glückliche Ehepaare wohnen, die kommen und gehen, ohne zu bemerken, dass ich hier vor ihren mit Weihnachtsschmuck dekorierten Haustüren im Wagen sitze und hilflos zusehen muss, wie meine bisherige Welt in sich zusammenstürzt.

Ich muss nachdenken. Ich muss eine Liste von Prioritäten aufstellen. Werde ich es in den nächsten Tagen, Monaten und Jahren schaffen, so zu tun, als sei ich eine hingebungsvolle Ehefrau und nicht ein verwundetes Tier? Disziplin war noch nie meine Stärke, aber ich darf mich nicht wie jemand verhalten, der emotional aus dem Gleichgewicht geraten ist.

Ich trockne meine Tränen und blicke nach vorn. Jetzt den Wagen starten? Noch nicht. Ich warte noch etwas. Wenn es einen einzigen Grund gibt, glücklich zu sein über das, was geschehen ist, dann ist es die Tatsache, dass ich allmählich müde war, mit Lügen zu leben. Inwieweit war mein Mann nicht doch misstrauisch? Ob die Männer es merken, wenn die Frauen den Orgasmus nur vortäuschen? Gut möglich, aber was weiß denn ich?

Ich steige aus dem Wagen, werfe Münzen in die Parkuhr, damit ich eine Weile ziellos umherwandern kann. Ich rufe in der Redaktion an und bringe eine schäbige Entschuldigung vor: Einer meiner Jungs ist krank, und ich muss mit ihm zum Arzt gehen. Mein Chef glaubt mir – wir Schweizer lügen nun mal nicht.

Ich aber schon. Ich habe jeden Tag gelogen. Ich habe mein Selbstwertgefühl verloren. Mir wurde der Boden unter den Füßen weggezogen. Wir Schweizer leben in einer realen Welt, nur ich lebe in einer Phantasiewelt. Die Schweizer wissen ihre Probleme zu lösen, doch ich bin unfähig, meine zu lösen, denn ich dachte, wenn ich mir eine Situation schaffe, in der ich die ideale Familie *und* den perfekten Geliebten hätte, würde alles gut.

Ich gehe durch diese Stadt, die ich liebe, mit ihren Geschäften, in denen – mit Ausnahme der Orte für Touristen – die Zeit in den 1950er Jahren stehengeblieben zu sein scheint. Es ist kalt, aber Gott sei Dank weht die Bise nicht. Um mich abzulenken und mich zu beruhigen, gehe ich zuerst in eine Buchhandlung, dann in eine Metzgerei und zuletzt in eine Boutique. Jedes Mal, wenn ich wieder auf die Straße trete, spüre ich, wie die Kälte mir hilft, das Feuer, das in mir lodert, erträglicher zu machen.

Kann man lernen, den richtigen Mann zu lieben? Selbstverständlich. Dafür muss es einem allerdings gelingen, den falschen Mann zu vergessen, der, ohne um Erlaubnis zu bitten, in unser Leben getreten ist, weil er gerade vorbeikam, und nachher sagt, die Tür habe doch offen gestanden.

Was genau wollte ich von Jacob? Ich wusste doch von Anfang an, dass unsere Beziehung zum Scheitern verurteilt war, obwohl ich mir nicht vorstellen konnte, dass sie auf so demütigende Weise enden könnte. Vielleicht wollte ich nur, was ich bekommen habe: Abenteuer, Lust und neue Lebensfreude. Oder hatte ich etwa mehr gewollt? Mit ihm zusammenwohnen, ihm helfen, in seiner Karriere weiterzukommen, ihm die Unterstützung und die Zärtlichkeit geben, die er von seiner Ehefrau nicht mehr bekam, wie er bei einer unserer ersten Begegnungen klagte. Ihn aus seinem Umfeld herausreißen, wie eine Blume aus einem fremden Garten, die man in den eigenen Garten pflanzt – obwohl ich wusste, dass Blumen ein Verpflanzen selten überstehen?

Ich werde von einer Welle der Eifersucht erfasst, meine Tränen sind versiegt, und ich bin nur noch wütend. Ich bleibe stehen und setze mich auf die Bank an einer Bushaltestelle. Ich schaue den Leuten zu, die ankommen und wegfahren, alle unglaublich beschäftigt mit ihren Welten, die so klein sind, dass sie auf den Bildschirm eines Smartphones passen, von dem sie die Augen nicht lösen können.

Ein Bus fährt heran, Leute steigen aus und gehen eilig davon, vielleicht wegen der Kälte. Andere steigen langsam aus, als hätten sie keine Lust, zu Hause, im Büro, in der Schule anzukommen.

Aber niemand zeigt Wut oder Begeisterung, sie scheinen weder glücklich noch traurig, sondern wirken auf mich wie Zombies, die mechanisch die Mission erfüllen, die das Universum ihnen in der Stunde ihrer Geburt zugedacht hat.

Nach einer Weile gelingt es mir, mich etwas zu entspannen. Ich habe einige Teile meines inneren Puzzles identifiziert. Eines davon ist der Grund für diese Wut und diesen Hass, die kommen und gehen, wie die Busse an dieser Haltestelle ankommen und wegfahren. Möglicherweise habe ich verloren, was mir im Leben am wichtigsten war: meine Familie. Ich wurde im Kampf um mein Glück besiegt, und das demütigt mich nicht nur, sondern hindert mich auch daran, den Weg vor mir zu sehen.

Und mein Mann? Ich muss heute Abend ein offenes Gespräch mit ihm führen, ihm alles gestehen. Ich habe das Gefühl, dass mich das befreien wird, selbst wenn ich die Folgen zu tragen habe. Ich möchte nicht mehr lügen – weder ihn, noch meinen Chef, noch mich selber weiter belügen.

Nur möchte ich jetzt nicht daran denken. Mehr als alles andere verschlingt Eifersucht meine Gedanken. Ich will von der Bank an dieser Bushaltestelle aufstehen, aber ich kann nicht. Mir ist, als wäre ich daran festgekettet.

Sie mag also gern Geschichten über Untreue hören, wenn sie mit ihrem Mann im Bett ist, und dann mit ihm dieselben Dinge tun, die er mit mir macht? Als er bei unserem ersten Mal das Präservativ vom Nachttisch nahm, hätte ich daraus schließen müssen, dass er bereits Erfahrung mit außerehelichen Beziehungen hatte. Aufgrund der Art, wie er mich besessen hat, hätte ich wissen müssen, dass ich nur eine von vielen war. Oft habe ich dieses Hotel mit diesem Gefühl und dem Wunsch verlassen, das sei nun das letzte Mal gewesen – und war mir gleichzeitig bewusst, dass ich mir einmal mehr etwas vormachte und dass ich, wenn er anrufen würde, sofort wieder bereit wäre an dem Tag und zu der Stunde, die er wollte.

Ja, das wusste ich alles. Und ich versuchte, mich selbst davon zu überzeugen, dass ich nur auf der Suche nach Sex und Abenteuer war. Aber das stimmte nicht ganz. Heute sehe ich, dass ich, obwohl ich das in all meinen schlaflosen Nächten und meinen leeren Tagen immer negiert habe, tatsächlich verliebt war. Leidenschaftlich sogar.

Ich weiß nicht, was ich machen soll. Ich stelle mir vor (in Wirklichkeit bin ich mir sicher), dass sich alle verheirateten Menschen immer mal wieder heimlich von jemand anderem angezogen fühlen. Das ist verboten, doch mit dem Feuer zu spielen gibt dem Leben den gewissen Kick. Aber nur wenige Menschen machen damit Ernst: einer von sieben, wie es in einem Artikel steht, den ich in der Zeitung gelesen habe. Und ich glaube, dass nur einer von hundert sich dermaßen von seinem Wunschdenken bestimmen und täuschen lässt, wie ich es tat. Für die meisten ist es nichts weiter als ein kurzes Abenteuer, etwas, von dem man von Anfang an weiß, dass es nicht lange hält. Ein paar Gefühlswallungen, die Sex erotischer machen, und ein im Augenblick des Orgasmus herausgeschrienes »Ich liebe dich«, nichts weiter.

Und wenn mein Mann eine Geliebte hätte, wie würde ich dann reagieren? Ich wäre radikal. Ich würde sagen, dass das Leben mir gegenüber ungerecht ist, dass ich nichts wert bin, dass ich alt werde. Ich würde einen Aufstand machen, stundenlang vor Eifersucht, in Wirklichkeit aber vor Neid weinen – er bringt es fertig, und ich nicht. Ich würde sofort türenschlagend aus dem Zimmer rennen und mit den Kindern zu meinen Eltern ziehen. Zwei oder drei Monate später würde es mir leidtun, ich würde irgendeinen Vorwand suchen, um zurückzukehren, und mir vorstellen, dass er sich dies auch wünschen würde. Nach vier Monaten würde mir der Gedanke Angst machen, mit einem anderen Mann noch einmal von vorn anfangen zu müssen. Nach fünf Monaten würde ich nach einer Möglichkeit suchen, ihn davon zu überzeugen, es »den Kindern zuliebe« noch einmal zu versuchen, aber es wäre zu spät: Er würde inzwischen mit einer Geliebten zusammenleben, die sehr viel jünger, hübscher und voller Energie wäre und dafür sorgen würde, das Leben für ihn wieder prickelnd zu machen.

Das Telefon klingelt. Mein Chef fragt, wie es meinem Sohn geht. Ich sage, dass ich gerade an einer lauten Bushaltestelle sei und ihn deshalb nicht gut verstehen könne, dass aber alles wieder in Ordnung sei und ich in Kürze in der Redaktion sein würde.

Ein Mensch, der voller Angst ist, tut sich schwer, sich der Realität zu stellen. Er zieht es vor, sich hinter seinen Phantasien zu verstecken. Ich kann nicht eine Stunde länger in diesem Zustand verbringen, ich muss mich sofort wieder fangen. Die Arbeit wartet auf mich, und vielleicht hilft sie mir.

Ich verlasse die Bushaltestelle und gehe zurück

zu meinem Wagen. Ich schaue auf die welken Blätter auf dem Boden. Denke, dass sie in Paris längst weggefegt worden wären. Aber wir sind in Genf, einer viel reicheren Stadt, doch sie liegen immer noch da. Irgendwann hingen diese Blätter an einem Baum, der sich jetzt auf den Winter vorbereitet. Hat dieser Baum etwa dem grünen Mantel, der ihn umhüllte und ihm erlaubte, zu atmen, Wertschätzung entgegengebracht? Nein. Hat er an die Insekten gedacht, die dort lebten und halfen, ihn zu befruchten und damit am Leben zu erhalten? Nein. Der Baum denkt nur an sich: Wenn die Zeit gekommen ist, wirft er die Blätter ab und damit auch die darauf lebenden Insekten.

Ich bin wie eines dieser Blätter auf dem Boden, das im Glauben lebte, es lebe ewig, und das starb, ohne genau zu wissen warum; das über eine lange Zeit die Sonne und den Mond geliebt und gesehen hat, wie die Busse vorbeifuhren und die Straßenbahnen lärmten, doch niemand hat je die Liebenswürdigkeit besessen, es darauf vorzubereiten, dass einst der Winter kommen wird. Die Blätter haben das Leben genossen, bis sie eines Tages gelb wurden und der Baum ihnen adieu sagte.

Er sagte nicht »auf Wiedersehen«, sondern

»adieu«, weil er wusste, dass sie nie wieder zurückkehren würden. Er bat den Wind um Hilfe, um sie so schnell wie möglich von seinen Zweigen zu lösen und sie weit wegzutragen. Der Baum weiß, er kann nur wachsen, wenn es ihm gelingt, sich auszuruhen. Und wenn er wächst, wird er respektiert werden. Und er wird noch schönere Triebe und Blüten hervorbringen.

Es reicht. Die beste Therapie für mich ist jetzt die Arbeit. Ich habe geweint, bis ich keine Tränen mehr hatte, ich habe über alles nachgedacht, aber beides hat mir nicht die erhoffte Befreiung gebracht.

Ich gehe zurück in die Straße, in der ich geparkt habe, und stoße auf einen dieser Polizisten in rotblauer Uniform, der gerade das Kennzeichen meines Wagens mit seinem kleinen Gerät einscannt.

»Ist das Ihr Wagen?«

»Ja.«

Er fährt mit seiner Arbeit fort. Ich sage nichts. Das eingescannte Kennzeichen ist bereits im System aufgenommen, wurde zur Zentrale geschickt, wird bearbeitet und zu einer Korrespondenz mit dem diskreten Wappen der Genfer Polizei im Zellophanfenster der amtlichen Umschläge führen. Ich werde 30 Tage Zeit haben, um die 100 Schweizer Franken zu zahlen, aber ich kann das Bußgeld auch anfechten und 500 Schweizer Franken für einen Anwalt ausgeben.

»Sie sind zwanzig Minuten über der Zeit. Die Höchstparkzeit hier ist eine halbe Stunde.«

Ich nicke nur. Sehe, dass er überrascht ist – aber ich bitte ihn nicht, aufzuhören, sage nicht, dass ich das nie wieder tun würde. Ich bin auch nicht losgerannt, um ihn bei seiner Arbeit zu unterbrechen, als ich ihn neben meinem Wagen stehen sah. Ich hatte keine der Reaktionen gezeigt, die er gewohnt ist.

Aus dem Gerät, das mein Kennzeichen eingescannt hat, kommt ein Ticket heraus, als wären wir in einem Supermarkt. Er steckt es in einen Plastikumschlag (um es vor Regen und Schnee zu schützen) und wendet sich zur Windschutzscheibe, um es hinter den Scheibenwischer zu klemmen. Ich drücke auf den Knopf des Wagenschlüssels, die Lichter des Wagens blinken und zeigen an, dass die Türschlösser entriegelt wurden.

Der Beamte merkt, dass er gerade etwas Unüberlegtes tun wollte, aber wie ich wird er vom

Autopiloten gesteuert. Das Geräusch der Türschlösser, die gerade entriegelt wurden, weckt
ihn. Da wendet er sich mir zu und übergibt mir
das Strafmandat.

Wir machen uns beide zufrieden auf den Weg.
Er, weil er keine Klagen ertragen musste; ich, weil
ich etwas von dem erhalten habe, was ich verdiene: eine Strafe.

Ich weiß nicht – aber ich werde es bald herausbekommen –, ob mein Mann sich nur ungeheuer beherrscht oder ob er dem, was passiert ist, überhaupt keine Bedeutung beimisst. Ich komme rechtzeitig nach Hause, nach einem weiteren Arbeitstag, an dem ich ziemlich witzlose Themen bearbeitet habe: die Ausbildung von Fluglotsen, das Überangebot an Weihnachtsbäumen, die Einführung einer elektronischen Steuerung für Schienenkreuzungen. Da ich weder körperlich noch geistig zu mehr fähig war, hat mir das eine gewisse Befriedigung verschafft.

Ich koche das Abendessen, als wäre heute ein weiterer dieser ungezählten gemeinsamen, immer gleich verbrachten Abende. Wir sehen etwas fern. Die Kinder gehen vor uns hinauf in ihre Zimmer, angelockt von ihren Tablet-PCs und von den Games, bei denen sie je nachdem Terroristen oder Soldaten töten.

Ich räume die Spülmaschine ein, während mein Mann versucht, unsere Kinder zum Schlafen zu bringen. Bislang haben wir nur über Pflichten geredet. Ich kann nicht sagen, ob das immer so war oder ob er heute irgendwie anders ist. Ich werde es bald erfahren.

Während er oben ist, mache ich das erste Mal in diesem Winter Feuer im Kamin an: Es beruhigt mich, in die Flammen zu schauen. Ich werde meinem Mann etwas enthüllen, von dem ich annehme, dass er es bereits weiß, und ich brauche alle nur erdenklichen Verbündeten. Deshalb öffne ich auch eine Flasche Wein. Ich bereite ein Brett mit verschiedenen Käsesorten vor. Ich fühle mich weder betrübt noch ängstlich. Ich habe dieses Doppelleben satt. Was auch immer heute geschieht, es wird anschließend besser für mich sein. Wenn unsere Ehe enden muss, dann möge es so sein: an einem kalten Tag, kurz vor Weihnachten, während wir in die Flammen blicken und miteinander sprechen wie zivilisierte Menschen.

Er kommt herunter, sieht, was ich vorbereitet habe, und sagt nichts. Er macht es sich neben mir auf dem Sofa bequem und schaut wie ich ins Feuer. Er trinkt seinen Wein, und ich will ihm nachschenken, aber er macht ein Zeichen mit der Hand, dass er genug hat.

Ich mache eine überflüssige Bemerkung: Heute ist die Temperatur unter null. Er nickt.

Offenbar muss ich die Initiative ergreifen.

»Es tut mir wirklich leid, was gestern beim Abendessen passiert ist …«

»Das war nicht deine Schuld. Diese Frau ist sehr eigenartig. Bitte lass uns nicht mehr zu solchen Anlässen gehen«, sagt er mit ruhiger Stimme. Aber wir lernen schon als Kind, dass es vor den schlimmsten Stürmen immer einen Augenblick gibt, in dem der Wind aufhört zu wehen und alles ganz ruhig wirkt.

Ich bleibe beim Thema. Marianne habe Eifersucht gezeigt, indem sie sich hinter der Maske einer fortschrittlichen und liberalen Frau versteckte.

»Das stimmt. Die Eifersucht ist jenes Gefühl, das uns immer wieder sagt: ›Achtung, du kannst den Menschen auch verlieren, um den du dich so sehr bemüht hast.‹ Aber dieses Gefühl macht uns auch blind für den Rest, für alles, was wir voller Freude erlebt haben, für die glücklichen Augenblicke und die in diesen Augenblicken geschaffenen Bindungen. Wie kommt es nur, dass Liebe in Hass umschlagen und die Geschichte eines Paares ganz und gar auslöschen kann?«

Er bereitet das Terrain vor, damit ich alles sage, was ich zu sagen habe. Und fährt fort:

»Jeder kennt solche Tage, an denen er oder sie sich sagt: ›Na ja, mein Leben entspricht nicht ganz meinen Erwartungen.‹ Aber wenn das Leben fragen würde, was du für es getan hast, was wäre dann deine Antwort?«

»Ist die Frage an mich gerichtet?«

»Nein. Ich frage mich das selber. Nichts geschieht von ganz allein, man muss sich darum bemühen. Und man muss auch daran glauben. Und dafür müssen wir die Schranken unserer Vorurteile einreißen, und das verlangt Mut. Um Mut zu haben, muss man seine Angst überwinden. Und so weiter und so fort. Lass uns mit unserem bisherigen Leben Frieden schließen. Wir dürfen nicht vergessen, dass das Leben auf unserer Seite steht. Das Leben selber möchte auch besser werden. Lass uns ihm helfen!«

Ich schenke mir noch ein Glas Wein ein. Er legt Holz im Kamin nach. Wann werde ich den Mut für ein Geständnis aufbringen?

Er scheint mich aber nicht reden lassen zu wollen.

»Träumen ist nicht so einfach, wie es aussieht. Ganz im Gegenteil. Es kann gefährlich sein. Wenn wir träumen, setzen wir mächtige Energien in Gang und können vor uns selbst den wahren

Sinn unseres Lebens nicht mehr verbergen. Wenn wir träumen, wählen wir auch den Preis, den wir zahlen werden.«

Jetzt. Je länger ich warte, umso mehr Leid werde ich uns beiden zufügen.

Ich hebe das Glas, proste ihm zu und sage, dass es etwas in meinem Leben gibt, das mich belastet. Er antwortet, dass wir darüber ja bereits im Restaurant Le Vallon gesprochen hätten, als ich ihm mein Herz geöffnet und über meine Angst gesprochen habe, unter Depressionen zu leiden. Ich erkläre, dass ich nicht das meine.

Er unterbricht mich und fährt mit seinen Gedanken fort: »Hinter einem Traum herzujagen hat immer einen Preis. Es kann bedeuten, dass wir unsere Gewohnheiten aufgeben müssen, es kann dazu führen, dass wir Schwierigkeiten überwinden müssen, es kann zu Enttäuschungen führen. Aber so hoch der Preis auch sein mag, er ist nie so hoch wie der Preis, den derjenige zahlt, der nicht gelebt hat. Denn dieser Mensch wird eines Tages zurückblicken und sein eigenes Herz sagen hören: ›Ich habe mein Leben vertan.‹«

Er macht es mir nicht leicht. Nehmen wir einmal an, das, was ich zu sagen habe, wäre kein Unfug, wäre wirklich konkret, wahr, bedrohlich?

Er lacht.

»Ich habe die Eifersucht, die ich deinetwegen empfinde, beherrscht, und ich bin darüber glücklich. Weißt du, warum? Weil ich mich deiner Liebe immer würdig zeigen möchte. Ich muss um unsere Ehe kämpfen, um unsere Verbindung, und das hat nichts mit unseren Kindern zu tun. Ich liebe dich. Ich würde alles, wirklich alles und jedes ertragen, um dich immer an meiner Seite zu haben. Aber ich kann dich nicht daran hindern, eines Tages wegzugehen. Wenn dieser Tag einmal kommen sollte, bist du frei, zu gehen und dein Glück anderswo zu suchen. Meine Liebe zu dir ist stärker als alles, und ich würde dich niemals daran hindern, glücklich zu sein.«

Meine Augen füllen sich mit Tränen. Bis jetzt weiß ich nicht genau, worüber er redet. Ob es sich nur um ein Gespräch über Eifersucht handelt oder ob er mir eine Botschaft übermittelt.

»Ich habe keine Angst vor der Einsamkeit«, fährt er fort. »Ich habe Angst davor, mit Illusionen zu leben, das Leben so zu sehen, wie ich es gerne hätte, und nicht so, wie es wirklich ist.«

Er nimmt meine Hand.

»Du bist ein Segen in meinem Leben: Vielleicht bin ich nicht der beste Ehemann der Welt, weil ich fast nie meine Gefühle zeige. Ich weiß, dass dir das fehlt, und ich weiß auch, dass du deshalb glauben könntest, du seist nicht wichtig für mich, dass du dich unsicher fühlst. Aber so ist es nicht. Wir sollten uns häufiger vor den Kamin setzen und miteinander sprechen, aber nicht über Eifersucht. Weil mich das nicht interessiert. Wer weiß, vielleicht wäre es gut, wenn wir beide verreisen würden, nur wir beide? Silvester in einer anderen Stadt verbringen oder sogar an einem Ort, den wir schon kennen?«

Und die Kinder?

»Ich bin sicher, dass die Großeltern sich riesig freuen würden, sich um sie zu kümmern.«

Und schließlich sagt er: »Wenn man liebt, muss man auf alles vorbereitet sein. Denn die Liebe gleicht den Bildern in einem Kaleidoskop, einem, wie wir es als Kinder hatten. Sie verändern sich ständig und sind nie gleich. Wer dies nicht begreift, ist dazu verdammt, wegen etwas zu leiden, das eigentlich dazu da ist, uns glücklich zu machen. Und weißt du, was das Schlimmste ist? Menschen wie diese Frau, die immer besorgt darüber sind, was die anderen über ihre Ehe denken könnten. Mir ist das gleichgültig. Für mich zählt nur, was du denkst.«

Ich lege meinen Kopf an seine Schulter. Alles, was ich zu sagen hatte, hat an Bedeutung verloren. Er weiß, was los ist, und schafft es, mit dieser Situation auf eine Art und Weise umzugehen, zu der ich niemals imstande wäre.

Das ist ganz einfach: Solange man nicht illegal handelt, ist es erlaubt, Gewinne auf den Finanzmärkten zu machen oder Verluste.«

Der Ex-Magnat, den ich gerade interviewe, versucht, die Attitüde eines der reichsten Männer der Welt aufrechtzuerhalten. Aber sein Vermögen hat sich in weniger als einem Jahr in Luft aufgelöst, als die großen Finanziers herausbekommen haben, dass er Träume verkaufte. Ich versuche, Interesse an dem zu zeigen, was er getan hat. Schließlich habe ich meinen Chef darum gebeten, die Artikelserie über unorthodoxe Lösungen zur Stressbewältigung aufgeben und mich anderen Themen zuwenden zu dürfen.

Es ist eine Woche her, seit ich Jacobs SMS erhalten habe, in der er schrieb, ich hätte alles kaputtgemacht. Eine Woche, seit ich weinend durch die Straßen geirrt bin, woran mich bald ein Strafzettel wegen Verkehrsverordnungswidrigkeit erinnern wird. Eine Woche seit jenem Gespräch mit meinem Mann.

»Man muss wissen, wie man eine Idee verkauft,

davon hängt ab, ob man Erfolg hat«, fährt der Ex-Magnat fort.

Mein Teuerster, denke ich, trotz Ihrer wichtigtuerischen Art, Ihrer Aura von Seriosität und der Suite in diesem Luxushotel mit der großartigen Aussicht; trotz des von einem Londoner Schneider tadellos geschnittenen Anzugs, trotz dieses Lächelns und dieses sorgfältig gefärbten Haars mit den paar weißen Fäden, die den Eindruck von »Natürlichkeit« erwecken sollen; trotz der Sicherheit, mit der Sie sprechen und sich bewegen – von einem habe ich mehr Ahnung als Sie: Es reicht nicht einfach, nur loszuziehen und eine Idee verkaufen zu wollen. Man muss jemanden finden, der sie kauft. Das gilt für Geschäfte ebenso wie für die Politik oder die Liebe.

Ich nehme an, mein teurer Ex-Millionär, dass Sie wissen, wovon ich rede: Sie haben Ihre Assistenten, die Ihnen Graphiken und Präsentationen vorbereiten, die Sie zeigen können … Aber die Leute wollen Ergebnisse sehen. Auch die Liebe verlangt Ergebnisse, mögen auch alle sagen, dass das nicht stimmt, dass der Akt des Liebens sich aus sich selbst heraus rechtfertigt. Ist das so? Ich könnte in meinem Pelzmantel, den mein Mann auf einer Geschäftsreise in Russland gekauft hat, im Jardin Anglais spazieren gehen, die Parkanlage betrachten, zum Himmel emporschauen und lächelnd sagen: »Ich liebe, und das reicht.« Entspräche das der Wahrheit?

Selbstverständlich nicht. Ich liebe, aber als Gegenleistung möchte ich etwas Konkretes – Händchenhalten, Küsse, heißen Sex, einen Traum, den ich teilen kann, die Möglichkeit, eine Familie zu gründen, Kinder großzuziehen, an der Seite des geliebten Menschen alt zu werden.

»Wir brauchen für jeden Schritt, den wir tun, ein klar definiertes Ziel«, erklärt die mitleiderregende Figur, die ich vor mir habe, mit einem gespielt zuversichtlichen Lächeln. Ich befinde mich offenbar wieder am Rande des Wahnsinns. Ich verbinde letztlich absolut alles, was ich höre oder lese, mit meiner eigenen Gefühlslage, sogar dieses öde Interview mit diesem Langweiler. Ich denke vierundzwanzig Stunden am Tag daran – wenn ich durch die Straßen gehe, koche oder kostbare Augenblicke meines Lebens damit vergeude, mir Dinge anzuhören, die mich, anstatt abzulenken, immer weiter zu dem Abgrund hinschieben, in den ich zu stürzen drohe.

»Optimismus ist ansteckend …«

Der Ex-Magnat hört nicht auf zu reden, ist

sicher, dass er mich überzeugen kann, dass ich das in der Zeitung veröffentlichen werde und es für ihn wieder bergauf geht. Es ist großartig, solche Leute zu interviewen. Wir müssen nur eine Frage stellen, und schon reden sie eine Stunde lang. Anders als bei meinen Unterhaltungen mit dem kubanischen Schamanen höre ich keinem seiner Worte aufmerksam zu. Das Aufnahmegerät läuft, und später werde ich diesen Monolog auf 600 Wörter einkürzen, was mehr oder weniger vier Minuten Gesprächszeit entspricht.

Optimismus sei ansteckend, behauptet er.

Wäre es so, reichte es, mit einem breiten Lächeln voller Pläne und Ideen zum geliebten Menschen zu gehen und zu wissen, wie man das Ganze präsentiert. Funktioniert das? Nein. Wirklich ansteckend ist die Angst, die ständige Furcht, niemals jemandem zu begegnen, der uns bis zum Ende unserer Tage begleitet. Und im Namen dieser Angst sind wir imstande, was auch immer zu tun, den falschen Menschen zu akzeptieren und uns einzureden, dass er der Richtige, der Einzige ist – der Mensch, den Gott uns für unseren Weg bestimmt hat. In kürzester Zeit verwandelt sich in scheinbar aufrichtige Liebe, was zuvor nur ein Wunsch nach Sicherheit war, die Dinge sind dann weniger bitter und schwierig, und unsere wahren Gefühle können dann in einer Schublade ganz hinten in unserem Kopf verstaut werden, wo sie für andere verborgen und unsichtbar bleiben.

»Man sagt, ich sei einer der bestvernetzten Menschen in meinem Land. Ich habe Beziehungen, kenne andere Unternehmer, Politiker. Klar befinden sich meine Unternehmen vorübergehend in Schieflage. Doch bald werde ich wieder obenauf sein, mein Comeback feiern.«

Ich bin auch eine gutvernetzte Person, kenne dieselbe Art von Leuten, die er kennt. Aber ich will kein Comeback, ich will mein früheres Leben nicht wiederhaben. Ich will nur eins: das zivilisierte Ende einer dieser »Beziehungen«.

Denn Dinge, die nicht eindeutig zu Ende gebracht werden, lassen immer eine noch nicht genutzte Möglichkeit, eine Chance offen, dass alles noch einmal so sein könnte wie vorher. Nein, das will ich nicht, obwohl viele meiner Bekannten sich gern noch ein Hintertürchen offenhalten.

Bin ich etwa dabei, die Wirtschaft mit der Liebe zu vergleichen? Versuche ich, eine Parallele zwischen der Finanz- und der Gefühlswelt zu ziehen?

Seit einer Woche habe ich nichts mehr von

Jacob gehört. Es ist auch eine Woche her, seit meine Beziehung zu meinem Mann nach jenem Abend vor dem Kamin wieder zur Normalität zurückgekehrt ist. Ob es uns beiden gelingen wird, unsere Ehe zu kitten?

Bis zum Frühling dieses Jahres war ich ein normaler Mensch. Eines Tages entdeckte ich, dass alles, was ich hatte, von einer Stunde auf die andere verschwinden könnte, und anstatt darauf normal, wie ein intelligenter Mensch zu reagieren, geriet ich in Panik. Das führte zu Trägheit. Zu Apathie. Zur Unfähigkeit, zu reagieren und etwas zu ändern, mich zu verändern. Nach vielen schlaflosen Nächten und ebenso vielen Tagen, an denen ich das Leben nicht mehr lebenswert fand, tat ich genau das, wovor ich mich am meisten fürchtete: Ich ging in die entgegengesetzte Richtung, forderte die Gefahr heraus. Ich weiß, dass ich damit nicht allein dastehe; Menschen haben nun mal diese Tendenz zur Selbstzerstörung. Zufällig, oder weil das Leben mich auf eine Probe stellen wollte, begegnete ich jemandem, der mich an den Haaren packte – sowohl im wörtlichen als auch im übertragenen Sinn –, der mich schüttelte, den Staub wegpustete, der sich angesammelt hatte, und der mich wieder atmen ließ.

Alles vollkommen trügerisch. Diese Art von Glücksgefühl, das Drogenabhängige angeblich erleben. Früher oder später lässt die Wirkung der Droge nach, und die Verzweiflung wird noch größer.

Der Ex-Magnat beginnt über Geld zu sprechen. Ich hatte ihn nicht danach gefragt, aber er tut es dennoch. Es drängt ihn zu sagen, dass er nicht arm ist, dass er seinen Lebensstil noch jahrelang aufrechterhalten kann.

Ich halte es hier nicht länger aus. Ich danke für das Interview, schalte das Aufnahmegerät aus und will gerade meinen Mantel nehmen. Da schlägt er vor: »Sind Sie heute Abend frei? Wir könnten einen Drink nehmen und dieses Gespräch irgendwo anders fortsetzen.«

Das passiert mir nicht zum ersten Mal. Es ist bei mir tatsächlich fast die Regel. Ich bin hübsch und, auch wenn Madame König es nicht wahrhaben will, intelligent und habe dank meines Charmes schon oft Menschen – natürlich Männer – dazu gebracht, Dinge auszuplaudern, die sie normalerweise Journalisten nicht sagen würden, und mich sogar immer darauf hinwiesen, dass ich alles, was sie sagten, auch veröffentlichen dürfe. Aber die Männer ... ach, die Männer! Auch wenn sie alles Mögliche und Unmögliche tun, um ihre Schwächen zu verbergen, jedes achtzehnjährige Mädchen kann sie manipulieren, ohne sich dafür besonders anzustrengen.

Ich danke für die Einladung und sage, ich hätte für diesen Abend schon eine Verabredung. Ich bin versucht, ihn zu fragen, wie seine neueste Freundin auf die Welle negativer Nachrichten über ihn und den Zusammenbruch seines Imperiums reagiert hat. Aber ich kann es mir auch so vorstellen, und daran ist die Zeitung nun wirklich nicht interessiert.

Ich verlasse das Hotel, überquere die Straße und gehe zum Jardin Anglais, von dem ich mir kurz zuvor noch vorgestellt hatte, wie ich dort umherschlendere. Ich gehe weiter zu einer italienischen Eisdiele an der Ecke der Rue du XXXI Décembre. Mir gefällt der Name dieser Straße, denn er erinnert mich daran, dass dieses Jahr sich dem Ende zuneigt und damit die Zeit der guten Vorsätze fürs nächste Jahr beginnt.

Ich bitte um ein Pistazieneis mit Schokosplittern. Ich gehe bis zum Quai, esse mein Eis, während ich auf die Fontäne hinausblicke, die wenige Meter vor mir hoch in den Himmel aufsteigt und als Vorhang aus winzigen Wassertropfen wieder herabfällt. Neben mir machen Touristen Fotos, die womöglich schlecht belichtet sind, weil sie im Gegenlicht aufgenommen werden. Wäre es nicht besser, eine Postkarte zu kaufen?

Ich habe auf dieser Welt schon viele Denkmäler und Wahrzeichen besichtigt. Imposante Männer, deren Namen längst vergessen sind, die aber noch immer auf ihren schönen Pferden sitzen. Frauen, die Kränze und Schwerter zum Himmel heben und Siege darstellen, die in keinem Schulbuch mehr stehen. In Stein gehauene einsame, namenlose Kinder, die ihre Unschuld in den Stunden und Tagen verloren, in denen sie für irgendeinen Bildhauer posieren mussten, den die Geschichte ebenfalls vergessen hat.

Und sieht man von ein paar Ausnahmen ab, werden nicht Statuen zu Wahrzeichen von Städten, sondern ganz unerwartete Dinge. Als Eiffel für die Weltausstellung einen stählernen Turm baute, konnte er nicht ahnen, dass dieser – Louvre hin, Arc de Triomphe her – zu *dem* Wahrzeichen von Paris werden würde. Ein Apfel steht für New York. Eine nicht allzu befahrene Brücke ist das Wahrzeichen von San Francisco. Eine Brücke, und zwar die über den Tejo, findet sich auf den

Postkarten von Lissabon. Barcelona hat eine un-vollendete Kathedrale als Wahrzeichen.

Auch das Wahrzeichen von Genf ist so eine Überraschung. Genau an der Stelle, wo der Gen-fersee in die Rhone mündet und eine starke Strö-mung erzeugt, wurde 1885 ein Wasserkraftwerk gebaut. Aber wenn damals die Arbeiter nach Hause gingen und die Ventile schlossen, wurde der Druck zu hoch und drohte die Turbinen zu zerstören.

Bis ein Ingenieur auf die Idee mit der Fontäne kam – als Überdruckventil.

Im Laufe der Zeit löste die Ingenieurskunst das Problem des Überdrucks auf andere Weise, und die Fontäne wurde überflüssig. Doch in einer Volksabstimmung beschlossen die Genfer Bür-ger, die Fontäne zu behalten. Die Stadt besaß viele Springbrunnen, und dieser lag mitten im See. Was war zu tun, um die Fontäne sichtbarer zu machen?

Und so entstand das sich wandelnde Denk-mal. Starke Pumpen wurden installiert, und heute ist der Jet d'eau eine Fontäne, die 500 Liter Was-ser in der Sekunde mit einer Geschwindigkeit von 200 Stundenkilometern in die Höhe schie-ßen lässt. Es heißt, und ich kann das bestätigen, dass man ihn sogar aus einem in 10 000 Metern Höhe fliegenden Flugzeug sehen kann. Der »Jet d'eau« ist das Wahrzeichen von Genf, obwohl es bei uns an Standbildern von Männern zu Pferde, heroischen Frauen und einsamen Kindern nicht mangelt.

Einmal fragte ich Denise, eine Schweizer Wissenschaftlerin, was sie vom Jet d'eau halte.

»Unser Körper besteht fast vollständig aus Wasser, durch das elektrische Ströme fließen, die Informationen weiterleiten. Eine dieser Informationen heißt Liebe und kann den ganzen Organismus beeinflussen. Die Liebe ändert sich ständig. Ich denke, das Wahrzeichen von Genf ist das schönste von Menschenhand geschaffene Denkmal für die Liebe, denn auch sie wandelt sich ständig.«

Ich rufe vom Handy aus in Jacobs Büro an. Klar, ich könnte auch seine direkte Nummer anrufen, aber das will ich nicht. Ich spreche mit seinem Assistenten und kündige an, dass ich auf dem Weg zu seinem Chef bin.

Der Assistent kennt mich bereits. Er bittet mich, am Apparat zu bleiben, er werde mir gleich bestätigen, ob Monsieur König mich empfangen kann. Eine Minute später kommt er zurück und entschuldigt sich, der Terminkalender sei leider voll, vielleicht gleich nach Neujahr? Ich sage, nein, ich müsse ihn sofort sehen; es sei dringend.

»Es ist dringend« öffnet nicht immer alle Türen, aber in diesem Fall bin ich sicher, dass meine Chancen gut stehen. Diesmal braucht der Assistent zwei Minuten. Er fragt, ob es Anfang der nächsten Woche sein könne. Ich teile ihm mit, dass ich in zwanzig Minuten dort sein werde.

Ich danke ihm und lege auf.

Jacob fordert mich auf, mich umgehend wieder anzuziehen – schließlich sei sein Büro ein Ort, der mit öffentlichen Geldern finanziert werde, und ihm drohe, falls es herauskäme, möglicherweise eine Gefängnisstrafe. Ich sehe mir die mit geschnitzten Holzpaneelen getäfelten Wände und die schönen Fresken an der Decke aufmerksam an. Ich liege noch immer vollkommen nackt auf dem schon ziemlich abgenutzten Ledersofa.

Er wird immer nervöser. Er hat bereits das Jackett wieder angezogen und die Krawatte umgebunden, schaut ängstlich auf die Uhr. Die Mittagszeit ist zu Ende. Sein Assistent ist schon zurück; er hat diskret an die Tür geklopft, ein »Ich befinde mich gerade in einem Meeting!« als Antwort gehört und nicht weiter insistiert. Seither sind vierzig Minuten vergangen – was dazu geführt haben wird, dass einige wichtige offizielle Termine mittlerweile abgesagt oder verschoben werden mussten.

Als ich ankam, hatte Jacob mich begrüßt und mir sehr höflich den Stuhl vor seinem Schreibtisch angeboten. Ich brauchte meine weibliche Intuition nicht, um zu merken, wie erschrocken er war. Was der Grund für meinen Besuch sei? Ob ich nicht verstehe, dass sein Terminkalender voll sei, schließlich stünden die Parlamentsferien kurz bevor und er müsse noch einige wichtige Dinge regeln. Ob ich die SMS, die er geschickt habe, nicht gelesen hätte, in der er mir schrieb, dass seine Frau jetzt wisse, dass zwischen uns etwas sei? Wir müssten abwarten, Gras über die Sache wachsen lassen, bevor wir uns wieder treffen könnten.

»Selbstverständlich habe ich alles abgestritten. Ich habe so getan, als hätten mich ihre Andeutungen zutiefst schockiert. Ich sagte ihr, sie habe mich bloßgestellt. Dass ich genug von diesen Unterstellungen hätte. Hatte sie nicht selbst gesagt, dass Eifersucht ein Zeichen für Unterlegenheit sei? Sie antwortete nur: ›Sei nicht albern. Ich beklage mich doch überhaupt nicht, ich sage nur, dass ich jetzt weiß, warum du zuletzt so reizend und höflich warst. Es war –‹«

Ich ließ ihn den Satz nicht beenden. Ich stand auf und packte ihn am Kragen. Er schreckte zurück, wohl aus Angst, ich könnte handgreiflich werden. Stattdessen gab ich ihm einen langen

Kuss. Jacob zeigte keine Reaktion, denn er glaubte, dass ich gekommen sei, um einen Aufstand zu machen. Aber ich fuhr fort, ihn auf den Mund und den Hals zu küssen, während ich seinen Krawattenknoten löste.

Er schob mich weg. Ich gab ihm eine leichte Ohrfeige.

»Ich muss nur zuerst die Tür abschließen. Auch ich hatte Sehnsucht.«

Er ging quer durch das mit Möbeln aus dem 19. Jahrhundert schön eingerichtete Büro, drehte den Schlüssel im Schloss, und als er zurückkam, stand ich bis auf den Slip nackt vor ihm.

Während ich ihm die Kleidung vom Leib riss, begann er an meinen Brüsten zu saugen. Ich stöhnte vor Lust, er hielt mir den Mund zu, ich aber warf den Kopf hin und her und fuhr fort, leise zu stöhnen.

»Stell dir vor, auch mein Ruf steht auf dem Spiel. Mach dir also keine Sorgen.«

Das war der einzige Augenblick, in dem wir aufhörten und ich etwas sagte. Dann kniete ich nieder und begann an ihm zu saugen. Wieder hielt er meinen Kopf, gab den Rhythmus vor – schneller, immer schneller. Aber ich wollte nicht, dass er in meinem Mund kam. Ich schob ihn weg

und ging zu dem Ledersofa, legte mich mit ge-
spreizten Schenkeln darauf. Er hockte sich hin
und begann meine Klitoris zu lecken. Bei meinem
ersten Orgasmus biss ich mir in die Hand, um
nicht zu schreien. Die Welle der Lust schien nicht
aufzuhören, und ich biss mir weiter in die Hand.

Dann rief ich seinen Namen, sagte, er solle in
mich eindringen und alles tun, wozu er Lust
habe. Er drang in mich ein, packte mich an den
Schultern, schüttelte mich wie wild. Er drückte
meine Beine zu den Schultern hoch, damit er
tiefer in mich eindringen konnte. Er wurde immer schneller, aber ich befahl ihm, noch nicht zu
kommen. Ich wollte mehr und mehr und mehr.
Er positionierte mich auf allen vieren wie einen
Hund auf den Fußboden, schlug mich und drang
wieder in mich ein, während ich unkontrolliert
meine Hüften bewegte. An seinem erstickten
Stöhnen bemerkte ich, dass er kurz davor war zu
kommen, dass er sich schon nicht mehr beherrschen konnte. Ich brachte ihn dazu, aus mir herauszugehen, drehte mich um und verlangte von
ihm, wieder in mich einzudringen, mir in die Augen zu schauen, die schmutzigen Dinge zu sagen,
die wir einander sonst immer sagten, wenn wir
uns liebten. Ich sagte die vulgärsten Sachen, die

eine Frau einem Mann sagen kann. Er rief leise meinen Namen, bat mich, ihm zu sagen, dass ich ihn liebe. Aber ich verlangte nur, dass er mich wie eine Prostituierte, wie ein Flittchen behandelte, dass er mich wie eine Sklavin benutzte, wie jemanden, der keine Achtung verdient.

Ich hatte Gänsehaut am ganzen Körper. Die Lust kam und ging in Wellen. Ich kam noch einmal und noch einmal, während er versuchte, seinen eigenen Orgasmus so lang wie möglich hinauszuzögern. Unsere Körper klatschten heftig gegeneinander, doch ihm war es bereits gleichgültig, ob wir von jemandem hinter der Tür gehört werden konnten. Ich hatte den Blick auf seine Augen gerichtet und hörte, wie er bei jeder Bewegung meinen Namen wiederholte, und begriff, dass er gleich kommen würde, aber kein Präservativ benutzte. Ich bewegte mich noch einmal und brachte ihn so dazu, aus mir herauszugehen, und rief, er solle auf meinem Gesicht kommen, in meinem Mund, und er solle mir sagen, dass er mich liebe.

Jacob tat genau, was ich befahl, während ich masturbierte und zusammen mit ihm kam. Dann umarmte er mich, legte seinen Kopf an meine Schulter, wischte meine Mundwinkel mit seinen

Händen ab und sagte immer wieder, dass er mich liebe und dass er mich sehr vermisst habe.

Aber jetzt will er, dass ich mich anziehe, und ich rühre mich nicht. Er ist wieder der brave Junge, den die Wähler bewundern. Er spürt, dass etwas nicht stimmt, aber weiß nicht, was es ist. Er beginnt zu begreifen, dass ich nicht nur hier bin, weil er ein wunderbarer Liebhaber ist.

»Was willst du?«

Einen Schlusspunkt setzen. Ein Ende machen, sosehr es mir auch das Herz bricht und mich emotional zerfetzt. Ihm in die Augen schauen und sagen, dass es zu Ende ist. Niemals mehr, niemals wieder.

In der vergangenen Woche habe ich unendlich gelitten. Ich habe mir die Augen ausgeweint und mir ausgemalt, dass ich gegen meinen Willen in die psychiatrische Anstalt neben dem Universitätsgebäude eingewiesen würde, in dem seine Frau arbeitet. Ich glaubte, in allem versagt zu haben, außer in meinem Beruf und als Mutter. Ich wusste nicht mehr, wollte ich leben oder sterben, träumte von allem, was ich mit ihm hätte erleben können – aber wir waren keine Teenager mehr, die in eine gemeinsame Zukunft blicken konnten. Dann kam der Augenblick, in dem ich begriff, dass ich an die Grenzen meiner Verzweiflung gelangt war, nicht noch tiefer sinken konnte, und als ich nach oben blickte, war dort eine Hand zu mir ausgestreckt: die Hand meines Mannes.

Auch er wird einen Verdacht gehabt haben, dennoch war seine Liebe stärker. Ich habe versucht, ehrlich zu sein, ihm alles zu erzählen und mir diese Last von der Seele zu reden, aber es war nicht notwendig. Er hat mich spüren lassen, dass er, egal welche Entscheidung ich jetzt traf, immer an meiner Seite sein würde, wodurch die Last plötzlich ganz leicht wurde.

Ich begriff, dass ich mich selber anklagte und mir an Dingen die Schuld gab, die er mir weder ankreidete noch mich dafür verurteilte. Ich sagte mir: »Ich bin dieses Mannes nicht würdig, er weiß nicht, wer ich bin.«

Aber er weiß es. Und das erlaubt mir, wieder Achtung vor mir selbst zu haben und mein Selbstwertgefühl wiederzuerlangen. Denn wenn ein Mann wie er, der keine Schwierigkeiten haben würde, schon am Tag nach unserer Trennung eine neue Gefährtin zu finden, dennoch an meiner Seite bleiben will, dann, weil ich etwas wert bin – weil ich viel wert bin.

Ich fand heraus, dass ich wieder an seiner Seite

schlafen konnte, ohne mich schmutzig zu fühlen oder das Gefühl zu haben, dass ich ihn betrog. Ich fühlte mich geliebt und fand, dass ich diese Liebe verdiente.

Ich raffe meine Kleider zusammen und gehe in Jacobs privates Bad. Er weiß, dass dies das letzte Mal ist, dass er mich nackt sieht.

»Vor uns liegt ein langer Heilungsprozess«, nehme ich den Faden wieder auf, als ich in Jacobs Büro zurückkomme. Er sehe das doch sicher auch so, und ich sei mir sicher, dass Marianne nur darauf warte, dass dieses Abenteuer ende, damit sie ihn wieder mit derselben Liebe und demselben Vertrauen wie vorher umarmen könne.

»Schon, aber sie schweigt sich aus. Sie hat begriffen, was zwischen uns ist, und hat sich noch mehr abgekapselt. Sie war nie zärtlich, aber jetzt wirkt sie wie ein Automat, vergräbt sich mehr denn je in ihrer Arbeit. Das ist ihre Art der Flucht.«

Ich zupfe meinen Rock zurecht, schlüpfe in meine Pumps, nehme ein Päckchen aus der Handtasche und lege es auf seinen Schreibtisch.

»Was ist das?«

Kokain.

»Ich wusste nicht, dass du …«

Er braucht nichts zu wissen, denke ich. Er braucht nicht zu wissen, wie weit ich im Kampf um den Mann zu gehen bereit war, in den ich hoffnungslos verliebt war. Die Leidenschaft ist immer noch da, aber die Flamme wird mit jedem Tag schwächer. Ich weiß, dass sie am Ende ganz erlöschen wird. Jeder Bruch ist schmerzhaft, und ich kann diesen Schmerz in jeder Faser meines Körpers spüren. Es ist das letzte Mal, dass ich Jacob allein sehe. Wir werden uns bei Partys und Cocktails, bei Wahlen und Pressekonferenzen wiedersehen, aber wir werden nie wieder so beieinander sein wie heute. Es war gut, auf diese Art und Weise Liebe gemacht zu haben und aufzuhören, wie wir angefangen haben: einander vollkommen hingegeben. Ich wusste, dass es das letzte Mal war; er nicht, aber er konnte nichts tun.

»Was soll ich damit?«

»Wirf es weg. Es hat mich ein kleines Vermögen gekostet, aber wirf es weg. So befreist du mich von der Sucht.«

Ich erkläre nicht, welche Sucht ich meine. Sie hat aber einen Namen: Jacob König. Ich sehe seine Überraschung und lächle. Ich verabschiede mich mit drei Wangenküssen und gehe hinaus. Im Vorraum winke ich seinem Assistenten zu. Der wendet den Kopf ab, tut so, als wäre er auf einen Stapel Papiere konzentriert, und murmelt nur etwas zum Abschied.

Als ich schon auf dem Gehweg stehe, rufe ich meinen Mann an und sage ihm, dass ich lieber Silvester zu Hause mit den Kindern verbringen würde. Wenn er verreisen wolle, dann an Weihnachten.

Wollen wir vor dem Abendessen noch eine Runde drehen?«

Ich nicke, rühre mich aber nicht. Ich starre in den Park vor dem Hotel und darüber hinaus auf die ewig schneebedeckte, von der Abendsonne angestrahlte Jungfrau.

Das menschliche Gehirn ist faszinierend: Wir vergessen einen Geruch, bis wir ihn erneut riechen, wir löschen eine Stimme aus der Erinnerung, bis wir sie erneut hören, und sogar Gefühle, die für immer begraben schienen, können wiedererweckt werden, wenn wir an denselben Ort zurückkehren.

Ich mache eine Zeitreise zurück bis zu unserem ersten Mal in Interlaken. Damals stiegen wir in einem billigen Hotel ab, gingen mehrfach zwischen den beiden Seen, dem Thuner- und dem Brienzersee, hin und her, und es war so, als würden wir jedes Mal noch einen neuen Weg entdecken. Mein Mann lief den verrückten Jungfrau-Marathon, dessen Strecke zum größten Teil in den Bergen verläuft. Er war stolz auf seinen Abenteuergeist, darauf, das Unmögliche zu erreichen, seinem Körper immer mehr abzuverlangen.

Er war nicht der einzige Verrückte, der dies machte: Es kamen Menschen aus allen Ecken der Welt, die Hotels waren voll, und man traf sich in den vielen Bars und Restaurants der kleinen Stadt mit ihren 5000 Einwohnern. Ich habe keine Vorstellung davon, wie Interlaken im Herbst ist, aber von meinem Fenster aus wirkt es leerer, ferner. Dieses Mal sind wir im besten Hotel am Platz abgestiegen, wir haben eine schöne Suite. Auf dem Tisch steht die Visitenkarte des Direktors. Sie lehnt mit ein paar Begrüßungsworten an einer Flasche Champagner, die wir bereits geleert haben. Mein Mann ruft mich. Ich kehre in die Wirklichkeit zurück, und wir gehen zusammen hinunter, um ein wenig durch die Straßen zu schlendern, bevor es dunkel wird.

Wenn er mich fragt, ob alles in Ordnung sei, werde ich lügen, denn ich möchte ihm die Freude nicht verderben. Tatsache aber ist, dass die Wunden in meinem Herzen nur langsam vernarben. Er erinnert sich an die Bank, auf die wir uns einmal morgens gesetzt haben, um Kaffee zu trinken, und wo wir von einem Paar ausländischer

Neo-Hippies angesprochen wurden, die Geld von uns wollten. Wir kommen an einer Kirche vorbei, die Glocken läuten, er küsst mich, und ich küsse ihn zurück, tue alles, um zu verbergen, was ich fühle.

Wir gehen wegen der Kälte nicht Hand in Hand – Handschuhe stören mich. Wir machen in einer sympathischen Bar halt und trinken ein Glas. Wir gehen bis zum Bahnhof. Er kauft das gleiche Souvenir, das er schon das letzte Mal gekauft hat – ein Feuerzeug mit dem Wappen der Stadt. Damals rauchte er noch und war zugleich Marathonläufer. Heute raucht er nicht mehr und findet, dass seine Lungenkapazität jeden Tag abnimmt. Er keucht immer, wenn wir schnell gehen, und obwohl er versucht, es zu überspielen, habe ich bemerkt, dass er, als wir am Ufer des Genfersees in Nyon gejoggt sind, erschöpfter war als sonst.

Mein Handy vibriert. Ich brauche eine Ewigkeit, bis ich es in meiner Tasche gefunden habe. Als ich es schließlich habe, hat der Anrufer schon aufgelegt. Auf dem Display sehe ich die Nummer meiner Jugendfreundin, derjenigen, die die Depression gehabt hat und dank der Psychopharmaka heute wieder ein glücklicher Mensch ist.

»Wenn du zurückrufen willst, mich stört es nicht.«

Ich frage, weshalb ich zurückrufen sollte. Ist er in meiner Gesellschaft nicht glücklich? Möchte er von Menschen unterbrochen werden, die nichts weiter zu tun haben, als mehrere Stunden mit absolut unwichtigen Gesprächen am Telefon zu verbringen?

Jetzt wird er ungehalten. Möglicherweise liegt es am Champagner und am Aquavit, den wir gerade getrunken haben. Seine Genervtheit beruhigt mich jedoch und macht mich gelassener: Ich gehe neben einem Menschen, der Emotionen und Gefühle hat. Wie fremd Interlaken für mich ohne den Marathon ist, sage ich, es wirkt wie eine Geisterstadt.

»Hier gibt es keine Skipisten.«

Es könnte sie auch gar nicht geben. Wir befinden uns mitten in einem Tal, eingerahmt von sehr hohen Bergen und Seen auf beiden Seiten der Stadt.

Ich schlage vor, in eine andere Bar zu gehen. Er bestellt noch zwei Aquavit. Das haben wir schon lange nicht mehr getan.

»Ich weiß, dass gerade zehn Jahre vergangen sind, aber als wir zum ersten Mal hier waren, war ich jung. Ich hatte Ambitionen, liebte offene Räume und ließ mich von dem Unbekannten nicht einschüchtern. Habe ich mich etwa sehr verändert?«

Du bist gerade 31 Jahre alt. Ist das vielleicht alt?

Er antwortet nicht. Er kippt den Alkohol in einem Mal hinunter und starrt ins Leere. Er ist nicht mehr der perfekte Ehemann, und das freut mich, so unglaublich das erscheinen mag.

Wir verlassen die Bar, kehren ins Hotel zurück. Am Weg gibt es ein schönes charmantes Restaurant, aber wir haben schon woanders reserviert. Es ist noch sehr früh – auf einem Schild steht, dass das Abendessen erst ab 19:00 Uhr serviert wird.

»Lass uns noch einen Aquavit trinken.«

Wer ist dieser Mann neben mir? Hat womöglich Interlaken verlorene Erinnerungen geweckt und die Büchse der Pandora geöffnet?

Ich sage nichts. Und beginne mich zu fürchten. Ich frage, ob wir unsere Reservation im italienischen Restaurant streichen lassen und hier zu Abend essen sollen.

»Ist egal.«

Ist egal? Fühlt er sich jetzt etwa so, wie ich

mich in meiner Haut fühlte, als ich glaubte, deprimiert zu sein?

Mir ist es nicht egal. Ich möchte in das Restaurant, in dem wir reserviert haben. In ebendas, in dem wir einst Liebesschwüre getauscht haben.

»Diese Reise war keine gute Idee. Ich möchte am liebsten morgen wieder zurückfahren. Ich hatte die besten Absichten: noch einmal den Beginn unserer Liebe zu feiern, aber ist das möglich? Selbstverständlich nicht. Wir sind erwachsen. Wir leben jetzt unter einem Druck, der vorher nicht da war. Wir müssen für die Ausbildung und das Wohlergehen unserer Kinder sorgen. Wir versuchen, uns an den Wochenenden zu vergnügen, weil alle Welt das so macht, und da wir keine Lust haben, aus dem Haus zu gehen, finden wir, dass etwas mit uns nicht in Ordnung ist.«

Ich habe auch keine Lust darauf. Ich möchte am liebsten gar nichts tun.

»Ich auch. Aber unsere Kinder? Sie möchten etwas anderes. Wir wollen nicht, dass sie die ganze Zeit mit ihren Computern auf ihren Zimmern verbringen. Sie sind zu jung dafür. Also zwingen wir uns, sie irgendwohin mitzunehmen, machen dasselbe, was unsere Eltern mit uns gemacht haben und was unsere Großeltern mit unseren Eltern machten. Ein normales Leben. Wir sind eine emotional stabile Familie. Wenn einer von uns Hilfe braucht, ist der andere immer bereit, alles Mögliche und Unmögliche zu tun.«

Ich verstehe. Wie beispielsweise an einen Ort voller Erinnerungen reisen.

Noch ein Glas Aquavit. Er schweigt lange, bevor er etwas zu meiner Bemerkung sagt.

»Genau, aber glaubst du, dass Erinnerungen die Gegenwart füllen können? Ganz im Gegenteil: Sie ersticken mich. Ich entdecke gerade, dass ich nicht mehr derselbe Mensch bin. Bis zu dem Augenblick, als wir hier angekommen sind und diese Flasche Champagner getrunken haben, war alles okay. Jetzt wird mir klar, dass ich weit davon entfernt bin, das zu erleben, wovon ich träumte, als ich zum ersten Mal in Interlaken war.«

Und wovon hatte er geträumt?

»Es war Blödsinn. Dennoch war es mein Traum. Und ich hätte ihn erfüllen können.«

Aber was war dieser Traum?

»Alles zu verkaufen, was ich damals hatte, ein Schiff zu kaufen und mit dir durch die Welt zu reisen. Mein Vater wäre fuchsteufelswild geworden, weil ich nicht in seine Fußstapfen trat, aber das wäre mir vollkommen gleichgültig gewesen. Wir hätten in Häfen Station gemacht, hin und wieder gearbeitet, und sobald wir das notwendige Geld zusammengehabt hätten, wären wir erneut in See gestochen. Wir hätten viele andere Menschen kennengelernt und Orte entdeckt, die in keinem Reiseführer stehen. Abenteuer. Mein einziger Wunsch war A-ben-teu-er.«

Er bestellt noch ein Glas Aquavit und trinkt es in einem Zug aus. Ich höre auf zu trinken, weil mir schon leicht übel ist; wir haben bis jetzt noch nichts gegessen. Ich würde gerne sagen, dass ich, wenn er sich seinen Traum erfüllt hätte, die glücklichste Frau der Welt gewesen wäre. Aber es ist besser zu schweigen, sonst fühlt er sich noch schlechter.

»Und dann kam das erste Kind.«

Aber was hätte das schon gemacht? Es wird Millionen von Paaren mit Kindern geben, die genau das tun, was er vorgeschlagen hat.

Er überlegt ein wenig.

»Millionen würde ich nicht sagen. Vielleicht Tausende.«

Sein Blick verändert sich; eben war er noch aggressiv, jetzt ist er traurig.

»Es gibt Augenblicke, in denen wir innehalten,

um alles zu analysieren: unsere Vergangenheit und unsere Gegenwart. Was wir gelernt haben und wie viel wir falsch gemacht haben. Ich hatte immer Angst vor diesen Augenblicken. Ich schaffe es, sie zu umgehen, indem ich behaupte, dass ich die besten Entscheidungen getroffen habe, dass sie meinerseits aber immer ein kleines Opfer verlangt hätten. Nichts weiter Ernstes.«

Ich schlage vor, dass wir etwas gehen. Sein Blick beginnt merkwürdig zu werden, ganz stumpf.

Er schlägt mit der Faust auf den Tisch. Die Bedienung des Restaurants blickt erschrocken zu uns herüber, und ich bestelle noch ein Glas Aquavit für mich. Sie nimmt die Bestellung nicht mehr an, es sei Zeit, die Bar zu schließen, weil in Kürze das Abendessen serviert werde. Und sie bringt die Rechnung.

Ich stelle mir vor, wie mein Mann reagieren wird. Aber er nimmt nur seine Brieftasche und wirft einen Geldschein auf den Tresen. Er nimmt meine Hand, und wir gehen hinaus in die Kälte.

»Ich fürchte, dass ich, wenn ich zu viel über das nachdenke, was ich hätte sein können und nicht geworden bin, in ein dunkles Loch falle ...«

»Ich kenne das Gefühl. Wir haben darüber im

Restaurant gesprochen, als ich dir mein Herz öffnete.«

Er scheint mich nicht zu hören.

»… dort unten werde ich eine Stimme hören, die zu mir sagt: Es ergibt alles keinen Sinn. Das Universum existiert bereits Milliarden von Jahren, es wird weiter existieren, nachdem du gestorben bist. Wir leben auf einem mikroskopisch kleinen Teilchen eines riesigen Mysteriums und haben weiterhin keine Antworten auf unsere Fragen aus der Kindheit: Gibt es Leben auf einem anderen Planeten? Wenn Gott gut ist, warum lässt er dann Leid und Schmerz zu? Derlei Dinge. Mit am schlimmsten ist: Die Zeit geht immer weiter. Häufig fühle ich ohne einen erkennbaren Grund eine ungeheure Angst. Manchmal passiert das bei der Arbeit, im Auto, wenn ich die Kinder ins Bett bringe. Ich schaue sie voller Zärtlichkeit und Angst an: Was wird mit ihnen geschehen? Sie leben in einem Land, das uns Sicherheit und Ruhe gibt, aber was bringt die Zukunft?«

»Ja, ich verstehe, was du sagst. Ich ahne, dass wir nicht die Einzigen sind, die so denken.«

»Und dann sehe ich dich, wie du das Frühstück oder das Abendessen zubereitest, und manchmal denke ich, dass in fünfzig Jahren oder möglicherweise noch früher einer von uns allein im Bett schlafen, jede Nacht weinen wird, weil wir einmal glücklich waren. Die Kinder werden weit weg, erwachsen geworden sein. Der Überlebende wird irgendwann krank, immer öfter auf die Hilfe von Fremden angewiesen sein.«

Er verstummt, und wir gehen schweigend weiter. Wir kommen an einem Schild vorbei, das eine Silvesterfeier ankündigt. Er tritt heftig dagegen. Zwei oder drei Passanten schauen uns an.

»Tut mir leid. Ich wollte dies alles nicht sagen. Ich habe dich hierhergebracht, damit du dich besser fühlst, ohne all den Druck, den wir tagtäglich ertragen müssen. Schuld daran ist der Alkohol.«

Ich staune.

Wir kommen an einer Gruppe von jungen Frauen und Männern vorbei, die sich zwischen überall verstreuten Bierdosen angeregt unterhalten. Mein Mann, normalerweise ernst und zurückhaltend, geht zu ihnen und lädt sie ein, noch etwas zu trinken.

Die jungen Leute schauen ihn erschrocken an. Ich entschuldige mich, gebe zu verstehen, dass wir beide betrunken sind und jeder Tropfen Alkohol mehr eine Katastrophe herbeiführen könnte. Ich halte meinen Mann am Arm fest, und wir gehen weiter.

Wie lange ich das schon nicht mehr getan habe! Er war immer der Beschützer, derjenige, der half, die Probleme löste. Heute bin ich es, die versucht zu verhindern, dass er ausrutscht und hinfällt. Seine Stimmung hat wieder gewechselt, jetzt singt er ein Lied, das ich noch nie gehört habe – vielleicht ist es ein typisches Lied aus dieser Region, dem Berner Oberland.

Als wir uns der Kirche nähern, läuten wieder die Glocken.

Das ist ein gutes Zeichen, sage ich.

»Ich höre die Glocken, sie sprechen von Gott. Aber hört Gott auch uns? Wir sind kaum über dreißig und haben schon keine Freude mehr am Leben. Gäbe es nicht unsere Kinder, was wäre der Sinn von alledem?«

Ich will etwas sagen, finde aber keine Worte. Wir sind bei dem Restaurant angekommen, in dem wir unsere ersten Liebesschwüre getauscht haben, und verbringen ein Abendessen in niedergeschlagener Stimmung bei Kerzenschein an einem der schönsten und exklusivsten Orte der Schweiz.

Als ich aufwache, ist es draußen schon hell. Ich habe traumlos geschlafen und bin nicht mitten in der Nacht aufgewacht. Ich blicke auf die Uhr, neun Uhr morgens.

Mein Mann schläft noch. Ich gehe ins Bad, putze mir die Zähne, bestelle ein Frühstück für uns beide. Ziehe den Bademantel an und trete ans Fenster, um mir die Zeit zu vertreiben, bis der Zimmerservice kommt.

Da sehe ich es: Der Himmel ist voller Gleitschirme! Die Leute landen im Park vor dem Hotel. Die meisten fliegen zum ersten Mal, was man daran erkennt, dass sie nicht allein fliegen, sondern hinter sich jeweils einen Lehrer haben, der sie anleitet. Wie können sie so etwas Verrücktes tun? Ist es etwa so weit mit uns gekommen, dass unser Leben aufs Spiel zu setzen das Einzige ist, was uns noch von der Langeweile befreien kann?

Noch ein Gleitschirm landet, noch einer, Freunde filmen alles, lächeln fröhlich. Ich stelle mir vor, wie der Blick von dort oben ist, denn die Berge, die uns umgeben, sind sehr hoch.

Obwohl ich jeden einzelnen dieser Menschen beneide, hätte ich niemals den Mut zu springen.

Es klingelt. Der Kellner kommt mit einem Silbertablett herein, darauf eine Vase mit einer Rose, Kaffee (für meinen Mann), Tee (für mich), heißer Toast, Roggenbrot, verschiedene Fruchtgeleesorten, Eier, Orangensaft, die lokale Zeitung und alles, was uns sonst noch glücklich machen könnte.

Ich wecke meinen Mann mit einem Kuss. Ich kann mich nicht daran erinnern, wann ich das zum letzten Mal getan habe. Er schrickt hoch, lächelt aber sofort. Wir setzen uns an den Tisch und genießen das köstliche Frühstück. Wir sprechen über unseren Rausch vom Vorabend.

»Ich glaube, ich brauchte das. Aber nimm bitte nicht allzu ernst, was ich gesagt habe. Wenn ein Luftballon explodiert, erschreckt er alle, er ist aber nichts weiter als ein explodierender Ballon. Ungefährlich.«

Ich möchte ihm am liebsten sagen, dass es mir gutgetan hat, ihn einmal so zu erleben. Aber ich lächle nur und esse weiter mein Croissant.

Auch er sieht die Gleitschirme. Seine Augen leuchten. Wir ziehen uns an und gehen hinunter, um den Morgen zu nutzen. Wir gehen direkt zur

Rezeption. Er sagt, dass wir heute abreisen, bittet darum, die Koffer herunterzubringen, und zahlt die Rechnung.

Bist du sicher? Können wir nicht noch bis morgen früh bleiben?

»Ich bin mir sicher. Die Nacht hat mir gereicht, um zu begreifen, dass es unmöglich ist, die Zeit zurückzudrehen.«

Wir gehen zur Tür, gehen durch einen langgestreckten Eingangsbereich mit einem gläsernen Dach. In einem der Prospekte steht, dass dort einmal eine Straße verlief. Jetzt werden die ursprünglich an gegenüberliegenden Gehsteigen liegenden Gebäude durch das Dach verbunden. Offensichtlich blüht hier der Tourismus, obwohl es keine Skipisten gibt.

Aber statt aus der Tür hinauszugehen, geht mein Mann nach links und wendet sich an den Concierge.

»Wenn man Gleitschirm fliegen will, was muss man dann tun?«

Gleitschirm fliegen? Aber nicht mit mir! Kommt nicht in Frage! Der Concierge reicht ihm einen Prospekt. Darin steht alles.

»Und wie kommen wir dort hinauf?«

Der Concierge erklärt, dass wir nicht selbst

dorthin fahren müssen. Der Weg sei etwas kompliziert. Es reiche, eine Zeit auszumachen, man würde uns dann hier im Hotel abholen.

Ist es nicht sehr gefährlich? Zwischen zwei Bergzügen ins Leere zu springen, ohne dies jemals zuvor getan zu haben? Wer sind die Verantwortlichen? Kontrolliert der Kanton die Lehrer und ihre Ausrüstungen regelmäßig?

»Madame, ich arbeite seit zehn Jahren hier. Ich mache mindestens einmal pro Jahr Paragliding. Ich habe noch nie einen Unfall gesehen.«

Er lächelt. Er wird diesen Satz Tausende von Malen in diesen zehn Jahren wiederholt haben.

»Gehen wir?«

Wie bitte? Wieso wir? Gehst du nicht allein?

»Ich kann natürlich allein gehen, und du wartest unten mit dem Fotoapparat auf mich. Aber ich brauche diese Erfahrung und will sie in meinem Leben einmal machen. Ich hatte immer Angst davor. Gestern haben wir doch gerade noch über den Augenblick gesprochen, in dem das Leben vernünftig wird und wir unsere Grenzen nicht mehr austesten. Es war für mich eine sehr traurige Nacht.«

Ich weiß. Er bittet den Concierge, eine Uhrzeit auszumachen.

»Heute Vormittag oder am Nachmittag, wenn Sie sehen können, wie der Sonnenuntergang sich auf dem Schnee ringsum widerspiegelt?«

Jetzt, antworte ich.

»Für eine oder zwei Personen?«

Zwei, wenn es jetzt gleich ist. Wenn ich nicht die Möglichkeit habe, noch einmal darüber nachzudenken. Wenn ich nicht mehr die Zeit habe, das Kästchen zu öffnen und die Dämonen herauszulassen, die mir immer Angst einjagen – die Angst vor dem Unbekannten, dem Tod, dem Leben, den Grenzerfahrungen. Jetzt oder nie.

»Man kann zwanzig Minuten, eine halbe oder eine ganze Stunde buchen.«

Gibt es auch Zehnminuten-Flüge?

Nein.

»Wollen Sie von tausenddreihundertfünfzig Metern Höhe oder tausendachthundert Meter starten?«

Ich bin kurz davor, aufzugeben. Ich brauche all diese Informationen nicht. Natürlich möchte ich von der geringeren Höhe aus starten.

»Unsinn, Liebling. Ich bin sicher, es wird nichts passieren. Aber falls doch etwas passieren sollte, ist die Gefahr dieselbe. Aus einer Höhe von zwanzig Metern hinunterzufallen entspricht schon einem Sturz aus dem siebten Stock eines Gebäudes, und das hätte dieselben Folgen.«

Der Concierge lacht. Ich lache mit, um meine Angst zu überspielen. Wie naiv ich doch war zu glauben, dass einige lächerliche hundert Meter einen Unterschied machen würden.

Der Concierge nimmt den Hörer und redet mit jemandem.

»Es sind nur noch Plätze für Starts aus tausenddreihundertfünfzig Metern frei.«

Noch absurder als die Angst, die ich zuvor verspürt hatte, ist die Erleichterung, die mich jetzt überkommt. Ach, wie gut!

Der Wagen wird in zehn Minuten vor dem Hotel sein.

Ich stehe mit meinem Mann und noch weiteren fünf oder sechs Personen vor dem Abgrund und warte darauf, dass ich dran bin. Auf dem Weg hierher habe ich an meine Jungs und die Möglichkeit gedacht, dass sie ihre Eltern verlieren könnten … Und da wurde mir klar, dass wir nicht zusammen fliegen würden.

Wir müssen spezielle Thermokleidung anziehen und einen Helm aufsetzen. Wozu der Helm? Damit ich aus mehr als eintausend Metern mit heilem Schädel bis zum Boden gleite, falls ich auf dem Weg abwärts gegen einen Felsen stoße?

»Der Helm ist Pflicht.«

Also gut. Ich setze den Helm auf, ähnlich wie ein Fahrradhelm, mit dem man zwar nicht gerade flott aussieht, aber sei's drum.

Ich blicke nach vorn: Zwischen uns und dem Abgrund liegt nur noch ein schneebedeckter kleiner Hang. Auf dieser kurzen Strecke kann ich es mir noch einmal anders überlegen, den Start einfach abbrechen. Niemand zwingt mich. Noch kann ich es seinlassen.

Vor dem Fliegen im Flugzeug hatte ich nie Angst, denn Fliegen gehörte immer schon zu meinem Leben. Der Unterschied zum Fliegen mit einem Gleitschirm besteht darin, dass wir im Flugzeug wie in einem Kokon aus Metall sitzen, der uns das Gefühl gibt, geschützt zu sein, während wir beim Fliegen mit dem Gleitschirm diesen scheinbaren Schutz nicht haben. Das ist alles.

Ist es wirklich alles? Zumindest stelle ich es mir anhand meiner Kenntnisse über die Gesetze der Aerodynamik so vor.

Ich brauche bessere Argumente, um meine Zweifel auszuräumen und mir die Angst zu nehmen. Ich glaube, das ist es: Ein Flugzeug ist aus Metall. Es ist tonnenschwer. Und es befördert Menschen, Gepäck, Ausrüstung, explosiven Brennstoff. Der Gleitschirm hingegen ist leicht, er fliegt mit dem Wind, gehorcht den Gesetzen der Natur wie ein Blatt, das vom Baum fällt. Im Grunde genommen ist das sehr viel schöner!

»Willst du zuerst fliegen?«

»Ja, das möchte ich«, sage ich und spinne den Gedanken innerlich weiter: Denn wenn mir etwas passiert, siehst du es gleich, verzichtest darauf zu starten, und dann haben unsere Jungs zumindest noch ihren Vater. Es wäre für dich ohnehin schwer genug, weil du, so wie ich dich kenne, für den Rest deines Lebens immer wieder daran denken müsstest, dass das Gleitschirmfliegen deine Idee gewesen war. Was dir aber von mir bleiben wird, ist, dass du dich ein Leben lang an mich erinnern kannst als deine Gefährtin, die immer an deiner Seite war, in Freud und Leid, im Abenteuer wie in der Routine.

»Madame, wir sind so weit.«

»Sind Sie etwa der Lehrer? Sind Sie denn nicht zu jung dafür? Ich würde lieber mit Ihrem Chef fliegen, schließlich ist es mein erstes Mal.«

»Ich mache Gleitschirmfliegen, seit ich das erforderliche Alter dafür erreicht habe, nämlich sechzehn Jahre. In den vergangenen fünf Jahren bin ich nicht nur hier, sondern an allen möglichen Orten der Welt geflogen. Machen Sie sich mal keine Sorgen, Madame.«

Sein herablassender Ton ärgert mich. Ich bin schließlich älter, da sollte er mir entsprechend Respekt entgegenbringen. Aber wahrscheinlich ist er zu jedem so.

»Denken Sie an die Instruktionen. Und wenn wir anfangen zu laufen, müssen Sie einfach nur immer weiterlaufen. Und den Rest können Sie mir überlassen.«

›Instruktionen‹. Das hört sich so an, als wären wir mit alldem vertraut, wo das Einzige, das sie uns erklärt haben, doch nur war, dass die Gefahr darin bestehe, mittendrin mit Laufen aufzuhören. Und dass wir, sobald wir uns wieder dem Boden nähern, schon in der Luft Laufbewegungen machen sollen, bis wir tatsächlich spüren, dass wir festen Boden unter den Füßen haben, um dann noch ein paar Schritte auf dem festen Untergrund weiterzulaufen.

Mein Traum: festen Boden unter den Füßen haben. »Wollen Sie die Filmkamera mitnehmen?«, fragt der Lehrer.

Die Filmkamera kann auf der Spitze eines Aluminiumstabes von etwa sechzig Zentimeter Länge angebracht werden. Nein, nein, das möchte ich nicht, weil ich das hier nicht tue, um mich anschließend vor anderen damit zu brüsten, und außerdem möchte ich, sofern es mir gelingt, meine Panik zu überwinden, lieber die Landschaft bewundern, als sie zu filmen. Das hab ich als Teenager auf einer Klettertour am Matterhorn von meinem Vater gelernt, als ich alle paar Minuten anhielt, um Fotos zu machen. Bis er genervt stehen blieb und fragte: »Glaubst du etwa, diese ganze imposante Schönheit passt auf ein kleines

Filmrechteck? Speichere sie lieber in deinem Herzen, das ist wichtiger, als nachher anderen zeigen zu können, was du erlebt hast.«

Mein mit seinen gerade mal 21 Jahren hocherfahrener Fluglehrer beginnt, die Leinen mit Aluminiumkarabinerhaken an mir zu befestigen. Der Sitz wird am Gleitschirm festgemacht; ich werde vorn und er hinten fliegen. Noch kann ich sagen, dass ich doch nicht will, aber ich bin schon nicht mehr ich selber, stehe gleichsam neben mir.

Die Teilnehmer stellen sich in der Reihenfolge auf, in der sie starten werden. Ganz am Ende steht mein Mann, auch er trägt einen Helm und wird zwei oder drei Minuten nach mir starten. Der einundzwanzigjährige Veteran und der Chef der Gruppe tauschen sich über die Windverhältnisse aus.

Mein Fluglehrer befestigt sich auch am Sitz. Ich kann seinen Atem in meinem Nacken spüren. Ich schaue mich um und sehe die anderen Teilnehmer, an denen schon die bunten, auf dem Schnee liegenden Gleitschirme festgemacht sind.

»Wir sind so weit. Fangen Sie an zu laufen!«

Ich rühre mich nicht von der Stelle.

»Los. Fangen Sie an zu laufen.«

Ich erkläre, dass ich nicht in der Luft kreisen

möchte. Lassen Sie uns langsam hinunterfliegen. Fünf Minuten Flug sind für mich genug.

»Das können Sie später noch entscheiden, während wir fliegen. Jetzt aber – hinter uns warten die anderen. Wir müssen jetzt starten!«

Da ich keinen eigenen Willen mehr habe, folge ich seinen Befehlen. Ich beginne, auf den Abgrund zuzulaufen.

»Schneller!«

Ich laufe schneller, die gefütterten Stiefel lassen den Schnee in alle Richtungen stieben. In Wahrheit bin nicht ich es, die rennt, sondern ein Automat, der Sprachkommandos gehorcht. Ich fange an zu schreien – nicht aus Angst oder aus Erregung, sondern ganz instinktiv. Ich bin wieder eine Frau aus der Steinzeit, wie der Kubaner gesagt hat. Wir haben Angst vor Spinnen, vor Insekten, und in solchen Extremsituationen schreien wir immer.

Plötzlich lösen sich meine Füße vom Boden, ich klammere mich mit aller Kraft an die Leinen, die mich am Sitz festhalten, und höre auf zu schreien. Der Lehrer läuft noch ein paar Sekunden weiter, und gleich darauf bewegen wir uns nicht mehr in gerader Linie vorwärts.

Jetzt bestimmt der Wind unsere Bahn.

In der ersten Minute bringe ich es nicht fertig, die Augen zu öffnen, und so bekomme ich weder die Höhe noch die Berge, noch die Gefahr mit. Ich versuche mir vorzustellen, ich wäre zu Hause in der Küche, würde den Jungs von unserer Reise erzählen. Ich kann ihnen aber nicht erzählen, dass ihr Vater so viel getrunken hat, dass er gestern Abend auf dem Rückweg ins Hotel auf der Straße getorkelt und hingefallen ist.

Wie blöd ich doch bin! Warum halte ich die Augen geschlossen? Niemand hat mich zum Fliegen gezwungen. »Ich bin schon viele Jahre hier und habe noch nie einen Unfall gesehen«, hatte der Concierge gesagt.

Ich öffne die Augen.

Was ich jetzt sehe und fühle, ist unbeschreiblich. Unter uns liegt das Tal mit den beiden Seen und der kleinen Stadt dazwischen. Ich fliege laut- und schwerelos in der Luft. Wir lassen uns vom Wind tragen, bewegen uns in Kreisen. Die Berge um uns herum wirken weder hoch noch bedrohlich, sondern strahlen schneebedeckt und freundlich in der Sonne.

Meine Hände entspannen sich, ich lasse die Leinen los und breite die Arme aus wie Flügel. Mein Lehrer hinter mir muss gemerkt haben, dass ich mich seelisch wieder gefangen habe, und anstatt weiter nach unten zu fliegen, beginnt er aufzusteigen, indem er die unsichtbaren warmen Aufwinde nutzt, von denen er und sein Chef vorhin gesprochen hatten.

Vor uns fliegt ein Adler, der mit leichtem Flügelschlag mühelos seinen Flug steuert, dessen Ziel wir nicht kennen. Wohin will er? Erfreut auch er sich am Leben und an der Schönheit von allem rings um uns?

Mir ist so, als würde ich durch Telepathie mit dem Adler kommunizieren. Der Fluglehrer folgt ihm, als würde der Adler uns führen. Er zeigt uns, wo wir entlangfliegen müssen, um immer weiter himmelwärts aufzusteigen – für immer zu fliegen. Ich spüre das Gleiche wie an jenem Tag in Nyon, als ich mir vorstellte, wie es sein würde, bis zur völligen Erschöpfung zu laufen.

Und der Adler sagt zu mir: »Komm. Du bist der Himmel und die Erde; der Wind und die Wolken; der Schnee und die Seen.«

Ich fühle mich, als wäre ich noch im Leib meiner Mutter, sicher und geschützt, und würde zum ersten Mal die Welt außerhalb wahrnehmen. Meine Geburt steht kurz bevor, bald werde ich auf die Welt kommen, doch im Augenblick befinde ich mich noch in diesem Leib, ohne irgendwelchen Widerstand leisten zu müssen, und lasse mich vertrauensvoll dahintragen. Ich bin frei.

Ja, ich bin frei. Und der Adler hat recht, ich bin die Berge und die Seen. Ich habe keine Vergangenheit, keine Gegenwart oder Zukunft. Ich lerne gerade kennen, was andere »die Ewigkeit« nennen.

Ob wohl die anderen, die mit mir zusammen Gleitschirm fliegen, das Gleiche fühlen wie ich?, frage ich mich kurz, ehe ich mich wieder ganz auf mich selbst konzentriere. Ich schwebe in der Ewigkeit. Die Natur spricht mit mir wie zu einer geliebten Tochter. Das Gebirge sagt zu mir: Du hast meine Kraft. Die Seen sagen zu mir: Du hast unseren Frieden und unsere Ruhe. Die Sonne rät mir: Leuchte wie ich, gehe über dich hinaus! Höre!

Und da beginne ich die Stimmen zu hören, die so lange in mir waren, die von immergleichen Gedanken, von der Einsamkeit, von den nächtlichen Ängsten, von der Angst vor Veränderung und vor der Angst, alles könnte genau so wie immer weitergehen, erstickt worden waren. Je höher wir aufsteigen, umso weiter entferne ich mich von mir, wie ich mich bisher erlebt habe.

Ich bin in einer anderen Welt, in der die Dinge vollkommen ineinanderpassen. Weit weg von jenem Leben voller Aufgaben, die erfüllt werden müssen, von unstillbarer Sehnsucht, von Leid und Lust. Ich besitze nichts, bin alles. Der Adler beginnt ins Tal hinunterzufliegen. Mit weit ausgebreiteten Armen ahme ich die Bewegung seiner Schwingen nach. Wenn jemand mich in diesem Augenblick sehen könnte, wüsste er nicht, wer ich bin, denn ich bin Licht, Raum und Zeit. Ich bin in einer anderen Welt.

Und der Adler sagt zu mir: Dies ist die Ewigkeit.

Ich bin durch Raum und Zeit zu dem Augenblick zurückgekehrt, in dem eine Hand dies alles schuf und die Sterne sich in gegensätzlichen Richtungen bewegten. Ich möchte dieser schöpferischen Hand dienen.

Verschiedene Gedanken tauchen auf und verschwinden wieder, ohne zu verändern, was ich fühle. Mein Geist ist aus meinem Körper herausgetreten und hat sich mit der Natur vereint. Schade, dass der Adler und ich bald im Park vor dem Hotel dort unten ankommen werden. Doch welche Bedeutung hat schon, was in der Zukunft geschehen wird? Ich bin im Hier und Jetzt.

Mein Herz füllt jeden Winkel des Universums aus. Ich versuche, dies mit Worten für mich selber auszudrücken, versuche eine Möglichkeit zu finden, mich später an das erinnern zu können, was ich jetzt fühle, aber diese Gedanken verschwinden gleich wieder, und die Leere füllt sich wieder.

Mein Herz!

Vorher hatte ich ein riesiges Universum um mich herum gesehen; und jetzt wirkt das Universum wie ein kleiner Punkt in meinem Herzen, das sich so unendlich ausgedehnt hat wie der Raum. Ein Werkzeug. Ein Segen. Mein Verstand bemüht sich, die Oberhand zu behalten und sie nicht zu verlieren, um wenigstens etwas von dem, was ich fühle, in Worte zu fassen, aber die Kraft ist stärker.

Kraft. Das Gefühl von Ewigkeit verleiht mir ein unerklärliches Gefühl. Ich kann allem, sogar dem Leid der Welt, ein Ende bereiten. Ich fliege und spreche dabei mit den Engeln, höre Stimmen und Enthüllungen, die bald schon vergessen sein werden, die aber in diesem Augenblick so real sind wie der Tag vor meinen Augen. Ich werde niemals imstande sein zu erklären, was ich fühle, nicht einmal mir selber, aber was macht das schon? Es ist die Zukunft, aber dort bin ich noch nicht angekommen. Ich befinde mich in der Gegenwart.

Der Verstand tritt abermals in den Hintergrund, und ich bin dafür dankbar. Ich empfinde Ehrfurcht vor meinem riesigen, von Licht und Kraft erfüllten Herzen, das alles umfassen kann, was schon geschehen ist und was von heute an bis zum Ende aller Zeiten geschehen wird.

Zum ersten Mal höre ich etwas: Hundegebell. Wir nähern uns dem Boden, und die Realität kehrt allmählich zurück. Bald schon werde ich wieder den Planeten betreten, auf dem ich lebe, aber ich habe alle Planeten und alle Sonnen mit meinem Herzen erfahren, das der größte Stern von allen war.

Ich möchte in diesem Zustand verharren, aber das Denken kehrt wieder. Ich sehe unser Hotel rechts unter uns. Die Seen haben sich bereits hinter Wäldern und kleinen Erhebungen versteckt.

Mein Gott – kann ich nicht ewig so bleiben?

Das kannst du nicht, sagt der Adler, der uns bis zu dem Park geleitet hat, in dem wir in wenigen Augenblicken landen werden, und der sich nun verabschiedet, weil er einen neuen warmen Aufwind gefunden hat und ohne die geringste Anstrengung wieder aufsteigt, ohne mit den Flügeln zu schlagen, den Wind mit nur leichten Bewegungen seiner Schwingen nutzend.

Bliebest du immer in diesem Zustand, könntest du nicht auf der Welt leben, sagt er.

Und warum nicht? Ich beginne erneut mit dem Adler zu sprechen, merke aber, dass ich dies auf rationaler Ebene tue, indem ich versuche zu argumentieren. Wie werde ich auf der Welt weiterleben können, nach all dem, was ich in der Ewigkeit erlebt habe?

Versuche es einfach, antwortet der Adler, aber er ist schon fast nicht mehr zu hören. Dann entfernt er sich – für immer – aus meinem Leben.

Der Lehrer flüstert mir etwas zu – mir fällt wieder ein, dass ich rennen muss, noch ehe meine Füße den Boden berühren.

Ich sehe den Rasen vor mir. Das, was ich mir zuvor so sehr herbeigewünscht hatte – festen Boden unter den Füßen zu haben –, ist nun am Ende da.

Von was genau?

Meine Füße berühren den Boden. Ich laufe, der Lehrer kontrolliert den Gleitschirm. Anschließend kommt er zu mir und löst die Gurte. Er schaut mich an. Ich blicke in den Himmel. Jetzt sehe ich nur noch die anderen bunten Gleitschirme, die sich der Stelle nähern, an der wir stehen.

Ich merke, dass ich weine.

»Geht es Ihnen nicht gut?«

Ich begreife, dass ich, selbst wenn ich noch einmal fliegen könnte, nicht mehr dasselbe fühlen würde.

»Ist alles in Ordnung mit Ihnen?«

Ich nicke. Ob er verstehe, was ich erlebt habe.

Ja, er verstehe das. Er sagt, dass er einmal im Jahr mit jemandem fliege, der dieselben Reaktionen zeige wie ich.

»Wenn ich frage, was es ist, können sie es nicht erklären. Mit meinen Freunden verhält es sich ähnlich: Einige scheinen wie in eine Art Trance zu geraten und erholen sich erst davon, wenn sie wieder einen Fuß auf die Erde setzen können.«

Es ist genau das Gegenteil. Aber ich bin noch nicht bereit, über was auch immer zu sprechen.

Ich danke ihm für seine »tröstenden« Worte. Ich würde ihm gerne sagen, dass ich mir wünsche, was ich dort oben erlebt habe, würde niemals aufhören. Aber mir ist klar, dass es schon aufgehört hat, und schließlich bin ich niemandem eine Erklärung schuldig. Ich lasse meinen Lehrer stehen, setze mich auf eine der Parkbänke und warte auf meinen Mann.

Ich kann gar nicht mehr aufhören zu weinen. Mein Mann landet, kommt mit einem breiten Lächeln auf mich zu, sagt, es sei eine phantastische Erfahrung gewesen. Ich weine immer weiter. Er umarmt mich, sagt, es sei ja nun vorbei, er hätte mich nicht zwingen sollen, etwas zu tun, was ich nicht wollte.

Nein, das sei nicht der Grund, warum ich weine, antworte ich. »Lass mich bitte einen Moment allein. Es geht mir gleich besser.«

Jemand von der Servicemannschaft kommt, sammelt die Thermokleidung und die Helme wieder ein und gibt uns unsere Mäntel zurück. Ich mache alles ganz automatisch, aber mit jeder weiteren Bewegung komme ich mehr in die Welt zurück, die wir die »reale« nennen und in der ich ganz und gar nicht sein möchte.

Aber ich habe keine Wahl. Ich kann nur meinen Mann bitten, mich noch ein wenig allein zu lassen.

Er fragt, ob wir nicht ins Hotel gehen sollten, weil es kalt sei.

Nein, hier sei es für mich in Ordnung.

Ich bleibe noch eine halbe Stunde und weine

weiter. Segnende Tränen, die meine Seele läutern. Dann merke ich, dass die Zeit gekommen ist, ein für alle Mal ganz in die reale Welt zurückzukehren.

Ich stehe auf, gehe zum Hotel, wir steigen in den Wagen, und mein Mann fährt uns zurück nach Genf. Das Radio läuft. So muss keiner von uns reden. Ganz allmählich bekomme ich heftige Kopfschmerzen, und ich weiß, woher sie kommen: Das Blut fließt wieder in die Teile meines Körpers, die von den Ereignissen blockiert waren, und die Blockaden lösen sich allmählich wieder. Der Augenblick der Befreiung ist mit Schmerzen verbunden, aber das war schon immer so.

Er braucht nicht zu erklären, was er gestern gesagt hat. Ich brauche nicht zu erklären, was ich heute empfunden habe.

Die Welt ist vollkommen.

Nur noch eine Stunde, dann ist das Jahr zu Ende. Die Stadtverwaltung hat beschlossen, das traditionelle Silvesterfeuerwerk in Genf in diesem Jahr kleiner ausfallen zu lassen. Es ist besser so: Ich habe in meinem Leben schon genug Feuerwerke gesehen, und sie wecken zumindest in mir nicht mehr die gleichen Gefühle wie in meiner Kindheit.

Ich kann nicht sagen, dass ich den vergangenen 365 Tagen nachweinen werde. Ein starker Wind, wie die Bise, hat geweht, Blitze haben eingeschlagen, das Meer hat mein Schiff fast zum Kentern gebracht, aber am Ende ist es mir gelungen, den Ozean zu überqueren, und ich habe jetzt wieder festen Boden unter meinen Füßen.

Festen Boden? Nein, keine Beziehung sollte darauf angelegt sein. Die Beziehung zwischen zwei Menschen wird gerade durch einen Mangel an Herausforderung oder durch das Gefühl geschwächt, dass nichts mehr neu ist. Wir müssen immer wieder aufs Neue eine Überraschung füreinander sein.

Alles beginnt mit einem großen Fest. Die Freunde sind gekommen, der Pfarrer wiederholt Worte, die er schon bei vielen Eheschließungen gesprochen und zelebriert hat, wie beispielsweise, dass man sein Haus auf Fels und nicht auf Sand bauen soll. Die Gäste bewerfen uns mit Reis. Ich werfe den Brautstrauß hinter mich, die noch unverheirateten Frauen beneiden mich insgeheim; die verheirateten wissen, dass für mich ein Weg beginnt, der nicht so ist, wie es in den Märchen steht.

Dann macht sich allmählich die Wirklichkeit breit, aber wir akzeptieren sie nicht. Wir wollen, dass unser Partner genau der Mensch bleibt, der mit uns vor dem Altar stand und mit dem wir die Ringe getauscht haben. Als könnten wir die Zeit anhalten.

Doch das können wir nicht. Das sollten wir auch nicht wollen. Das Wissen und die Erfahrung verändern den Menschen nicht. Die Zeit verändert den Menschen nicht. Das Einzige, was uns verändert, ist die Liebe. Während ich mich in der Luft befand, begriff ich, dass von allem das Mächtigste meine Liebe zum Leben, zum Universum war.

Mir fällt der Korintherbrief des Apostels Paulus wieder ein und die Predigt, die ein junger, damals noch unbekannter englischer Pastor im 19. Jahrhundert dazu geschrieben hat. Darin analysiert er, wie Paulus die Liebe auffächert wie ein Kristallprisma das weiße Licht. Er sagt darin auch, dass viele der spirituellen Texte, die wir heute lesen, nur an einen Teil des Menschen gerichtet sind. Sie bieten Frieden an, sprechen aber nicht vom Leben.

Sie diskutieren den Glauben, vergessen darüber aber die Liebe. Sie erzählen von der Gerechtigkeit und erwähnen die Offenbarung nicht, eine Offenbarung, wie ich sie erlebte, als ich hoch über Interlaken in der Luft schwebte wie über einem Abgrund, und die mich aus dem schwarzen Loch herausholte, in dem ich seelisch steckte.

Ich muss immer deutlich vor Augen haben, dass sich keine Liebe dieser Welt mit der Liebe messen kann, in der wir alles hingeben. Dann haben wir nichts mehr zu verlieren. Und damit verschwinden die Angst, die Eifersucht, der Überdruss und die Routine, und es bleibt in der entstandenen Leere nur ein Licht zurück, das uns nicht erschreckt, sondern uns einander annähert. Ein Licht, das sich ständig verändert.

Und ebendiese Veränderung macht es schön, überraschend, wobei die Überraschungen nicht immer dem entsprechen, was wir uns erhofften, aber wir können damit leben.

Ausgiebig lieben heißt ausgiebig leben.

Für immer lieben heißt für immer leben. Das ewige Leben ist an die Liebe gekoppelt.

Warum wollen wir ewig leben? Weil wir noch einen Tag mit den Menschen an unserer Seite zusammenleben wollen. Weil wir weiter mit jemandem zusammen sein wollen, der unsere Liebe verdient und der uns so zu lieben weiß, wie wir glauben, es verdient zu haben.

Weil lieben leben ist.

Sogar die Liebe zu einem Haustier – einem Hund beispielsweise – kann dem Leben eines Menschen einen Sinn geben. Gibt es diese Verbindung der Liebe mit dem Leben für ihn nicht mehr, gibt es für ihn auch keinen Grund mehr weiterzuleben.

Lasst uns zuerst die Liebe suchen, und der ganze Rest wird uns dazugegeben.

Während dieser zehn Jahre Ehe habe ich fast alle Freuden, die eine Frau erleben kann, genossen und Dinge erlitten, die ich nicht verdient habe. Aber wenn ich auf diesen Abschnitt meines Lebens zurückschaue, bleiben nur wenige Augenblicke – zumeist nur sehr kurze –, die an das heranreichen, was ich mir unter der wahren Liebe vorstelle: die Geburt meiner Kinder, als ich mich Hand in Hand mit meinem Mann hingesetzt und auf die Alpen geblickt habe, oder die Momente, wenn ich auf die riesige Fontäne im Genfersee schaue. Aber es sind gerade diese wenigen Augenblicke, die mein Leben lebenswert machen, weil sie mir die Kraft geben, weiterzumachen, und weil sie meine Tage mit Freude erfüllen, auch wenn ich einiges getan habe, das sie zu traurigen Tagen gemacht hat.

Ich trete ans Fenster und schaue auf die Stadt hinaus. Der Schnee, der uns versprochen wurde, ist nicht gefallen. Dennoch glaube ich, dass dies einer der schönsten Silvesterabende meines Lebens ist. Ich war seelisch fast tot, aber dann hat die Liebe mich wieder zum Leben erweckt. Die Liebe, das Einzige, was bleiben wird, wenn die Menschen einmal nicht mehr sind.

Die Liebe. Meine Augen füllen sich mit Freudentränen. Niemand kann sich zwingen zu lieben, auch nicht jemand anderen dazu zwingen. Alles, was man tun kann, ist, die Liebe anzunehmen, sich in sie verlieben und ihr nacheifern.

Wir lieben die anderen, uns selbst, zuweilen sogar unsere Feinde, und das führt dazu, dass die Liebe nie in unserem Leben fehlt.

Wenn ich den Fernseher einschalte und mir die Nachrichten aus aller Welt ansehe, habe ich trotzdem die Hoffnung, dass es, wenn in jeder der Tragödien, über die berichtet wird, etwas Liebe enthalten ist, einen rettenden Weg gibt. Weil Liebe immer noch mehr Liebe hervorbringt.

Derjenige, der lieben kann, liebt die Wahrheit, freut sich an der Wahrheit, fürchtet sie nicht, denn früher oder später erlöst sie uns. Suche die Wahrheit mit reinem, demütigem Geist, ohne Vorurteile oder Intoleranz – und du wirst am Ende zufrieden sein mit dem, was du findest.

Vielleicht ist das Wort Ehrlichkeit nicht dazu geeignet, diesen Aspekt der Liebe zu erklären, aber ich finde kein anderes. Ich meine damit nicht die Ehrlichkeit, die unseren Nächsten demütigt; die wahre Liebe besteht nicht darin, den anderen ihre Schwächen aufzuzeigen, sondern darin, keine Angst zu haben, seine eigenen Schwächen zu zeigen, wenn man Hilfe braucht, und sich darüber zu freuen, wenn man sieht, dass die Dinge besser sind, als die anderen meinen.

Ich kann jetzt voller Sympathie an Jacob und Marianne denken. Ohne es zu wollen, haben sie mich zu meinem Mann und zu meiner Familie zurückgeführt. Ich hoffe, sie sind in dieser Silvesternacht glücklich und dass dies alles sie ebenfalls einander wieder nähergebracht hat.

Bin ich etwa dabei, meinen Ehebruch zu rechtfertigen? Nein. Ich habe die Wahrheit gesucht und habe sie gefunden. Ich hoffe, dass es auch anderen so ergeht, die eine ähnliche Erfahrung gemacht haben.

Besser lieben.

Das sollte unser Ziel sein im Leben: lernen zu lieben.

Das Leben schenkt uns tausend Gelegenheiten, lieben zu lernen. Jeder Mann und jede Frau haben an jedem Tag ihres Lebens Gelegenheit, sich der Liebe hinzugeben. Das Leben ist kein langer Urlaub, sondern eine niemals endende Lehrzeit.

Und die wichtigste Lektion ist: lieben zu lernen.

Immer besser zu lieben. Denn: Sprachen, Pro-